문학을
탐하다

문학을
탐하다

문학기자
최학림이
만 난
작 가 들

최학림

산지니

머리말

지역 문화의 한 얼굴

내가 문학기자가 된 것은 1999년, 그러니까 신문사에 들어간 지 꼬박 10년이 되는 해였다. 철학과를 다녔던 나는 웬일인지 문학기자가 되기 위해 신문사에 들어갔던 것 같다. 하지만 문화부 기자가 되는 데 5년이 걸렸고, 문화부에 가서 문학기자가 되는 데 또 5년이 더 걸렸다. 문학기자가 되기 전에 출판 기자를 2년간 했는데 그때 출판 기사를 빙자해 '제3세계-변방의 문학', '책 속의 그림 이야기' 등의 문학 기사를 부지런히 써댔다.

지금 생각해 보니 어수룩한 철학 공부의 결론이 문학이었지 싶다. 아마도 언어 속에서 '푸르고 생생한 어떤 것'을 찾으려 했던 것 같다. 대학 졸업을 전후한 몇 해 동안 파우스트의 유명한 구절이 내내 나를 따라다녔다. '모든 이론은 회색이며 오직 영원한 것은 저 푸른 생명의 나무이다.' 푸른 생명의 영원한 침묵을 살기에는 내 그릇이 모자랐고, 나는 다만 숨 쉬기를 원했던 것 같다. 문화부 기사,

그중에서 가장 섬세하고 부드러운 문학 기사의 문장을 통해 나는 숨을 좀 쉴 수 있었다. 그 많은 찬란한 문장들을 통해 새로운 문장에의 꿈을 꾸기 시작했고 나는 내 엷은 글쓰기 감각에 절망하면서 기사도, 문학적인 글도 아닌 어중간한 글을 쓰기 시작했다.

허만하, 강은교, 이복구, 조갑상, 최영철, 정태규, 김언희, 유홍준 등의 작품을 읽으면서 나는 한없이 취했다. 그 취기가 너무 오를 때 그때그때 한통속이 된 우리는 밤늦게까지 부산 중앙동, 서면, 양정, 경남과 울산 어느 곳을 가리지 않고 숱한 골목길을 적시며 헤매고 다녔다. 나는 그들의 작품에서 사람의 비밀을 품은 빛나는 황금가지가 '저쪽'에 가닿는 것을 봤다. 그것은 이 땅의 진실이라고 할 수 있는 것인데 저쪽에 닿은 언어 주술의 가지가 도로 내 가슴에 와 닿는 것이었다. 향단이가 밀어주는 그네를 타고 이제 내가 하늘로 오르고 있었다.

내가 그들의 삶과 작품에서 배운 것은 지상의 갸륵한 이름인 '인간'이다. '우리 삶은 만만한 게 아니다. 그 삶을 끝까지 밀고 나아가야 한다'는 것이다. 나는 거기서 경외감을 느꼈다. 사람의 '오래된 희망'을 보았다. 그리고 섬세한 언어를 통해 '인간'에 이르려는 '오래된 사랑'을 느꼈다. 그것들이 있다면 살 만한 일이었다. 요컨대 그것은 불타는 일이었다.

대숲에 가서 '임금님 귀는 당나귀 귀'를 외친 옛 신라의 복두장이(幞頭匠-)처럼 비밀을 훔쳐 본 자는 그 비밀을 품고 있기가 참으로 힘든 것이다. 하물며 대나무조차 결국 불어오는 바람에 그 비밀을 흘리지 않았던가. 지역을 묵묵히 지키며 글을 쓰는 뛰어난 문인들이 많다는 것은 문학기자만이 그들과 내통하여 알 수 있는 놀랍고 지극한 사실이다. 나는 신라의 그 대나무처럼 바람이 불어오니 자연스럽게 지역 문화와 지역 문학을 말할 수밖에 없다. 그것은 또한 나의 복락이기도 하다. 나는 지역 문학기자다. 그리하여 여러 가지 욕심이 없는 게 아니다. 지역의 가치를 지역 문학을 통해 더 널리 드러내고 싶고, 이 글이 문학을 징검돌 삼은 지역 문화의 섬세한 자기 기록이 되었으면 한다. 그리고 더 많은 다른 작업들로 번져 나갔으면 좋겠다. 나는 '지역, 문학, 기자'이다.

한 권의 책이다 보니 이번에 쓰지 못한 문인들이 꽤 있다. 언젠가는 나는 그 침묵에 마저 이를 수 있을 것이다. 그대들도 그것을 알고 있으리라. 사랑하는 그대여! 서운하다 생각하지 마오.

모두가 고맙다. 할아버지, 할머니, 아버지, 어머니, 그리고 내 자식들과 아내에게 이 책을 바친다.

나는 다섯 살 때 고향 집 초가지붕을 다 태워 먹은 적이 있다. 부엌에서 가져온 곽 성냥을 그어서 던진 성냥불이 드디어 소나무 땔감 사이에서 손에 잡힐 듯 착, 착 번져가던 모습이 기억에 생생하다. 빗자루를 가져와 불을 끄겠다고 허겁지겁 뛰어 들어간 부엌에서 나는 놀라고 말았다. 부엌 위쪽 들창까지 이미 시뻘건 불이 치솟고 있었다. 아, 그것은 내가 세상에 처음으로 질렀던 불이다. 그리고 지금 이 프로메테우스의 불을 그대에게 드리고 싶다.

2013년 여름

차례

2부

저기, 불굴의
인간 정신이 걸어가네

3부

빛나고 가파른
정신과 언어의 환희

1부

문학,
삶의 비밀을
쉼 없이
두드리다

광염소나타 울리는 '불구경'과 그 이후

-소설가 이복구

1.

20세기가 저물 무렵 나는 희한한 불구경을 했다. 한 세기를 마감하는 것치고는 썩 괜찮은 구경이었다. 부산 문단에 불을 질렀다는(?) 이복구의 첫 소설집 『불구경』. 이 소설책을 읽고서 나는 무릎을 쳤다. 존재론을 씨줄 삼고 예술론을 날줄 삼아 인간론을 직조한 그 작품집에 실린 서늘한 문장들과 사유들이란! 그의 문장에 취해 나는 기우뚱거리고 상승하면서 작품 11편의 묘처(妙處)에 보기 좋게 주르륵 미끄러졌다.

그러나 참 촌스러웠다. 이복구, 복구. 원래 그 이름은 복이 많다는 뜻의 '福九'이다. 그렇다고 하더라도 한 번 정도는 재해 복구의 '復舊'를 생각하지 않을 이가 어디 있겠는가. 이것이 그 이름이 지닌 촌스러움의 한 가닥이다. 하지만 동시에 복구라는 이름은 부활과 르네상스의 기운마저 품고 있으니 얼마나 특이한가. 재난이 어느 날 갑작스레 닥쳐오는 것이 아니라 삶 자체가 재난이라면 복구와 회복의 문제는 인간에게 숙명 같은 것이다. 그 숙명을 향해 '쓸모없다'는 소설을 끊임없이 써대는 것이 소설가의 또 다른 숙명일 것인데 그래, 그 이름에서 르네상스의 낌새를 품은 이복구는 소설가이면서 인문주의자다. 삶의 무늬를 직조하는 도저한 인문주의자다. 작품집 『불구경』은 그 인문주의자가 보기 좋게 불을 지른 것이다.

11편 중에서 '아름답다'는 외마디를 흔적처럼 남기는 작품은 「흔적」이다. 이 작품은 탐미적이다. '아아 모든 것들이 저처럼 아름다우니 우린 정말 아무것도 아닌 것 같이 느껴지는군요'라는 소설 문장 그대로의 느낌을 주는 작품이다.

남녀가 서로 사랑하게 되는 것은 '스핑크스의 수수께끼를 푸는 길손처럼 서로가 서로의 암호를 푸는' 것이고, 또 '한 흔적이 다른 한 흔적을 만나는 것'이라는 문장은 아찔하다. 소설은 그렇게 두 흔적이 절묘하게 만나 완성되는 것을 '시'라고 설정하고 있다. 시는 '저 과거의 어느 곳으로부터 시작된' 그리움 자체인 강과 함께 자라는데 사랑이 그러하듯 시는 우리를 스치고 지나간 아득한 흔적, 그것에 대한 그리움으로 시작되고 완성되는 것이다. 하지만 시와 사랑은 강처럼 끝없이 흐르는 것이기에 완성되지 않은 채로 완성되는 것이다. 그리하여 '그 여자는 시의 완성을 위해 아직도 그곳에 있다고.' 사랑과 시의 완성을 위하여 그 여자를 만나러 가고 싶다.

애 낳는 것은 얼마나 고통스러운가. 「겨울잠」에서 이복구는 이 이야기를 하고 있다. 여자는 열다섯 시간의 지독한 사투를 벌인다. '알 수 없는 어떤 존재가 악의적으로 그러한 고통을 준다'고까지 생각한다. '아이를 몸속에서 빼내고 그 아이를 처음 보았을 때'에도 그녀는 다만 이상하고도 서러운 느낌이 들 뿐 자신의 출산을 좀처럼 실감하지 못한다. 그날 저녁 남편이 와서 그녀에게 조용히 한마디 한다. '눈이 내리고 있어.' 그 말이 여자를 어떻게 움직였는지, 여자는 펑펑 울어버린다. '그녀는 비로소 자신이 그 무엇과 엄청난 사투를 벌이며 자신의 일부를 나눠서 이 세상에 한 존재를 데려왔다는 것을 실감했던 것이다.' 여기서 끝날 이복구가 아니다.

시가 써지지 않는 시인의 위기 상황에 탄생의 전율이 번개 치듯이 내리꽂힌다.

> 말이란 그렇게 해서 태어나는 것은 아닐까? 온갖 더럽고 지저분한 것들과 맞서서 혹은 차갑고 냉엄한 것들과 맞서서 긴 인내와 고통 속에서 태어나야 하는 것은 아니었을까? (중략) 저 광활한 말의 영토를 가졌던 시대를 말이야. 지상의 영토는 끝이 있지만 정신의 영토는 끝이 없었던 그런 시대도 있었어. 그런 시대의 씩씩하고 용감했던 시인들을 생각해 보고 있어. 말의 갈퀴를 휘날리며 그 끝도 없는 영혼의 영토를 정복해 나가는 그런 용사를…….

이것이 작가적 결심을 곁들인 이복구의 언어론이다. 언어는 아이가 탄생하듯 산고 속에서 태어나야 한다는 것이다. 삶의 고통을 몸으로 새기는 게 언어이다. 그리하여 그의 언어론은 인간론으로 수렴되어 간다. 말과 인간은 다르지 않다.

단편 「도둑일기」에서 보이는 예술론도 인간론과 깊은 연관을 지닌다. '이 세상은 그렇게 단순한 게 아니야. 그 세계는 인류가 존재하는 한 영원한 미궁이고 그 미궁은 그걸 찾기를 포기하지 않는 사람에게만 조금 보여줄 뿐이야. (중략) 예술이란 뭔가? 그건 인간에게 있어 정신적인 것의 마지막 보루 같은 것이지.'

그는 썼다.

> 소설은 이제 사람들이 쉬이 버리는 고통하는 일만을 떠맡아야 할 때라고 믿는다. 그래서 차라리 고통을 창조하는 일이 우리가 할 일

이라고 생각한다. 고통하면 고통할수록 누군가에게 닿아갈 것이며 그것은 동시에 인간의 자존을 지켜가는 일이라고 믿는다.

그의 이런 다짐이 우리를 일으켜 세운다.

2.

내가 소설가 이복구를 만난 것은 1999년의 어느 여름날이었다. 그 해는 내가 신문사 입사 10년 만에 드디어 문학기자가 된 해였다. 문학기자가 되고서 처음으로 했던 것은 초짜의 넘치는 의욕으로 부산문인협회에서 냈던 『부산문학사』를 통독하는 것이었다. 부산 문학의 전모를 한 방에 파악하려는 심산이었다. 『부산문학사』는 1998년에 나왔는데 초짜 문학기자에게 길잡이를 하려고 딱 맞추어 출간돼 있는 것만 같았다. 거기에는 요산 김정한, 향파 이주홍, 난계 오영수를 비롯해 명멸했거나 활동 중인 숱한 지역 문인들에 대한 정보가 들어 있었다. 어쩐 일인지 그 많은 문인들 중에서 '인간 존재의 진정성을 허무와 권태, 절망의 극한 상황에서 추구하고 있다'는 이복구의 이름이 유독 눈에 들어왔다.

무조건 그를 만나고 싶었다. 나는 그에게 새로 문학을 담당하게 된 기자 아무개인데 만나자고 대뜸, 그러나 아주 당연한 듯이 전화를 했고, 반갑게 전화를 받은 그 역시 당연하다는 듯 약속에 응했다. 생각해보시라, 책 속에서 발견한 소설가와 만나기로 하고 소개팅에 나간 대학 신입생처럼 두근두근 그를 기다리고 있는 초보 문학기자의 심정을! 그를 처음 만났던 곳은 지금도 그가 살고 있는 부산 사직동이다. 사직야구장 앞, 1층에 맥도널드가 있는 건물의 3

층 호프집이었다.

처음 만난 우리는 호프와 마른안주를 사이에 두고 문학을 주제로 즐겁게 수작했다. 그는 나의 치기 어린 젊음에 호기심을 보이는 표정이었고, 문학평론가 백낙청의 말마따나 '문사철(文史哲)의 종합이 소설'이라고 믿고 소설과 소설가에 대해서 신봉하는 마음이 있었던 나는 눈앞의 '실물'에 꽤 감탄할 수밖에 없었다. 글쟁이 같이 야위고 예민하게 보이는 몸체와 얼굴, 전혀 어색하지 않게 잘 벗겨져 툭 튀어나온 이마에서 그의 강인한 의지와 정신의 깊이를 읽을 수 있었다. 아마도 그는 소설을 쓰는 것에 고전(苦戰)하면서 고전(古典)을 열심히 읽고 있다는 얘기를 했던 것 같다. 나는 그것이 사실이라는 것을 사람이 지닌 동물적인 직감으로 알 수 있었다. 부산 문단에서 문학 고전에 대해서 그처럼 해박한 지식을 가진 이는 없다. 지금 따져보니 그때 나는 서른다섯 살이었고 그는 쉰셋이었다. 그날은 사라져 버렸지만 몇 개의 장면이 내 기억 속에 선명하게 남아 있다는 것이 놀라울 따름이다.

3.

세상에는 참 이해되지 않는 일이 많거니와 그 하나는 이복구가 한국 문단에서 거의 무명(無名)의 작가에 가깝다는 사실이다. 그것은 그가 자처한 무명이다. 이름을 가지고 글을 쓴다는 것부터가 어쩔 수 없이 유명(有名)으로 나아갈 수밖에 없을 터인데 그는 이상하게 무명에 기울어 왔다. 그 이상한 역설을 그는 지금껏 유유자적하게 즐기며 살고 있다.

1946년 경북 영일 출생의 이복구는 스물여섯 살이던 1972년 서울신문 신춘문예에 「불구경」이 당선돼 문단에 나왔다. 월남전에 다녀온 지 2년이 지났을 무렵이었고 전쟁터에서 적에게 총을 맞는 악몽을 한창 꾸던 시절이었다. 하지만 등단했을 뿐, 정말 그뿐이었다. 1983년 『소설문학』 지의 특별기획 '이 작가를 기억하십니까'로 재조명되기까지 그는 거짓말처럼 11년간 한 편의 작품도 쓰지 않았다.

그로부터 또 10년이 지난 1993년 그의 첫 소설집 『불구경』이 출간됐다. 그뿐이고 그것이다. 그 이후 그는 작품을 간간이 발표하고 지금은 없어진 부산매일신문에 장편을 연재하기도 했지만 책을 전혀 내지 않았다. 첫 소설집 『불구경』 하나로 남은 사내가 소설가 이복구인 것이다.

말을 부리면 이복구는 무욕의 작가다. 아니 좋은 글을 쓰겠다는 욕심은 차고 넘치지만 책을 내겠다는 욕심은 전혀(?) 없는 사람이다. 이것은 작가에게 말이 안 되기에 미스터리다. 부산 문단에서 제발 책을 내라고 그를 닦달하지 않은 이가 없을 정도이다. 그는 항상 "곧 책을 낼 것"이라고 말하지만 책을 여태 내지 않고 있으니 이것 또한 미스터리다. 이 미스터리의 어렴풋한 답이 1989년에 발표한 단편 「그물 깁는 남자」에 있는 것 같다.

「그물 깁는 남자」는 그가 자란 동해안 어촌 마을의 갯냄새가 나는 작품이다. 갯냄새 그것만 있는 것이 아니라 정치적으로 어두웠던 1980년대를 문제화하고 있다. 그의 소설적 보폭이 그렇다. 1980년대에는 시대의 암울한 어두움을 불사르기 위해 온몸을 던지는 분신이 우리 사회에 참으로 빈번했는데 분신은 많은 사람들을 아프고 슬프게 했다. 「그물 깁는 남자」는 이복구가 분신의 문제를 심각하게 다룬 작품이다. '분신은 내게 있어서도 하나의 숙제다. 그 뿌리가 무엇일까 하고. 그리고 그것은 절망이나 허무나 증오가 뿌리가 아니고 사랑이 뿌리여야 한다고 생각한다.' 누가 그 정도를 모른단 말인가. 이런 문장은 누구나 쓸 수 있다. 그러나 그는 그물을 던지고 우리는 걸려든다.

'내게 있어서의 사랑의 방식은 그물을 깁는 것이다.' 이 무슨 뚱딴지같은 소리인가. 어촌 마을에 겨울이면 그물 깁는 고수(高手) 노인이 찾아와 보름이나 한 달쯤 그물을 기워주고 가 버린다. 그는 '완전한 자유인으로' 전국을 떠돌아다니며 사람들이 처박아둔 그물을 기워주는 이다. 그렇다고 그는 자기 기술을 알아주라고 내세우지도 않고 유명을 탐하지도 않는다. 유명을 넘어선 무명의 풍모를 발산하는 사람인 것이다. 작가는 '생에 대한 지극한 사랑으로 내 가슴이 가득 차오르는 그런 순간이면 뒷모습을 보이며 끝없이 걸어가는 그물 깁는 남자 모습'이 떠오른다고 말한다. 그물 깁는 노인은 '일이 끝나면 아무 미련 없이 새로운 일을 찾아 떠나는 사람. 어디에도 제 욕망의 뿌리를 박지 않는 그런 사람'이며, '외로움이나 절망 속에서도 조용히 자기 자신을 불어내어 자기를 만'나는 그런 사람이다. 그러니 얄팍한 유명이 어찌 웅숭깊은 무명을 감당할 것인가. 우리는 이것을 수긍할 수 있는가.

노자(老子)가 함곡관을 지날 때 윤희의 간절한 청으로 말로 드러낼 수 없는 도(道)를 말에 담아 전한 '도(道)의 부스러기' 같은 것이 도덕경이다. 그물 깁는 노인은 말로 다할 수 없는 도를 천박한 유명에 싣기보다는 그저 묵묵히 무명의 도를 마저 살아버린 것이다. 그 자리가 빛나는 무명의 자리이다. 그러니 이복구가 도의 부스러기 같은 소설책 나부랭이에 연연할 것인가. 그는 빛나는 무명의 작가다. 제 길을 못 찾고 있던 언어의 장작들을 모아 『불구경』이라는 큰 불을 한 번 지른 무명의 방화범이다.

"제발 소설책을 내라"고 그를 채근하던 나는 어느 날 갑자기 '그는 이미 다 이루었다'라는 생각이 드는 것이었다. 나도 그가 작품에서 말하는 무명을 품어 볼 요량이었다. 그래서 그에게 "소설책을 내지 않아도 된다"고 말했다. 그는 하하 웃으며 내심 좋아하는 것 같았다. 이 정도면 내가 그의 그물에 걸려든 것이 확실하다.

아, 그렇다. 1972년 등단하고서 1983년에 다시 소설을 쓰기까지 10여 년을 그는 야학의 교사와 교장을 했다. 허물어진 대문 앞에 도산 안창호 선생이 운영했던 '대성학교'라는 간판을 내걸었다. 부산의 안락동, 동상동, 금사동, 명장동, 양정동으로 전전하며 과자 공장이나 각종 부품 공장에 나가는 아이들을 밤에 모아 가르친 그 세월이 진짜배기 작품은 아니었을까. 글을 꼭 종이 위에만 쓰란 법이라도 있단 말인가.

4.

나는 이복구처럼 고전 소설을 많이 읽고 체화한 소설가를 보지 못했다. 그와 앉아 이야기를 나누면 고금을 넘나드는 소재가 그칠 줄을 모른다. 롤리타, 보봐르 부인, 안나 카레니나, 카라마조프 형제들, 돈키호테, 『마의 산』의 한스 카스토르프……. 그는 "소설 속의 인물들은 참으로 열심히 인생의 해답을 찾으려고 했던 사람들"이라고 했다. 그는 이런 사람이다. 그는 "고전 속의 인물들이 부모 형제 친구 이상으로 나에게 이야기도 해주고 간혹 혼자 앉아 있으면 내

옆에 앉아 있는 것처럼 느껴진다"고 했다. 이러니 말 다한 것이다. 그의 책상머리에는 20여 년간 성서처럼 제임스 조이스의 『율리시즈』가 올려져 있다고 한다. 역사상 가장 난해하다는 『율리시즈』는 1969년 그가 월남의 전쟁터에 가 있을 때 우연히 중대 보급 창고의 먼지를 뒤집어쓴 한 무더기 책 속에서 처음 발견했다고 한다. 그는 그 책에서 죽음과 대비되는 삶의 징표 같은 느낌을 받았다고 한다. 아, 나도 그를 따라 『율리시즈』를 내 책상에서 가장 가까운 책꽂이에 꽂아놓고 있다. 아마 이런 것도 물드는 것인 모양이다.

"소설 속 인물이 친구 이상"이라는 말은, 소설가 한둘과 함께한 사직동의 한 술자리에서 메모지와 펜을 꺼내 적어놓았던 것이다. 그때 술 취하기 전에 끄적거려 놓은 내용이 조금 더 있다. 그때는 2009년 여름이었다.

-어떤 소설이 좋은 소설인가?

"시대 문제와 연결될 때 좋은 주제가 만들어진다. 작가가 나서서 의도를 강박하면 좋은 예술이 아니다. 잘된 작품은 거의 자연물에 가까워야 한다. 나무 한 그루를 이리도 저리도 볼 수 있는 것처럼 다양한 측면에서 다의적으로 읽힐 수 있는 작품이 좋은 것이다."

이런 말들도 나열돼 있다. "우리 나이에 인간에 대한 정립……. 논리를 넘어선 무엇이 있다. 매혹이 있다. 살아가게 하는 것, 끝내 절망하지 않게 하는 것, 존재를 존재롭게 하는 것……. 자기도 모르는 존재에 대한 매혹이 있다. 죽음만이 이런 것과 헤어지게 하는 것이다." 소설은 무엇이고, 글쓰기의 매혹은 무엇인가를 물었던 것에 대한 답 같기도 하다.

삶이 불완전하고 불온하고 부조리하다고 여기는 이들, 자살을 생각하는 이들에게 나는 평소에 이복구의 단편 「아들」을 널리 읽게 했으면 좋겠다는 생각을 하고 있다. 「아들」은 우리 삶에 대한 대단한 매혹을 말하고 있는 '고전 급'의 작품이다.

내 피가 흘러 내려온 저 먼 곳의 고조부는 짚신 삼백 켤레를 삼고 녹두장군을 찾아가 죽었는지 살았는지 소식이 아예 끊겼던 분이다. 그 다음 증조부는 역병이 돌아 어머니가 죽자 여기저기 거지로 머슴으로 떠돌며 힘든 세월을 살다가 백정 딸인 증조모를 만나 자손을 오늘에 이르게 했다. 할아버지의 말이 폐부를 찌른다. '그래가 종새끼하고 백정 딸하고 낳은 기 낸 기라.' 할아버지는 그 사실에서 역설적으로 '내가 보통 씨가 아이구나, 참 한 많은 씨구나'라는 것을 느꼈단다. 그렇게 힘들게 이어져온 씨요, 생명이라는 사실을 깨달았다는 것이다.

> 그란데 그 몸속에 든 마음이 지 몸 하나 건사하기에도 숨가빠하이 참말 섭섭다 아이가. 참말로 허전타 아이가 (중략) 그기 어떤 자식이고? 얼마나 귀한 씨고 말이다. 니 할아버지의 할아버지들이 그 씨를 너들까지 가져오느라고 얼마나 험한 세월을 보냈겠노? 거지가 됐다가 머슴이 됐다가. 그렇게 해가꼬 그 씨가 요까지 내려온 기 아이겠나? 사람 한 평생은 참으로 꿈같은 기다. 우찌 한 사람의 꿈을 지 혼자서 그걸 다 이룰 수 있겠노? 죽어서도 새로운 새끼한테 그 꿈을 몽땅 집어넣고 몸만 가는 게 아니겠나?

살점 바르르 떨리게 하는 이 문장들을 읽으면 우리 삶의 유장하고 심원한 깊이를 생각하지 않을 수 없다. 거기에 '바람이 분다. 살아봐야겠다'는 이복구의 인간론이 있다.

5.

술자리에서 이복구는 이런 말을 가끔 했다. "살아봐라, 살아봐도 별것 없다." 나는 그 말에서 짙은 허무를 느꼈다. 나를 놀리는 말이었다. 아니 그가 도달해 있는 어떤 알맹이일 것이다. 인간은 동물이다, 아니 인간이다. 그 양류항 사이에는 생의 깊은 허무가 있다. 동물은 인간을 보고 울부짖으며 인간은 동물을 보고 절망한다. 삶의 장기판에서 차, 포, 마, 상을 다 떼니 야만과 수성, 동물이 있다. 짐승, 그것은 인간 근저에 놓인 가장 헐벗은 조건이다. '계급장 떼고 한판 붙지'라는 말이 있잖은가. 정말 '인간적'이라는 계급장을 떼고 있는 그대로를 직시할 때 우리는 인간을 뭐라고 할 수 있나.

1991년 발표한 중편 「탱크와 혀」는 문제작이다. 단편 「흔적」, 「겨울잠」, 「도둑일기」는 시와 그림, 예술을 소재와 주제로 한 아름답고 완성도 높은 빼어난 소설이다. 유미주의적인 향기로 그윽하고 매혹적이니 이른바 어떤 계급장을 달아 놓은 것이다. 그런데 「탱크와 혀」는 인간의 막다른 지점에 가감 없이 육박한다. 탱크는 권력에의 욕망을, 혀는 육체와 고깃덩어리에의 욕망을 상징하고 있다. 혀가 참 묘하다. 먹을 때 놀리는 것도 혀요, 주둥아리를 놀려 말할 때 놀리는 것도 혀다. 그런데 그가 주목한 혀는 인간의 가장 은밀하고 민감한 곳을 핥는, 육체 육욕 욕망의 맨 앞쪽에 있는 혀다. '그 혓바닥은…… 유난히 길고 부드럽고…… 끈끈하고…… 따뜻하고…… 나쁜 놈! 그 혀로 날 제멋대로 농락했었어.' 참 무서운 혀다. 사랑에 대해서도 쓸데없이 미사여구를 달지 말자. 이복구는 내닫는다. '내

사랑이란 게 그런 거였어. 결국 짐승이 되는 거였어.'

15년 만에 여자와 남자가 다시 만났다. 그 여자는 자신을 망치게 한 남자와 남자의 혀를 증오해 왔다. 하지만 15년간의 증오는 남자의 혓바닥 앞에서 간단하게 다시 무릎을 꿇는다. '15년 전의 그 짐승이 그대로 그녀 속에서 튀어나왔다. 아니, 15년 전의 짐승이 아니라, 15년 동안이나 헐벗고 굶주린 짐승이었다.' 나는 처음에 인간을 짐승 앞에 무릎 꿇리는 이 구절들을 읽고 멍해졌다. 도저한 허무를 느끼게 하는 인간에 대한 이 헐벗은 결론 이후 이복구는 어디로 더 나아갈 수 있단 말인가, 라고 생각했다. 차갑고 싸늘한 냉기가 겨드랑이 사이를 훑고 지나갔다.

남자의 아버지가 죽었다는 소식을 전하는 소설의 맨 마지막 문장도 가히 끝까지 밀고 나가버린다. '자신이 방금 눈 똥을 다시 입에 처넣는 추태를 보이고 번히 눈을 뜬 채 숨을 놓더라는 것이다.' 이것이 인간의 모습이다. 우리는 이것을 받아들일 수 있는가. 그래 받아들여야 한다. 아, 괴롭다. 그러나 나는 혀로써 인간의 극한까지 밀고 나가 허무까지를 맛보게 하는 그의 작품 앞에 혀를 내두르고야 만다. 아, 이 적나라하고 씁쓸한 진실!

그래, 어쩔 수 없다. 나는 이복구가 왜 여기서 끝냈는지 아쉬울 따름이다. 그러나 이런 극한까지 밀고 나간 자는 별로 없다.

6.

이를테면 이런 것이다. 도스토옙스키가 쓴 카라마조프 형제들은 3형제다. 인간의 욕정에 얽매이는 드미트리, 이론적이고 철학적인 이반, 종교적이고 영적인 알료샤. 도스토옙스키는 영적인 알료샤에게서 인간의 내일을 전망했다. 그것이 인간을 뛰어넘는 인간을 설정한 도스토옙스키의 위대성이다. 아니 사생아 스메르자코프까지 얽힌 얘기를 통해 선과 악, 인간의 본성, 사랑과 욕망, 신성과 침묵을 농밀하게 그려낸 것이 도스토옙스키의 위대성이다. 카라마조프에 빗대면 이복구는 「탱크와 혀」에서 욕정의 드미트리에 머물렀다고 할 수 있지 않을까.

하지만 이복구는 좀 다르다. 그는 맨몸뚱이의 인간을, 모든 것을 덜어낸 인간을 그리려고 한 것 같다. 이렇게도 저렇게도 보이는 '자연물 인간'을 우리 앞에 던져놓고 알아서 읽으라는 게 아닐까 싶다.

그가 2009년 한 문예지에 발표한 밀도 있는 작품이 「맨밥」이다. 나는 한 자리에서 그 작품을 두고 조금 밋밋하더라는 얘기를 그에게 했다. 그 뒤 다른 자리에서 그는 "그 작품은 아주 의미가 있는데……"라면서 「맨밥」은 사람에게 정말 중요한 것은 무엇인가를 다룬 작품이라고 넌지시 나에게 말하는 것이었다. 그것은 '최학림이 너는 내 작품을 올바로 읽어야 하는데……'라는 아쉬움의 표현이었다. 둔한 나는 당연히 「맨밥」을 몇 차례 반복해서 읽었다. 그리고 「맨밥」에 담겨 있는 한 인간으로서의 이복구의 생생한 체험을 알아가면서, 그가 이른 지점을 조금은 느낄 수 있었다. 아, 그것을 무엇이라고 말해야 하나. 그것은 그의 소박했던 할머니가 그에게 남겨놓은 맨밥 한 그릇이라는 상징이다.

정갈하고 부지런했던 작가의 할머니는 맨밥을 잘 드셨다. 김이 오르는 밥을 한 술 뜨고는 숟가락 자루 끝으로 된장 같은 것을 꾹 찍어 먹으면 그만이었다. 그 할머니는 여든아홉의 한 날 새벽에 손자 팔을 베개 삼아 누워서 아주 조용히 툭 하면서 숨을 놓으셨다.

맨밥처럼 살다간 할머니의 마지막 작은 숨결이 그의 속으로 툭 하고 떨어지는 순간이었다. 사람의 한 생은 뭔가. 그가 「맨밥」이란 다른 산문에 적은 맨밥처럼 말갛게 심심한 내용이다.

> 맨밥은 평소에는 생각도 안한 우리 삶의 어떤 본질을 생각해 보게 만든다. (중략) 따지고 보면 우리의 생활을 구성하는 것은 크고 거대한 것들이 아니다. 그런 것들을 설사 손에 넣었다 하더라도 정작 인간을 행복하게 하는 것은 일상을 구성하는 작고 흔한 것들이기 십상이다. 맨밥을 먹고 있으면 잊고 있는 이런 사실들이 투명하게 떠오른다.

작품 「맨밥」에서는 피난 시절부터 일찍 죽은 아버지를 대신해서 갖은 고생을 하며 가족을 온몸으로 짊어졌던 형이 식도정맥류 파열로 사경을 헤맨다. 어머니가 '내가 네 형을 머슴처럼 부려먹었다. 어미가 새끼를 낳아서 잡아먹은 꼴'이라고 말할 정도로 고생을 많이 한 그 형은 며칠 만에 깨어난다. 하지만 일주일 동안 말없이 뭔가 많은 생각을 하다가 병원 7층에서 뛰어내려 목숨을 끊는다. 동생은 형이 뛰어내린 그 자리에 서서 밖을 내다본다. '이런 평화로운 새벽에 자살이라니? 자살하는 자는 이런 새벽에 이 세상을 버리며 도대체 무엇을 보고 무슨 생각을 했을까. 인간이란 얼마나 아득하고 난해한가. 개새끼.' 과연 형은 무슨 생각을 했으며 왜 뛰어내렸던 것일까.

작가는 여기서 딱 떨어지는 답을 보여주지 않는다. 우리에게 남은 것은, 작가가 우리에게 내미는 것은 맨밥 한 그릇뿐이다. 작품

속에서 형의 죽음 뒤 겨울만 되면 맨밥을 먹는 어머니의 말이다.

"……전쟁 때 내려오다 굶어 죽은 세 살 먹은 네 누나 말이다. 그 애가 밤마다 꼭 구름처럼 안겨와 내 가슴에 쉬다 가는구나. 역시나 청송 산중에서 죽은 네 할머니도, 네 아버지도 네 할아버지도 네 삼촌도, 그리고 네 형도 모두 겨울이 되면 춥다고 내 옆에 와서 눕는단다. 배고프고 헐벗은 귀신들. 그러니 어째 내만 좋은 밥을 먹겠노? 귀신들은 맨밥을 먹는데."

어머니는 여든다섯 생신날 노란 삼베옷을 꺼내 놓으며 '설레는 아이처럼 조심스레 수의를 펼쳐 입어보고, 반듯하게 누워도' 보고 '어떠냐? 곱제, 이걸 입고 훨훨 이사갈란다'라고 말하고는 그날 새벽에 숨을 놓는다. '새벽 4시 33분. 주방으로 나가 밥통을 열고 밥을 펐다. 소반에 차려 어머니의 머리맡에 놓았다. 얼마 후 윤홍식은 어머니처럼 맨밥을 먹기 시작했다.' 그렇게 소설은 끝나는데 이것이 작가가 우리에게 내미는 맨밥이다.

솔직히 말하면 나로서는 작가가 더 많이 무슨 의미를 던져주었으면 하는 독후감이 없는 것은 아니다. 아, 그러나 삶은 그렇지가 않다. 이복구의 말은 '삶은 의미를 비워 가는 과정이다. 맨밥이 되어 가는 과정이다.'라는 것이다. '소설 쓰기는 살아가는 것과 같이 가는 것'이니 그의 삶이 맨밥 같은 삶을 생각하는 데 이르렀다는 말이다. 삶의 모든 것은 결국 아무것도 아니다. 거기에 우리 삶의 진면목이 있다. 아무것도 아닌 것을 모든 것으로 살아가야 하는 것, 그리하여 모든 것을 다해 살아야 진정 아무것도 아닌, 그러나 텅 빈

것만은 아닌 맨밥 같은 삶에 이를 수 있다는 것!

그러고 보니 도스토옙스키가 인간의 전망으로 제시한 영적인 알료샤도 카라마조프 형제들 중에서 가장 맨밥 같은 인물이다. 또 하나의 맨밥이 있다. 이복구의 단 하나의 소설집 『불구경』이 맨밥처럼 저기 우리 정신의 소반 위에 놓여 있을 것이다. 예술은 뭔가, 삶은 과연 뭔가.

(이 글을 다 쓴 다음에 이복구는 드디어 우리가 그렇게 기다렸던 두 번째 소설집을 냈다. 1993년 첫 소설집 『불구경』 출간 이후 20년 만이다. 나는 참으로 기쁘다. 그 소설집의 제목은 『맨밥』이다. 활활 뜨겁게 타오르던 『불구경』에서 말갛고 투명한 삶의 은유로서 『맨밥』에 이르렀으니 그것은 소설과 삶을 포갠, 성실한 한 인문주의자의 온전한 여정이다. 나는 그것들을 두고두고 기억할 것이다. 그에게 술 한잔 사야겠다.)

타협 없는 무서운 엽기, 시의 끝까지 내닫다

-시인 김언희

1.

시인 김언희는 도발과 도전으로 금기와 경계를 뛰어넘는 시인이다. 그걸 얼추 보여주는 일화 하나가 있다. 2004년 하순 늦가을의 비가 내리고 노란 은행잎이 우수수 떨어지던 날, 처음인데 처음 같지 않은 만남이 이뤄졌다. 부산 출신 화가 안창홍이 서면 부산공간화랑에서 개인전을 열고 있었다. 나의 청으로 경남 진주에서 시인이 왔다. 그는 10년 이상 안창홍의 그림을 죽 보아왔던 터였다.

전시장에 들어선 김언희는 음모가 무성한 안창홍의 여성 나체 드로잉 몇 점을 보고는 "이 얼마나 예쁜가, 명징하지 않은가"라고 반색했다. "사람들이 죽기 살기로 좋아하면서 저렇게 드러내 놓으면 징그럽다고 위선의 가면을 쓰니 그게 외려 이상하다"는 것이었다. 윤리적 잣대는 '상식의 때'일 뿐이니 요컨대 산은 산이고 물은 물이고 털은 털이라는 것이었다. 털뿐이랴. 그는 금기의 단어인 '보지', '자지'를 첫 시집 『트렁크』에 그대로 썼는데 "촌년이 촌에서 보지, 자지 하니까 사람들이 나를 미친년 취급하더라"고 말했다. 아랫도리에 가려놓았던 많은 말들이 그날의 은행잎처럼 우수수 쏟아지는 듯했다.

전시장의 한 벽면을 차지한 1천 호 크기의 「양귀비꽃밭」은 큰 크기만큼이나 무서운 그림이었다. 캔버스 표면에서 빨간 물감이 날카로운 가시처럼 그대로 일어서면서 날것의 귀기(鬼氣)로 섬뜩했다. 더욱이 죽음의 유혹이 깃든 요염한 양귀비꽃을 그려놓은 것이니……. 김언희는 "펄떡펄떡 뛰는 심장을 직접 꺼내 손에 쥐어주는 듯하며 그릴 때의 쾌감이 그대로 느껴지고 속이 시원하다"고 했다. 안창홍은 김언희에게 반응하면서 "화폭을 뛰쳐나오려는 저 색감은 욕정이며 사정(射精)이자 죽음이다"라고 쏴, 싸댔다. 쾌감 색감 욕정 사정 죽음…… 사방연속무늬 같은 단어들이었다.

양귀비 옆에는 몇 점의 맨드라미 그림들이 붉은 물감의 피를 토하고 있었다. 이 그림들을 두고서도 두 사람은 신이 났다. 안창홍은 "맨드라미는 닭 볏처럼 징그러운데 그 색깔은 얼마나 살인적인가. 나에게 그것이 매력적이다. 꽃이면서 꽃이 아닌 묘한 매력 때문에 15년간 맨드라미를 관찰해 왔다"고 했다. 김언희는 "나도 맨드라미를 '나의 꽃'이라 할 정도로 정말 좋아한다. 맨드라미 사진이 100장이나 있다. 맨드라미는 울어지지 않는 울음을 우는 꽃이다. 아예 짐승이다. 그 짐승을 꺾고 싶어 도끼로 내리친 적도 있다"고 했다. '15년간 관찰'과 '사진 100장'이 만난 셈이었다. 두 사람은 초록동색의 말로 내통하고 있었다.

이날 만남의 끝에 김언희는 "시인은 무당이다. 안 선생님의 내면은 잘 들여다보이지 않지만 다만 큰 여자가 들어앉아 있는 것은 보인다"고 말했다. 그때 김언희가 무얼 보고 느꼈는지 모르지만 지금 그 말을 다시 생각해보니 어째 서늘한 것이 지나간다. 우리는 그날 인근 골목에 가서 돼지수육 안주에 소주잔을 기울였으나 김언희는 조용하게 앉아 있다가 이내 진주로 가버렸다.

2.

내가 김언희 시인을 처음 만난 것은 2001년 5월이었다. 진주에 '지역문인탐방-내 문학의 샘터' 기획 취재를 갔을 때였다. 뜻밖에도 김언희는 진주시 장재동에 있는 진주시립화장장에 가자고 했다. 그의 '문학의 샘터'는 삶터가 아니고 죽음터였다. 점심때에 맞춰 진주 별미인 진주비빔밥을 처음으로 별스럽게 먹은 뒤에 간 그곳은 별스러웠다.

단돈 5만 원에 생의 육신이 한 줌의 뼛가루로 돌아가는 그곳에서 우리는 아무것도 아닌 우리 삶을 느낄 수 있었다. 그곳은 삶을 더욱 밀도 있게 볼 수 있는 곳이었다. 그윽한 분향 냄새로 휩싸인 화장장 여기저기를 세심하게 둘러보던 김언희는 말이 그렇게 많은 편이 아니었다. 그는 수북이 떨어진 겹벚꽃의 분홍빛 추문 같은 야한 꽃잎과 그것이 짓물러진 것을 가리키며 "저것 봐라"고만 말했다.

그는 그날 "삶은 너무 지루하다"고 했고, 어느 산문에서는 '시의 동력은 현실의 잔혹한 무의미'라고 쓴 적이 있다. 김언희는 현실이 잔혹하게 무의미한 것처럼 우리 삶도 무의미하기 짝이 없고, 우리는 여기에 눈곱만치의 필연도 없이, 아주 재수 없이, 개도 웃을 정도로 우습게 왔다고 내뱉고 있다.

내 인생은
무료 증정 이벤트에서
무료로 증정받은
개도 웃을
증정품

우린 바나나 껍데기에 미끄러져 여기까지
오게 된 거야, 바나나 껍데기에
-「이 밤」 중에서

이건 너무하다. 우리가 재수 없이 바나나 껍데기에 미끄러져서 이 세상에 왔다니! 그러나 그것은 차라리 희화적으로 낫다. '니애비는내자궁에씨를뱉었어침을뱉듯이그게다야'(「보나파르트 공주의 초상」)는 지독하기 짝이 없다. 허무하고 어둡고 자기 파괴적이다. 자기 존재를 이렇게 침 뱉듯이 모멸 조로 쓴 이는 아무도 없을 것이다. 그의 시 도처에서 이런 구절들은 흔히 보인다. 아예 삶은 고장난 변기 속의 구린내 나는 똥 덩어리요, 그 똥 덩어리를 핥아먹는 요망한 것이란다.

똥처럼 오연하다 홍도야 똥처럼 의미심, 심장하다 똥처럼 난해하다 홍도야 위험한 또옹, 나는 방약무인한 구린내로 나의 있음을 진동시킨다 홍도야 고장난 변기 속의 똥무더기 같은 나의 있음을 홍도야 내 입으로 핥아 치울 수밖에 없는 요망한 요망한 요오망한 있

음을 홍도야 똥 묻은 입으로 물고 빨고 핥고 분다 홍도야

-「홍도야」 전문

우리 삶이 입에 똥을 처바르는 것이고 그 똥 묻은 입으로 뭘 물고 빨고 핥고 부는 것이란다(그렇기도 하다, 홍도야). '요망한 있음'을 '물고 빨고 핥고 분다'는 것은 요망한 '그것'을 빨고 핥는 원초적이고 음탕한 행위와 연결될 수 있으며, 그것이 삶의 숨길 수 없는 요망함이다. 이 시가 이상하게도 계속 입안에서 맴도는 것은 어쩔 수 없다. '빨고 핥고'의 흡입력처럼 이 시는 입에 들러붙는 요망한(?) 리듬감을 갖고 있다. 그 리듬감이 의미를 누그러뜨리면서 의미를 실어나르는 것이다. 그러니 요망할 수밖에.

그런데 똥이 묘하다. 그가 어디에서 "의식의 똥은 말인데 입으로 나오는 똥은 거짓말을 한다. 가짜 똥도 많다."고 말한 적이 있다. 그러니 삶은 입에 똥을 처바르는 것이다. 하지만 그는 "진짜 똥은 거짓말을 안 한다."고 했다. 우리는 '진짜 똥을 누어야 한다'. 그래 '진짜 똥'을 입에 처바르고 방약무인한 구린내를 풍겨야 한다. 의미심장한 똥이다.

김언희는 왜 이렇게 엽기적인 시를 쓸까. 그는 "우리 삶은 내 시의 언어들보다 더 끔찍하고 엽기적이고 극악하다."고 했다. 과연 그러한가.

3.

나는 궁금하다. 죽음과 파멸, 혐오로 밀고 나가는 그의 엽기시들, '나를/ 씹어버리고 나를/ 갈아버리고' '마모되면서/ 중독되면서/ 변

태가되어가면서/ 절삭되면서/ 파쇄되면서/ 아무것도아닌것이되어가면서' (「990412」) 같은 자기 혐오적인 구절들이 도대체 어디에서 왔는지 말이다.

당연히 어떤 콤플렉스에서 온 것은 아닐까라는 생각이 든다. 다음 구절이 눈에 띄는 것이었다. '버썩버썩/ 내 뒤통수를 씹는 음탕한/ 턱주가리, 노모(老母)/ 였다'(「사마귀」)나 '탯줄에 매달려 어머니 쪼록쪼록 나를/ 빨아먹는다 내가/ 쭈글쭈글해진다'(「가족극장, 중절되지 않는」)를 보면 어머니가 자신을 씹고 빨아먹는 것으로 돼 있다.

김언희의 어머니는 평범하나 그렇게 평범하지만은 않은 어머니이다. "우리 어머니는 욕을 아주 절묘하게 잘하는 욕쟁이"라고 그는 말한 적이 있다. 보지, 불두덩, 토끼씹, 벌건 자지, 구멍, 닭대가리, 음핵, 요분질이란 단어들을 그가 시에 과감하게 쓰는 유래를 알 것 같다.

인간은 별것 없다. 보고 들은 대로 되어가니 아무리 기를 쓴다고 해도 '손바닥 안'이다. 시를 전혀 알 리 없는 어머니의 육두문자들이 시에 육박했다는 것은 시 이전에 있는 우리 삶의 질펀한 밑바탕이, 김언희식 표현대로 '시의 멱살을 잡았다'는 거다. 김언희는 내닫는다. '문자라는 지배계급의 전유물에 똥을 싸 뭉개는 발칙한 시는 정말 불가능할까.' 그는 그 불가능을 쓰고 있는 것이다.

대개 콤플렉스의 뿌리는 어머니가 아니면 아버지에게 있다. 김언희의 경우 어머니보다 아버지가 더 문제적이다. "아버지는 말을 잔인하게, 그러니까 여러 마디를 하는 것이 아니라 한 마디로 잘라버리는, 그게 다른 사람의 상처가 되게 말하는 식이었다. 그걸 내가 다 받았다."라고 김언희는 한 인터뷰에서 말했다. 김언희가 아버지를 호명하는 방식은 어머니의 경우와 사뭇 다르다. 「가족극장」 연작은 아버지를 능멸하는 시들이다. '칠흑의 구렁이, 눈동자가/ 빨다만 사탕처럼/ 빨갛게/ 빛나고 있는' 것은 '시뻘건 아버지의 음부'다. 아버지는 남성과 짐승성의 대표자로서 콤플렉스의 뿌리다. '아버진/ 색골'이고 아버지는 '짐승 항렬'이다. 거기서 태어난 나 또한 짐승 항렬일 것이다. '나는/ 내가 누군지/ 알고/ 있었어'.

이제 아버지를 조롱하면서 뽑아내야 한다. '그래봤자 아버진 갈보예요 사지를 버르적거리며 경련하는 아버지 좋으세요 아버지 아버지로부터 아버지를 뿌리째 파내드릴게'. 아버지를 아슬하고 꼴좋고 우습게 만드는 것도 콤플렉스를 넘어서는 한 방법이다. '자궁의 목구멍에 아버지가 걸려 있다/ 하수구에 걸린 슬리퍼처럼'. 아버지가 하수구 저쪽으로 툭 하고 떨어지면 그만이다. 하수구에 처박고 싶은 '슬리퍼 아버지'! 그야말로 김언희에게 아버지는 만신창이가 되고 있다.

그런데 김언희의 아버지는 육신의 아버지로 그치는 게 아니다.

지긋지긋하다
똥구멍이빨간시도
씹다붙여둔껌같은섹스도
쓰고버린텍스같은생도
지긋지긋해지긋
지긋하옵니다아버지
(중략)
가래처럼찐득거리는희망도
손가락이열개나달린이구멍도
저뱀자루도아버지지긋
지긋하옵니다
벗겨주소서
벗겨내주소서아버지
나를아버지
콘돔처럼아버지
아버지의좆대가리에서아버지!
-「벗겨내주소서」 중에서

여기서 아버지는 너무 지긋지긋한 삶에서의 구원을 갈구하면서 불러대는 신적인 아버지다. 그런데 구원이 '아버지의좆대가리에서' '콘돔처럼' '나를' '벗겨내'는 것이라니! 그것은 희망이 '가래처럼찐득거리'는 삶의 강퍅한 실상을 말하는 것이고, 그리하여 구원은 없다는 말이다. 아니, 구원이 있다고 해도 그것은 일을 끝낸 남성에게서 콘돔을 벗기는 행위에 비할 만큼 아주 속되고 '풀이 죽은'(?) 거라는 말 같다. 아니면 신이 자신의 쾌락을 위해 우리를 갖고 노는 것이고, 그것을 아는 우리는 신에게 빨리 사정을 하고 콘돔처럼 나를 벗겨내라고 대들어야 한다는 것이다.

나는 구원이 있는지 없는지 모르겠다. 김언희는 구원이 없다고 생각하는 것 같다. 차라리 구원이 있다는 그 허위를 빨리 벗겨내고 싶은 것처럼 보인다. 이런 것이 '손가락열개나달린이구멍'(여성)이나 '저뱀자루'(남성)가 지긋지긋하게 감당하고 있는 삶과 구원의 실상이라는 것이다.

4.

김언희를 만나면 늘상 '처음'을 경험했다(?). 진주비빔밥도 처음 먹었고, 진주화장장도 처음 가봤고, 다솔사와 영암사도 처음 가봤다. 시인 몇과 어울려 다솔사 인근 계곡에서 술잔을 기울인 뒤 나는 '김언희 시인이 이렇게 서정적인 곳을 좋아하는구나'라고 속으로 놀라며 그의 서정적인 시 「찔레」를 읽게 되었다. '내 그리움의 뇌관을 건드린/ ……보라, 가청권 밖의 이 폭음/ (중략)/ 슬로 비디오로 찢어지고 있는/ 당신 넋의 눈부신 사지를'. 귀와 눈을 자극하는 이 시는 아름답다. 김언희가 처음부터 엽기적인 시를 쓴 것은 아니었다. 김언희는 자기 발견과 자기 갱신의 시인이다. 첫 시집 『트렁크』에 모색기의 시들이 있다. 그중 「공」은 절묘한 표현에 가닿은 시다. 보지, 자지 하는 시들과는 영 다르다.

공처럼
살지, 각을
모조리 안으로 삼켜버린
둥긂, 탱탱한
증오의
표면장력으로
일촉즉발
나를 내지르는 힘의 충직한 방향과 속도가 되기 위하여
숨구멍 하나 없는 자폐의 탄력으로
탱글거렸지, 아아, 무서운 건
멈춰 있는
공포, 최소한의 접지만을 허용하는
피가
마르는
-「공」 전문

이 시에는 새로운 발견과 제시가 '탱글하게' 들어 있다. 공처럼 둥글게 살라고 말들 하지만 이치가 안 닿는 말이다. 공은 최소한의 접지로 멈춰 서 있느라 얼마나 피가 마르는지, 그걸 모르는 편한 소리다. 공을 둥글다고만 보지 말라는 게 이 시이다.

시 「못에게」를 보면 '박혀 있고' '교접하고' '엉덩이'와 '질'이란 '직접적인'(?) 단어들이 등장하면서 좀 달라지고 있다.

박혀 있는 게
못의 힘인 줄 아는
바보
먹통

못 느끼겠니……?

못의
엉덩이를 두드려가며 깊이
깊이 못과
교접하는
상처의
질

의
탄력?

-「못에게」 전문

빳빳하고 뾰족한 것을 쾅쾅 박는다고 다가 아니라 박히는 못과 깊이 교접하는 상처의 질, 그 탄력을 바보 먹통처럼 왜 모르느냐는 것이다. 이건 비단 못만의 이야기가 아니라 남녀의 이야기, 세상사의 이치까지 둘러치고 있다. 김언희의 시적 전략이 뾰족해지고 날카로워지고 있다. 아마 이 부근에서 그는 경계를 넘어서지 않았나 싶다.

그 경계를 넘어서 도발과 도전을 하는데 그건 쉽지가 않다. 이를테면 혓바닥이 찢어지는 일이다. "시는 말할 수 있는 것이 아니라 말할 수 없는 것을 말하려는 시도이고, 혀끝에 올려서는 안 되는 것을 혀끝에 올리려는 혓바닥이 찢어지는 노역이다." 다음은 그의 혓바닥이 찢어지는 시다.

입에서 항문으로
당신의 음경에
꼬치 꿰인 채
뜨거운 전기오븐 속을
빙글빙글빙글
영겁회귀
돌고 돌께요 간도
쓸개도 없이
-「늙은 창녀의 노래 · 2」 중에서

이 시는 '꼬치에 꿰인 채 빙글빙글 간도 쓸개도 없이 돌아가는 것은 통닭뿐이겠는가, 이 글을 읽고 있는 당신이 그렇지 않은가'라는 질문을 날리고 있다. 이것이 김언희의 발성법이다. 왜 이렇게 발성하는가. "살아있는 진창, 살아있는 반죽 같은 시. 지독한 비린내를 풍기는 날것 그대로의 시. 생선 배를 가르듯이 인간의 불가해한 영역을 갈라 보이는 시는 불가능한가. 교양 있고 우아한 생의 박피를 벗겨 그곳에 흐르는 추악한 욕망의 진물을 찍어서 쓰는 시는 불가능한가." 그는 그 불가능을 쓰기 위해 여기까지 온 것이다.

5.

논개는 진주 남강에 몸을 던졌지만 진주의 김언희는 시에 몸과 마음을 다 던졌다. 「스너프, 스너프, 스너프」라는 시에서 스너프(Snuff)는 살인, 강간, 폭력을 실제로 담은 섬뜩한 필름을 말한다. 나는 처음 성인 인증을 받고 인터넷에서 스너프를 찾아보고서 피가 거꾸로 솟을 지경이었다. '있지, 내가 진짜 보고 싶은 비디오는 스너프야, 당신이 주인공으로 등장하는 스너프. 죽어도 죽어도 죽은 것 같지가 않지. 당신? 죽은 뒤에도 더, 죽고 싶지? 더 더 더 더 죽고 싶어'.

무엇이 이토록 극악한 상황으로 그의 시를 이끄는지……. 김언희만큼 타협 없이 시를 끝까지 밀고 나가는 이는 별로 없다. 그처럼 당혹스러우리만치 모질게도 모든 것을 던져 시를 쓰는 이는 거의 없다. 한국 시단은 '잔인하고 당혹스러운 상상력의 공격과 침입'에 놀라워했다. 제2시집 『말라죽은 앵두나무 아래 잠자는 저 여자』는 시집 네 권 중 섬뜩함의 최고점을 찍었다. 머리말의 첫 문장이 '임산부나 노약자는 읽을 수 없습니다'였는데 나는 임산부나 노약자가 아닌데도 무서워 떨면서 그의 시를 읽었다.

김언희도 생각의 극점으로 몰고 가는 이런 시를 쓰는 자신이 무서울 때가 있다는 말을 했다. 그는 혼자만의 외로운 길을 가고 있는 것이다. 두 번째 시집의 앞쪽에 2000년 당시 문학 기사를 쓰던 날 아침, 김언희와 통화한 내용을 적은 메모가 있다.

"저 스스로 그런 표현을 쓰기까지 많은 과정을 거쳤다. 많이 다치고 상하고…, 제가 무섭다. 부대끼는 무의식, 공포에 떨 지경이다. 무의식 쪽 깊이 내려가고…, (그러나 이제는) 공포 많이 극복했다."

"시인은 무당"이라는 김언희의 말이 내내 감돈다. 숨기고 싶은 것, 말하고 싶지 않은 것, 말할 수 없는 것에 가감 없이, 그리고 가차 없이 내닫고 스미는 언어의 굿판을 주재하는 이가 시인이라는 것이다. 섬뜩한 언어로 날것의 굿판을 벌일 때, 언어의 칼날이 공중을 가르며 번득일 때 삶의 거짓 구린내 질병이 씻기고 베어진다는 것인데 섬뜩한 언어가 번쩍하고 스칠 때 그의 내면에 얼마나 많은 상처를 남기겠는가.

2005년 세 번째 시집 『뜻밖의 대답』이 나왔을 때, 부산과 진주의 시인 몇이서 김언희와 함께 경남 합천 황매산 기슭에 있는 영암사 폐사지를 갔다. 함께 가 본 거기에서 그는 적막한 이 폐사지에 와서 울고는 했다고 나직이 말했다. 나는 그 울음의 깊이를 잘 모르지만 그의 외로움은 알 것 같았다.

우리는 영암사 폐사지의 석등을 떠받고 있는 통일신라시대 돌 쌍사자의 엉덩이를 만졌다. 김언희가 그걸 권했고, 그가 일러준 대로 이쪽 놈과 저쪽 놈의 엉덩이 볼륨이 분명 다르다는 걸 확인했다. 지금 내 손안에 그때 느꼈던 한쪽 사자 엉덩이의 풍만한 볼륨이 흔적처럼 남아 있다. '비릿한 구토증', '무서움', '리듬감', '농염'은 그의 시집 네 권이 차례대로 내 정신의 맨손바닥 안에 남겨 놓은 느낌의 흔적이다.

6.

파트리크 쥐스킨트는 소설 『향수』에서 '냄새를 지배하는 자, 그가 인간의 마음도 지배하게 되는 것이다'라고 썼다. 소설에서 그르누이는, 그가 살인한 사람들의 체취를 모아 '절대향수'를 만든다. 그는 절대향수 몇 방울로 그를 처형하려던 사람들까지 황홀히 취하게 만들어 사형장의 형틀에서 벗어날 수 있었다. 그러나 어찌된 일인지 한 공동묘지에 이르러 절대향수를 마구 뿌려 그것에 황홀하게 이끌린 부랑자들에게 그의 육신이 갈가리 찢겨 먹혀 버리고야 만다. 이 장면은 충격적이다. 과연 그르누이가 왜 그 순간에 절대향수를 뿌리고 죽었을까.

나는 김언희의 네 번째 시집에서 '시인의 말'을 읽고 놀랐다. 『향수』가 떠올랐다.

> 종이가 찢어질 정도로 훌륭한 시를, 용서할 수 없을 정도로 잘 쓰고 싶었습니다.

김언희가 줄곧 말하는 '혀가 찢어지는 시' 혹은 '종이가 찢어지는 시', '써놓은 글자만으로도 종이가 찢어지는 시', 그것은 도대체 무엇인가. 김언희의 말은 '상상도 할 수 없을 정도로 최고 경지에 달한 시'를 추구하겠다는 것이다. 다음 말도 마찬가지다. '아무도 읽을 수 없는 것을 쓰고 싶고 쓸 수 없는 것을 쓰고 싶다. 쓰여서는 안 되는 것을.' 김언희는 '절대향수' 같은 '쓰여서는 안 되는' 절대시를 추구하고 있는 것 같다.

그것은 완성되어서는 안 되는 시이다. 만약에 그것이 쓰인다면 그르누이처럼 김언희는 우리에게 갈가리 찢겨 먹혀 버릴지도 모른다.

절대시에는 절대로 도달할 수 없으며 오직 거기에 닿으려는 아스라한 몸짓, 과정, 표류만 있는 것이 아닌가. 표류 과정의 몸짓 그 자체가, 우리가 실제로 누릴 수 있는 절대향수이자 절대시는 아닌가. 영원한 완성이 아니라 영원한 과정만 있는 시 말이다. 김언희는 "시는 독자의 상상력에 대한 방화를 노리고 그어 던진 한 개비의 위험한 성냥"이라고 했다. 종이가 찢어지는 시의 완성, 상상력이 불타는 시의 방화는 독자의 몫으로 넘어간다는 말이다.

아니다.

'절대를 향한 영원한 과정 상에 놓여 있는 시', 그것이 곧바로 '종이가 찢어질 정도의 훌륭한 시'는 아닐 거라는 생각을 여전히 지울 수 없다. 김언희는 우리가 그의 시에 황홀하게 이끌려 곧바로 시인과 시의 살점을 뜯어먹는 '혀를 찢고 종이를 찢는' 독자가 되어야 한다고 주문하고 있다. 그르누이는 사라짐으로써 절대향수를 실현했다. 절대향수의 마법에 걸리지 않는 그 제조자가 절멸하는 순간이 바로 절대향수가 실현되는 순간이었다. 절대향수같이 절대시가 완성되는 그 지경, 나는 시인이 사라짐으로써 완성되는 시가 뭔지 어렴풋이 보이는 것도 같고, 보이지 않는 것도 같고……. 아마 거기에는 단 한 편의 시가 무서운 광기를 내뿜으며 놓여 있을 터이다. 거기까지 밀고 나간 김언희의 시적 정신, 아, 그것은 무서운 것이다.

도요의 자연에 이른 빛나는 야성

–시인 최영철

1.

최영철 시인을 만나기 전부터 나는 부산에 살았지만 그를 만난 이후 부산은 내게 썩 달라졌다. 부산의 기질, 부산의 감성, 부산의 문화적 경사, 이런 것을 곰곰이 생각하게 되었다. 물론 그전에도 부산성(釜山性)을 꽤 생각했지만 그 생각의 분명한 '크리티컬 포인트'는 최영철 시인에게 있다. "부산 사람들의 말은 짧지요. 말이 짧으니까 몸, 그러니까 춤이 승해요. 이를테면 동래학춤은 참으로 대단한 것이에요. 궁중의 학무와 달리 부산 기질을 반영하듯 즉흥적인 신명과 개개인의 멋을 중시하지요." 나는 부산 문화의 감수성을 최영철 시인에게 배웠다.

그 부산 공부는 책 읽기도 부추겼지만 술집에 여럿이 앉아 '공부하듯이' 술을 먹으며 하는 경우가 꽤 많았다. 우리는 소주를 마시면서 '이슬처럼 차고 뜨거운 장르'에 심취했고, 막걸리 잔을 부딪치면서 바짓가랑이에 방울방울의 흔적을 열변 토하듯 튀겼다. '막걸리'를 노래한 최영철의 시 구절이 희한하게도 막걸리 잔을 기울이며 우리 몸에 새겼던 부산 기질을 말하는 것 같다. '목마른 속을 뻥 뚫어 놓고 가는 이것' '가슴이 데워져 오는 이것' '허옇다가 폭포처럼 콸콸 쏟아지다가/ 벌컥벌컥 샘물처럼 밀려들어오는 이것/ 한 잔은 얼음 같고 세 잔은 불 같고/ 다섯 잔 일곱 잔은 강 같고/ 열두어 잔은 바다 같아'. 우리는 '딱 한 잔만 더!'를 혀 꼬부라진 소리로 읊조리며 '바다처럼 되기 위해' 무람없이 참 많이도 젓었다. 그러면서 나는 느릿하고 편안한, 잘 곰삭은 최영철의 삶을 보았다.

나도 직접 물어본 적은 없지만 그도 먼저 얘기한 적이 없다. 1956년 경남 창녕 출생인 최영철이 부산 동구 범일 5동 매축지마을에서 네 살부터 열 살까지 살았다는 사실을 어느 글에서 읽고 생경하게 느꼈던 적이 있다. 그렇다면 그에게 부산의 매축지마을은 '유년의 뜰'이다. 애옥살이의 애닯은 삶들이 좁다란 골목에서 어깨를 서로 부딪치는 보잘것없는 매축지마을이 한 문학의 넉넉한 구유, 역설의 자궁이 되었던 것이다. 그곳은 근대도시 부산의 주름살이 깊게 팬 곳이 아니던가. 최영철과 매축지마을의 문학적 연결은 상징적 사건이다.

술은 최영철이 부산을 익힌 통로이자 '학교'였다. 산문집 『나들이 부산』을 보면 최영철은 '궁핍한 청춘의 해방구'였던 자갈치에서 선술집, 동동주집, 노점을 뻔질나게 드나들며 날것의 부산 기질을 익혔다. 그러다가 주체할 수 없는 열정과 혼돈에 시달리면 구포강둑으로 내달아 소주와 홍합국물에 취했고, 또 저 너머를 암시하는 김해 들판까지 가서 시원한 눈맛에 취하기도 했다. 우울한 1980년대 초 서면에서는 늦은 시간에 볼륨을 최대로 올리는 음악다방에서 '임금님 귀는 당나귀 귀'를 외쳤으며, 서면 골목의 단골 막걸리 집에서는 오전 열 시부터 파장할 때까지 인류와 조국의 미래를 걱정해가며 노동하듯이 공부하듯이 숭고한 자세로 술을 마셨다고 한다. 또래들끼리 그 시절 '세계에서 제일 긴 공중변소'라 부르던 옛 부산상고 담벼락에 서서 '이 지긋지긋한 시간으로 다시는 돌아오고 싶지 않다'며 오줌도 갈기고 오바이트도 하며 쌈박질을 하기도 했다. 부전도서관은 우동 한 그릇을 먹고 하루에 소설 한 권과 시집 한 권을 읽은 그의 학교였다. 그렇게 부산의 곳곳이 대책 없는 청춘, 암담한 젊음의 울분을 달래주었다. 그는 부산 속으로 스며들어 '부신 사람'이 되어 갔던 것이다. '부산이 불러주는 대로 나는 받아 적었고 부산의 골목 언저리에서 시를 캐냈다'는 바로 그것이다.

2.

부산 사람들은 가끔 "야성 한 그릇 하러 갈까"라는 말을 주고받는다. 식사로 돼지국밥 한 그릇 하자는 말이다. '야성을 연마하려고 돼지국밥을 먹으러 간다'로 시작하는 최영철의 시 「야성은 빛나다」의 구절처럼 돼지국밥을 '야성'으로 부르는 것이다. '돼지국밥에는 쉰내 나는 야성이 있다/ 눈물 찔끔 나도록 야성은 시장바닥 곳곳에 풀어놓은 것/ 히죽이 웃는 대가리에서 야성을 캐다/ 홀로 돼지국밥을 먹는 이마에서 야성은 빛나다.' 이마에 땀의 빗금을 그으며 시장통에서 새우젓 넣어 마늘 양파와 먹는 돼지국밥의 그 얼얼함이란!

돼지국밥은 한국전쟁 때 부산으로 흘러들어온 부산 음식이다. 전쟁 통에 이것저것 볼 것 없이 갖은 재료를 한 그릇에 뚝딱 말아낸 것으로 자그마치 한국 현대사가 깃든 음식이다. 지금이야 웬만큼 알려졌지만 이전에 누구는 '돼지들이 꿀꿀거리며 먹는 국밥'으로 알고 사람이 먹는다는 소리에 기겁했다고. 그 기겁을 넘어서, 옛 전쟁통의 아수라장 같은 기억을 훌훌 말아서 '둥둥 떠다니는 기름 같은 것/ 그래도 남은 몇 가닥 털오라기 같은 것/ 비계나 껍데기 같은 것' 괘의치 않고 땀 뻘뻘 흘리며 '국밥 한 그릇'을 비우고 '야성 한 그릇'을 채우는 것이다.

우리는 이런 농지거리도 즐겼다. 야성이 뭐지? 호락호락하지 않은 거친 삶의 野性이지. 아냐, 음음한 밤의 夜性, 밤에 돼지국밥 먹으며 술 한잔 하자는 거지. 또 있어, 대장장이가 쇠를 단련시키는 冶性, 쇠를 가는 듯한 거친 짐승 소리 野聲, 칼이름 鎁를 가져오면 鎁性은 날카로워지기도 하지. 그런데 가만 보니 이게 농만은 아니었다. 그 모든 야성을 아우르는 야성, 그래서 '야성은 빛나다'.

그때가 언제였나. 이 시가 있는 시집 『야성은 빛나다』는 1997년 초에 나왔다. 우리가 지향했던 믿음들이 판판이 깨어진 이후 맞이한 세기말은 얼마나 황량하고 쓸쓸했던가. 1980년대의 뜨거웠던 우리 사랑은 그 연대의 끝머리부터 덧없는 시간 속으로 도미노처럼 줄줄이 쓰러졌다. 고개 숙인 사람들, 어깨 처진 사람들이 낮게 가라앉아 삶의 낮은 자리인 시장을 걷다가 그 시장의 활기에 사로잡히면서 눈에 돼지국밥이 번쩍 하고 들어오는 것이다. 돼지는 항상 히죽이 웃고 있는데, 그래 우리 또한 겉으로 웃는 웃음이 속을 온전히 물들일 때까지 견디리라, 야성을 키우리라. 야성이여 빛나라.

그런데 또 다른 묘한 운명이 최영철에게 예정돼 있었다. 그 시집이 나왔던 그해 늦가을, 양정동 동의의료원 아래쪽 골목집에 살던 최영철은 밤 귀갓길에 큰 사고를 당한다. '여기가 반환점인 줄 모르고/ 중앙선 넘어 열나게 뛰다가/ 마흔둘에 머리를 맞았다'(「길에서 돌을 맞다」 중에서). 그는 무너질 듯 아픈 머리를 안고 집을 겨우 찾아 들어가 의식을 놓았다. 119로 병원에 실려 가 한나절의 뇌수술을 받은 그는 사흘간 혼수상태에 빠졌다. 당시 후배 시인들이 장례 의논까지 했을 정도다. 다행히 그는 생사의 갈림길에서 극적으로 돌아서면서 퉁퉁 부은 얼굴에 파묻힌 눈을 겨우 떴다. 그가 말한 야성의 담금질은 그렇게 힘이 드는 것이었다. 이를테면 뇌를 열면서까지 숙련시켜야 하는 그런 야성이었던 셈이다.

3.

다시 뜬 눈으로 시인은 장차 어디까지 내다보게 되는 것이었을까. 그는 오백 살이 넘는 신목(神木)인 수영동 푸조나무를 보았다. 수술 후 그의 시에는 '식물'이 조금씩 들어오기 시작하는데 그 대표적인 것이 그 푸조나무이다. 2000년에 낸 시집 『일광욕하는 가구』에 실린 「푸조나무 아래」 연작은 그의 시적 연대에서 '푸조나무 시기'를 열었을 정도로 꽤나 특징적이다. 하지만 뇌수술을 하면서까지 절정에 이른 '빛나는 야성'이 결국 이른 곳이 식물이라니. 이런 숱한 역설과 반전, 모순이 뒤섞여 있는 것이 우리 삶이다. 그것들을 그대로 놀아버리게 하는 것, 또는 하나로 만들어가는 과정이 우리 삶이다. 인간의 시간을 넘어 인간의 시간 속에서 유적처럼 서 있는 그 푸조나무는 신목의 이름으로 식물 이상의 무서운 동물성마저 품고 있는데 최영철이 본 것은 조금 다르다.

시 인
최영철

오백 년 동안 소멸과 신생을 거듭한, 쓰러지고 일어서며 피고 지는 순환을 거듭한 이 나무를 내 마음에 옮겨 심고 싶다. 봄을 만나려는 마음이, 봄의 새와 꽃과 바람과 다시 노닐고 싶은 그리움이 그 나무들을 매년 다시 살려낸 것처럼, 시와 놀고 싶은 마음이 허물어지려는 나를 다시 일으켰다.(시집 『일광욕하는 가구』 뒤표지 말)

그는 생사를 넘나든 그 사고 이후 그의 삶과 시를 붙들어 줄 수 있는 하나의 상징을 찾아냈다. 푸조나무를 보았던 것이다. '겨울에 이 나무를 처음 보았는데 불에 탄 듯 시커멓고 음산하게 서 있는 꼴이 살아 있는 나무로 보이지 않았다.' 죽은 것 같은 그 나무에 '마음과 그리움의 소식'이 닿아 매년 어김없이 새잎이 살아나는데 그 소식은 다름 아닌 '시와 놀고 싶은 마음'이다. 푸조나무를 보면서 그는 허물어지려는 자신을 다시 일으켜 세웠다.

아닌 게 아니라 푸조나무 연작이 들어간 다섯 번째 시집 『일광욕하는 가구』는 지친 그를 격려했다. 2000년 제2회 백석문학상을 그에게 안겼다. 나는 그때 정말 모르고 있어서 놀랐다. 1986년 등단 이후 15년 만에 처음으로 최영철이 문학상을 받는다는 사실에 놀랐다. 내로라해도 결국 부산에 있으면 한국문학 판에서 말도 안 되게 촌놈 취급을 받는다는 말이다. 부산 문단의 희소식은 한국문학의 추문을 폭로한 셈이었다. 그런 게 인지상정이라고? 그래 인지상정의 추문이다. 하지만 그는 겸허하게 '뿌리'의 생각에 이르러 있었다.

이 푸른 잎을

제 진심이라 생각지 마시고
이 늘어진 가지를
제 기쁨이라 생각지 마소서

그대 눈에 마냥 푸른빛 보이려고
그대 마음에
마냥 우거진 행복만을 비추려고

이렇게 흙빛으로
천 갈래 만 갈래 속이 탔습니다
-「뿌리-푸조나무 아래」 전문

최영철은 푸조나무의 뿌리에 이르기 위해 2003년 푸조나무가 있는 수영동으로 아예 이사를 했다. 많은 이들은 최영철이 노래한 푸조나무가 어떻게 생겼는지 보러 갔다. 어떤 이는 식물을 봤다고 했고, 다른 이는 야수를 봤다고 했고, 또 다른 이는 할매나 할배를 봤다고도 했다. 그러면서 우리는 어느새 푸조나무와 최영철을 같이 놓고 말했다. '이 나무를 내 마음에 옮겨 심고 싶다'고 했던 그의 말처럼 된 것 같았다. 푸조나무가 있는 그 동네에는 수영 팔도시장이 있다. 이전에 이십 년 넘게 살았던 양정동의 양정시장과 그 인근의 호프집을 자주 드나들었던 것보다는 덜하게 우리는 가끔 팔도시장의 막걸리 집을 드나들었다. 우리는 시장 일대를 커다란 푸조나무 한 그루라고 여겼으며, 그 고목을 키우기 위해 막걸리를 부어주는 미풍양속을 떠올렸던 것이다. 우리가 딴청을 피우고 있던 사이에 최영철의 시는 서서히 변하고 있었다.

4.

어느 날 중앙동의 한 자리였다. 최영철이 이런 말을 했다. "자의식의 머리를 굴리고 손발을 동원해 세 끼 밥을 얻어야 하는 인간에 비해 지천에 널린 먹이를 향해 돌진하기만 하면 되는 사자와 다람쥐와 물고기와 바퀴벌레는 행복하며 그런 세계에서 해탈한 장승과 바위와 빗줄기와 나무토막은 더 행복하다." 그러면서 그는 "자의식이 너무 힘들다. 다음 생에는 아예 자의식이 없는 바위로 태어났으면 좋겠다."고 했다. 그 말은 공감되면서도 충격적이었다. 바위로 태어나겠다는 말은 눈물 나는 생사윤회의 고리를 끊어버리고 싶다는 말과 같다. 최영철은 곳곳에 썼다. '술에 만취하는 가끔의 시간을 제외하고는 한순간도 나는 나에게서 자유롭지 않다. 거울을 잘 들여다보지 않는 버릇… 지금의 나를 감당하기도 힘이 드는데….' 이것은 최영철의 밑바탕에 거대하게 놓여 있는 생각이다. '사람이 아니라면, 온전한 팔다리 머리가 아니라면/ 그것도 아니라면 좋겠네 아무 흔적 없이/ 바람 한 번에 까불거리는 지푸라기라면/ 눈시울 뜨겁게 하는 흙먼지라면/ 차라리 아무것도 아니라면 좋겠네'(「태풍 전망대」 중에서). 무화(無化)에의 도저한 충동에 사로잡혀 그는 왜 이다지 힘들었던 것일까를 생각하면 가끔 멍해질 때가 있다.

> 아득한 시간이여 어서 지나갈 순 없겠니. 차라리 시궁창에 차라리 암세포에 차라리 사이비종교에 헛디딘 것처럼 문득 발을 빠뜨리고 싶어. 모른 척 나를 가만 놔둘 순 없겠니. 다시는 희망이라고 다

시는 빛이라고 말하지 않을 순 없겠니. 차라리 패가 망신 차라리 근친 상간 차라리 금치산이었으면. 아득한 시간이여 어서 나를 짓밟을 순 없겠니.

-「쥐스킨트를 읽는 밤」 중에서

아득한 시간에게 빨리 짓밟아 달라는 섬뜩한 말의 깊이를 나는 체득할 수 없다. 최영철은 세 살배기 젖먹이 때 부산으로 이사 와 처음에는 범일동 산복도로 달동네에서 살았다. 방바닥에 밥과 찬을 펼쳐놓고 식사를 하다가, 이를 보다 못한 주인이 준 헌 밥상에 밥을 차려 먹은 셋방살이였다. 어머니는 젖이 모자라 암죽을 먹인 뒤 옹알이를 하는 그를 업고 행상을 다녔다고 한다. 젊었을 때 최영철은 그 어머니에게서 "책 다 싸질러 버리라"는 말씀을 귀에 못이 박히도록 들었고, "그 짓 해서 어찌 식솔들을 건사하겠느냐"는 핀잔을 수없이 들었다. 몇 년 직장 생활을 하기도 했지만 그는 시를 쓰기 위해 놈팽이가 아닌 백수의 삶을 자청했다. 백수를 깔보고 업신여기는 속세에서 느릿한 주변인의 삶을 힘겹게 마저 살았다. 멀리서 봐도 그의 가계가 훤히 들여다보이는 그런 삶이었다. 그 고뇌가 극점에 이른 것이 '차라리 시궁창에 차라리 암세포에 차라리 사이비종교에' 빠지고 싶다는 절규로 드러난 것은 아닐까. 어디에 이르기 위해 내면을 더 웅숭깊게 한다손 치더라도 정말 그때로서는 어떻게 결론 날지 모르는 아슬아슬한 지경까지 그 깊이가 이른 것이다. 무화에의 충동은 당시 그 삶의 쓸쓸함, 그가 밀고 나갔던 삶의 적막함을 극명하게 보여주는 것이지 싶다.

아니 그 속에는 수도하는 이의 모습이 깃들어 있다. 천박한 자본

주의를 회의하고, 세상의 성공을 발바닥의 때만큼도 여기지 않을 수 있는 궁핍을 즐기며, 상처받고 너저분해진 것을 다독이는 그의 시의 고개 숙인, 두 손 모은 낮은 모습이 있다. 이 생은 참으로 소중한 것이지만, 이깟 생이 뭐라고 그렇게 애달캐달할쏘냐. 그러면서 자칫 찢어질 듯 습자지 한 장의 두께에 이른 힘겨운 시와 삶의 여정이 묻어난다. 생각건대 최영철처럼 삶과 시를 나란히 끌고 나가는 이는 별로 없는 것 같다. 한두 편이 아니라 그가 쓴 시 모두가 단 한 편인 그 시는 그의 삶과 거의 하나를 이루고 있다. 때론 둔탁하고 때론 느릿하지만, 그 시는 멀고 험한 길을 묵묵히 한눈팔지 않고 걸어온 청명한 맛을 내고 있다. 내가 좋아하는 그의 시 「여름」이 떠오른다.

쌈 싸먹고 싶다
푸른색을 어쩌지 못해 발치에 흘리고 있는
잎사귀 뜯어
구름 모서리에 툭툭 털고
밥 한 숟갈
촘촘한 햇살에 비벼
씀바귀 얹고
땀방울 맺힌 나무 아래
아, 맛 있다.

그래 참 맛있다. 시의 맛을 남김없이 알알이 누리는 것은 동시대의 복이다. 나는 한 시인과 동시대를 사는 것은 동시대만의 특권이라고 생각한다. 사람과 시를 같이 겹쳐 볼 것이냐, 따로 떼어 볼 것이냐의 논란이 있지만 사람과 시를 한데 놓고 볼 수 있는 것은 동시대만이 누릴 수 있는 안복(眼福)이다. 삶도 덧없는 것이지만 시도 덧없다. 덧없는 삶을 넘어선 영원한 시도 있겠지만 그것은 천년의 시간과 더불어 놀라 하고, 우리는 덧없는 삶 속에서 흔들리는 삶의 흔적 자체인 시를 살아 있는 귀와 눈과 코와 살갗으로 느끼고 호흡할 것이다. 오직 동시대만이 누릴 수 있는 '내가 그것을 안다'는 오만방자함으로 우리는 시와 인간을 기어코 꿰뚫어보기도 하는 것이다. 거기에 최영철과 그의 시가 있다.

5.

2000년 이후 최영철의 시에 큰 변화가 있었다. 뇌수술 후 그는 며칠간 모르핀에 취해 혼수상태에서 히죽히죽 웃었다는데 그 웃음인지 다른 재미인지가 그의 시에 들어왔다. 매미가 '맴맴맴맴맘맘맘밈밈몸믐ㅁ-' 울고, 세탁소의 말린 옷에서 '댕그랑댕그랑 이런 부랄저런 부랄들이 부랄소리를' 내기도 하고, '곳' '꽃' '거'라는 한 글자로 끝나는 스물 몇 행의 시도 쓰는데, 이것들이 사람을 히죽히죽 웃게 만든다. 이를테면 쌈 싸먹고 싶게 하는 것이다. 시행이 스무 몇 행에 걸쳐 '꽃' '꽃' '꽃'……으로 끝나는 시 「2020」은 마치 꽃을 뿌려놓은 꽃 그림 같다. '언어를 잘 가지고 노는 것, 잃었던 흥을 되살리는 것, 우리말의 묘미를 드러내는 것!' 그것이 그의 시에 들어온 것이다. 「늙음」이란 시는 더 이상의 사족이 필요 없는, 늙음을 바로 보고 읽으면서 제대로 흥얼거리는 시다.

늘 그럼 하고 고개를 끄덕이는 것
늘 그럼그럼 어깨를 토닥여주는 것
늘 그렁 눈에 밟히는 것
늘 그렁그렁 눈가에 맺힌 이슬 같은 것
늘 그걸 넘지 않으려 조심하는 것
늘 그걸 넘지 않아도 마음이 흡족한 것
늘 거기 지워진 금을 다시 그려 넣는 것
늘 거기 가버린 것들 손꼽아 기다리는 것
늘 그만큼 가득한 것
늘 그만큼 궁금하여 멀리 내다보는 것
늘 그럼그럼
늘 그렁그렁

나는 시 「뒷간이 멀어서 생긴 일」을 읽고서 설화 같고, 신화 같은 아득한 맛에 아랫도리가 해체될 듯 취한다. 밤새 식구들은 요강 하나에 오줌을 같이 눈다. 새벽녘에 '노인들은 넘칠락 말락 출렁이는/ 요강을 집 앞 개울에 씻'으며 그 개울에 '얼굴도 씻고 입도 헹궜다'. 요강 씻는 개울에 입도 헹구는 이 무변, 무애. 그러니 오줌도 한 통속으로 의좋게 소풍 가듯 개울 따라 흘러간다. '둥근 요강에서 밤새 뒤섞여 짜한 냄새가 나는/ 할아버지 할머니 손주의 오줌이/ 새벽 개울물에 소용돌이치며 한 번 더 자리를 바꾸며/ 동구 밖 천리를 달려갔다/ 달리기에 느린 할머니 오줌을 아버지가 들쳐업고/ 아이들 종종걸음이 놓칠세라 그 뒤를 따랐다'. 이 시의 교훈(?)은 '긴 세월이 흘렀지만 오줌은 그렇게 흘러가야 하는 것이라고'에 있다.

우리는 기분 좋게 히죽히죽 웃는다.

언어에 대한 발견, 식물의 발견, 공간의 확장, 세상과 사물에 대한 간지러운 틈 벌리기, 이런 것들이 2000년 이후 그의 시에 밝고 환하게 들어오는데 그는 그 일을 두고 짐짓 모른 척 '이제 만사가 그윽해졌지?'(「흰머리 단풍」)라고 우리에게 묻는다. 그러면 우리는 '반찬거리 파는 할머니/ 조르지도 않았는데/ 주위 눈치 보며 얼른/ 새싹 몇 잎 더 넣어준다/ 할머니와 나만 아는 비밀/ 다른 사람 절대 알아선 안 되는/ 무슨 돌이킬 수 없는/ 불륜이라도 저지른 듯/ 콩닥콩닥 가슴이 뛰었다'는 시 「비밀」을 읽어본다. 이를테면 '시장통 시인' 최영철이 우리에게 몰래 새싹 몇 잎을 건넨 것을 받아들고, 뭐 이거 참 연애하는 것도 아니고 여하튼 우리는 불륜이라도 저지른 듯 가슴이 콩닥콩닥 뛰는 것이다. 그 새싹 몇 잎으로 삶의 허무를 건널 수 있겠지 하면서 입맛을 쩝쩝 다셔보는 것이다.

최영철은 수영동에서 팔 년을 살았다. 푸조나무 동네에서 살았던 시기를 쌈 쌀 수 있는 시는 많다. 나는 왠지 「수영성 와목」과 「본전 생각」, 두 편이 제일 먼저 떠오른다. 그는 열여섯 살 때 서울로 무작정 가출해 군용차에 받혀 이 년 동안 전신마취의 수술대에 세 번 올랐다. 호를 누가 와산(臥山)이라 지어주었단다. 최영철은 쓰러질 듯 누운 수영성(城) 사철나무에게서 자신을 본다. 그 나무를 와목(臥木)이라 이름 짓고 같은 돌림자의 형제가 됐다며 아련하게 쓴 시가 「수영성 와목」이다. 그가 와목이고 와목이 그이니 그것은 삶의 상징을 얻은 것이다.

시 「본전 생각」은 노점에서 오백 원을 주고 산 호박 잎 스무 장에 깃든 세상과 삶의 묘한 숨은 계산, 은근한 묘리를 밝힌 것이다.

호박씨 값에다가 흙의 노고, 해와 비와 바람의 노고, 농부의 노고, 실어 나른 트럭의 노고, 노점 할머니의 노고, 밥상에 올린 아내의 노고, 사들고 온 나의 노고를 각각 오백 원으로 쳐보니 '내 입이/ 찢어질 듯 벌어졌다'고 한다. 나는 찢어질 듯 벌어지게 하는 세상의 저 틈 안에 최영철이 말하고자 하는 모든 것이 다 들어 있는 게 아닌가 싶다. 얼마나 쉬운가, 침을 꼴깍꼴깍 삼키며 우리는 쌈만 싸 먹으면 된다.

6.

최영철은 지금 도요에 이르러 있다. 2011년 몇 년의 준비 뒤에 인근에 낙동강이 흐르고 있는 김해 생림면 도요마을로 이사했다. 시인이자 연출가 이윤택이 '대장'으로 있는 도요마을의 도요창작스튜디오는 연극 문학을 비롯한 전 방위 문화 활동의 장이다. 최영철은 자연 곁에 가서 부산에 있을 때보다 외려 더 왕성하게 도요를 문학의 배후 거점으로 만드는 일들을 차근차근 하고 있다.

도요에 가기 전, 언젠가부터 계단을 오르내리는 최영철의 행동이 조금 굼떠지고 있다는 것을 나는 느꼈고 안타까워했다. 그의 몸은 지쳐 있었다. 2007년 봄부터 그는 김해 생림을 오가며 사부작사부작 자연을 익혔다. '단언컨대 어떤 보약보다도 좋은 자연의 달콤하고 향기로운 세례를 받지 않았더라면 나의 체력은 무척 힘든 상황이었을 것이다.' 나는 거기까지인 줄은 몰랐다. 여하튼 시장에서 돼지국밥을 먹으며 흘리던 이마의 땀은 이제 땅을 일구며 온몸으로 흘리는 땀의 빛나는 야성으로 바뀌었다. '범일동 산동네와 매축지에서 유년을 보냈고 부암, 연지, 양정, 수영을 거쳤다. 내 살과 뼈,

생각의 잣대가 여기서 만들어졌다.' 그 만행을 거쳐 그는 지금 김해 도요에 이르러 있다.

'도요'라는 말의 리듬이 자궁처럼 안온하다. 도요는 도자기를 굽는 가마라는 뜻도 있으니(이전 도요창작촌 시절에는 도자기도 구웠다) 최영철은 지금 큰 그릇을 빚어내고 있다. 도요리는 실은 도요새가 많이 날아온다고 지은 지명이란다. 맞바람에 과감히 틈입해 그 기류에 몸을 얹어 가장 멀리 날아가는 새가 도요새이다. 시인은 구워내도 좋고 멀리 날려도 좋을 한 소식에 지금 가장 가까이 서 있을 것 같다. 하지만 이르러 있다는 것은 시작일 뿐이고, 달리 말하면 위기일 수도 있다는 것이니, 한 소식에 가장 가까이 서 있음의 묘한 자리를 그는 능히 갈무리해 내고 있을 터이다.

그는 도요에 가기 전에 편지를 썼다. 시 「늦봄에 쓰는 편지」는 그가 갈무리해 내고 있는 한 소식이며 우리에게 보내는 편지이다. 그 시는 새인 금화조 암컷과 눈도 채 뜨지 못한 새끼 고양이의 죽음을 소재로 하고 있다.

> 지난겨울을 함께 났던 금화조 한 마리가 오늘 저세상으로 갔습니다. 가녀린 주검을 올봄에 심은 매화나무 아래 묻었는데 나무는 꽃 지고도 한참이나 잎 피울 생각도 않고 빈 가지로 서 있었습니다. 금화조의 죽음을 애도하느라, 그 주검을 제 몸속에 끌어안느라 그랬을 테지요. 혼자 남은 금화조 수컷이 매화나무에 돋는 잎 보며 하루 종일 뭐라 뭐라 조잘대고 있는 오월입니다.

나무와 새가 서로 주고받는 저 묵언 아닌 묵언의 대화는, 안타까운 마음으로 천천히 들여다봐야 들리는 자연의 빛나는 대화이다. 거기에는 이쪽에서 저쪽까지 닿아 있는 우리 생명의 외롭지 않은 비밀이 깃들어 있다. 새의 주검을 품으면서 잎 틔우기를 늦추었던 나무가 드디어 잎을 틔우자 홀로 남은 수컷 새가 반가워 재재거리며 화답한다는 저 사연의 주고받음이 서로 소식을 띄우고 답하는 편지의 왕래 같다. 그것은 또한 우리에게 보내는, 우리의 답을 기다리는 또 다른 편지이기도 하다.

> 뒷산 노송 아래 그 가엾은 새끼의 주검을 묻었습니다. 어제 저녁 아내가 본 바에 따르면, 다른 형제에 비해 유난히 몸집이 작았던 그 새끼 고양이는 어미 품을 빠져나와 자꾸 집 밖으로 기어 나오고 있었고, 어미는 이상하게도 그런 새끼를 내버려두더라는 것입니다. 어미는 그 쇠약한 새끼가 이제 그만 저세상으로 옮겨가리라는 것을 알고 있었던 것입니다. 눈도 채 뜨지 못한 그 새끼 고양이는, 죽어도 고양이는 집 안에서 죽을 수 없다는 것을 알고 있었던 것입니다. 누가 가르쳐준 것도 아닌데 말이지요.

누가 가르쳐준 것도 아닌데 어미는 어떻게 새끼가 죽을 거라는 사실을 미리 알았고, 눈도 못 뜬 그 어린 새끼는 자신에게 다가온 죽음을 어떻게 스스로 알았을까. 그 소식은 과연 누가, 무엇이 일러준 것일까. 생명이 지니고 있는 그 예민한 감각은 원래 태어나면서부터 우리에게 도달해 있던 소식일 것이다. 그런 숱한 소식들이 오가는 세상에서 우리가 잃어버리고 사는 것은 없는가, 어미와 새끼 고양이의 편지는 그렇게 묻고 있다. 예사롭지 않은 '생명의 사건'이 그 편지에는 쓰여 있다.

이 시의 마지막 연은 도요에서 최영철 시인이 우리에게 보내는 편지이다. '오랫동안 안부를 여쭙지 못한 그대/ 아직 거기 그대로 잘 계시는지요.'

그래 우리는 잘 살아가고 있는가. 세상의 기미에 대해, 누가 가르쳐준 것도 아닌 그 소식에 대해, 나무가 꽃을 피우고 잎을 틔우고 새가 우짖는 변화에 대해 우리는 다시 생각해 볼 것이다. 그리고 정말 읽고 싶은 편지는 뭔지, 쓰고 싶은 편지는 뭔지, 보내고 싶은 편지는 뭔지를 차근차근 생각할 것이다.

과녁에 단도직입하는 적중의 언어

-시인 유홍준

1.

경남 진주에 사는 시인 유홍준을 처음 만난 것은 2001년 5월이었다. 그는 그때 종이공장을 다니고 있었다. 제지공인 그는 '하얀 맹목(盲目)'을 생산하고 있었다. 종이공장을 다닌다는 게 별스럽지 않은 것 같은데 참으로 특별난 것이었다. 여기서 삶의 비밀에 가닿으려는, 삶의 비의(秘義)를 캐려는 유홍준의 무서움을 간취할 수 있었다.

당시 그가 전하는 제지공장의 한 얘기가 섬뜩했으며 걸작이었다.

제지공장에서 파지(破紙)를 한 곳에 따로 모으는데 그곳이 그리 편할 수 없어서 작업하는 사람들이 가끔 파지 속에 파묻혀 휴식을 청한다고 한다. 그러다가 어떤 이가 실종됐다. '파지를 재생하는 검은 입구' 속으로 파지와 함께 잠을 자던 사람이 사라진 것이다. 그 사람의 육체는 이제 가루가 되어 종이 속에 스며 있을 것이었다. 그런데 그 종이들은 계속 재생을 거듭한다. 가루가 된 육체의 성분이 갈수록 엷어질 뿐, 그 사람의 육체는 재생되고 또 재생되는 종이와 함께, 혹은 당신이 넘기는 책장에 묻어나고 있을 것이라는 말이었다.

나는 산재 사고(?)를 희한하게 비틀어 전하는 이 이야기를 듣고 여러 의문이 들었지만 결국 하나의 상징으로 받아들였다. 시를 쓰는 것은 인간의 정신과 육체까지를 시 속에 가루 가루로 스며들게 해 재생하고 환생시키는 것이다. 요컨대 인간을 삼킨 '파지를 재생하는 검은 입구'는 다름 아닌 시로 볼 수 있었다. 놀랍게도 유홍준은 그렇게 시를 쓰고 있다는 것이었고, 그렇게 쓸 것이라는 다짐이었다.

그는 독하다. '독'하니 '독'을 좋아한다(?). "몇몇 종이에 순도 90%의 독극성 물질이 들어가지. 종이의 변질을 막고 오래 보전하기 위해 필요한 독이야." 그는 "내 시도 세상에 필요한 독이 되었으면 한다"고 말했다. 종이-독-시를 섞어 놓은 그의 이 말은, 2005년 한국시인협회가 주는 제1회 젊은시인상을 받았을 때 한 말인데 세상에 많이 회자되었다. 한국 시단은 '문화재 답사기'를 쓰는 유홍준이 아니라 '세속 잡사기(雜事記)'를 쓰는 '새로운 유홍준'에게서 신선한 발견의 충격을 먹었던 것 같다. 그때 한국 시의 천체에 「상가(喪家)에 모인 구두들」이란 아름다운 별이 떴다. 죽음에 견주어, 구두가 구두를 짓밟고 부조 봉투를 챙기는 세속 삶의 정수리를 겨눈 시인데 오줌 누는 그 시의 정수리 위에 이제 짓밟히지 않는 망자의 '구두 별'이 빛나고 있다.

저녁 喪家에 구두들이 모인다
아무리 단정히 벗어놓아도
문상을 하고 나면 흐트러져 있는 신발들
젠장, 구두가 구두를
짓밟는 게 삶이다
밟히지 않는 건 亡者의 신발뿐이다
정리가 되지 않는 喪家의 구두들이여
저건 네 구두고
저건 네 슬리퍼야
돼지고기 삶는 마당가에
어울리지 않는 화환 몇 개 세워놓고
봉투 받아라 봉투,
화투짝처럼 배를 까뒤집는 구두들
밤 깊어 헐렁한 구두 하나 아무렇게나 꿰 신고
담장가에 가서 오줌을 누면, 보인다
北天에 새로 생긴 신발자리 별 몇 개
-「喪家에 모인 구두들」 전문

2.

셀라 비(C'est la vie), '이것이 삶이다'라고 할 때 살아가는 디테일은 참으로 중요하다. 우리는 추상적 세계를 사는 것이 아니라 구체적 디테일을 살기 때문이다. 유홍준은 '산청 촌사람'이고 몸뚱이 하나에 의지해 여물게 살아왔다. 기억력이 얼마나 비상한지, 한 번 만났던 사람의 옷차림을 10년이 지났어도 생생하게 기억한다니 혀를 내두를 뿐이다. 아마 그 낱개들이 뭉게뭉게 피어올라 시가 되는 모양이다. 산청 촌사람이 쟁여둔 시골과 자연의 기억들은 또 얼마이겠는가. 하지만 디테일만으로 시가 될까. 그가 구사하는 비유와 상징, '디테일 뛰어넘기'는 일급이다.

펄프를 물에 풀어, 백지를 만드는 제지공들은 하느님 같다
흰 눈을 내려
세상을 문자 이전으로 되돌려놓는 조물주 같다

티 없는, 죄 없는
순백
無化의 길……

더욱 완전한 백지에 이르고자
없애고 없애고 또 없애는 것이 제지공의 길이다, 제지공의 삶이다, 마치 거지의 길이며 성자의 삶 같다

그러므로,

오늘도 백지를 만드는 제지공들은 자꾸만 문자를 잃어간다, 문맹이 되어간다
문명에서-문맹으로

휴일 없이

3교대 종이공장 제지공들은 출근을 한다

-「문맹」 전문

종이 한 장 사이로 문명과 문맹을 오가니 기가 차다. 생각건대 이 시는 유홍준의 자부심이 넘치는 시다. 짐짓 안 그런 척하지만, 적어도 유홍준은 내밀하게 자부심이 넘치는 그런 부류이다. 제지공이 세상을 문자 이전으로 돌려놓는 조물주와 같다는 것이다. 삶은 티를 남기고 죄를 짓는 과정이다. 그러나 시인은 그 티와 죄를 무화시키는 이다. 아니 기존의 모든 표현들과 문자들을 없애면서 완전한 백지에 이르러 그 백지 위에 자신을 새롭게 창조하는 이다. 없애고 없애니 결국 가진 것 없는 거지요, 스스로 가진 것 없는 것에 이르니 그것은 성자의 삶이라는 것이다. 자신을 이렇게 최고도로 밀어올릴 수 있는 이는 흔치 않을 것이다. '휴일 없이 3교대' '출근을' 하는 제지공의 삶을 두고 이렇게 엄살을 떨다니, 그것이 유홍준이다. 이는 끊임없이 자기 무화, 자기 갱신을 하겠다는 시적 결기의 선언이다.

유홍준의 능치기는 여기서 끝나지 않는다. '내가 다니는 종이공장/ 제지기계는/ 베어링을 돌린다/ 스님보다도 오래, 수녀님보다도 더 끈질기게/ 기계는 기계의 염주 베어링을 돌리며 용맹정진을 한다/ 소음이라 부르는 기계의 염불 소음송(騷音頌)을 외우며/ 오직 한 길 생산도(生産道)를 닦는다'(「기계는 기계의 염주 베어링을 돌린다」). 제지공을 그 생산도를 신봉하는 '푸른 도복'(작업복)을 입은 신도라고 하니 이 또한 상당한 능청이다. 우리는 저마다의 녹록치 않은 삶을 견디면서, 이런 시를 보고는 약간씩 상승하면서 씩 웃는

다. 우리의 고단한 노동과 '더듬대며 디테일 살기'가 도를 닦는 과정이라고 우리를 타이르고 있기 때문이다. 그는 20년 가까이 몸담았던 종이공장을 그만두었다. 자의인지 타의인지 명예퇴직을 했다. 셀라 비! 분명 그의 앞에는 지금은 다른 '삶의 종이'가 놓여 있을 것이다. 그것도 셀라 비!

3.

유홍준은 김춘수풍으로 말하자면 '시방 위험한 짐승'이다. 이 한 마디이면 족하다. 그는 절망의 끝까지 가봤으며 독이 올라 으르렁거렸다는 말이다. 선방(禪房)에서 한 철, 두 철을 났다는 말이 있지만 그 말은 그에게 적당하지 않다. 차라리 랭보풍으로 청춘의 지옥에서 여러 철을 보냈을 거라는 말이 맞다. 그만큼 그는 뜨겁다. 끝 간 데까지 가보자 했던 독 같았던 청춘, 마음의 불덩이를 견딜 수 없어 봄이면 가출했던 청춘의 뜨거운 막막함을 치렀다.

한 번은 그와 함께 경남 진주 남강 변의 야트막한 망진산이란 데를 차를 타고 오른 적이 있다. 망진산(望晉山)은 말 그대로 진주를 보는 산이다. 그는 남강이 훤히 내려다보이는 전망대 한쪽에 아주 편하게 퍼질고 앉아 말했다. "시가 안 되면 밤에 가끔 이곳에 올라 오줌을 갈긴다." 나는 이 말을 듣고 말을 참 재미있게 싸지르는군, 그렇게 생각했다. 갓 수음을 배운 열다섯 살짜리가 이깟 생, 하며 감정의 질주를 하는 그의 시가 떠오른다.

열다섯 살,

식어빠진 수제비를 퍼먹었다

봄날이었다
한낮이었다
빈집이었다

한 바가지 물을 목울대에 퍼 담고 펌프를 자아댔다 우리 집 펌프는 왜 이리 자꾸 물이 빠지는 거냐 어머니 푸념이 떠올랐다 사라져버린 아버지를 죽이고 죽이고 죽이고 어서어서 고장나버려라 이깟 펌프 이깟 생, 갓 수음을 배운 나는 거칠게 거칠게 펌프를 자아댔다

살점을 모두 뜯어 수제비를 끓여놓고
집 나간 어머니는 돌아오지 않았다

봄밤이었다

달빛이었다

헛짓이었다

펌프 탓이었다
-「펌프」 전문

'어서 고장나버려라 이깟 펌프 이깟 생 이깟 수음' 식으로 내닫는 감정의 질주처럼 그는 말을 거침없이 바로 내던지는 스타일이다.

이런 것이 유홍준 스타일이다. 그래, 그때 그는 오줌을 갈긴다, 라고 말하지 않고 오줌을 싸 갈긴다, 라고 말을 내던졌을 것이다. 그는 오줌을 잘도 싼다(?). 지금은 경남 하동 북천의 이병주문학관에서 사무국장으로 일하고 있다. 한 번은 늦은 가을날에 북천역의 유명한 코스모스 구경, 어쩌구 하면서 전화를 거니까 "내가 오줌을 싸가지고 그 코스모스들 다 지기(죽여) 삤어(버렸어)"라고 했다.

죽이듯 모든 것을 거부하고, 육박하면서 싸지르는 것이 그의 오줌 싸 갈기기, 아니 그가 말을 부리는 방식, 그의 시 쓰기이다. 그가 오르는 망진산은 삶의 실상에 거침없이 육박한다는 뜻의 '망진산(望眞山)'으로 바꾸는 것이 더 적당할 터이다.

이런 비유 나부랭이를 들먹이면 그는 틀림없이 "그따위 집어 치워"하고 말할 것이다. 그러면 나는 반문할 것이다. "그래 그따위 다 집어 치우고 지워내서 결국 백지가 되면, 그 위에 홍준 형이 전혀 새로운 시를 끄적거리려고 하는 거지. 이 욕심 많은 사람아." 그러나 나는 알고 있다. 그는 분명 멋지고 괜찮은 시를 쓰더라도, 그걸 또 지워내고 다시 백지로 돌릴 거라는 점을. 그게 유홍준 스타일이다. 시가 안 써지는 일도, 시를 그럴 듯하게 쓰는 것도 다 우리를 얽매이게 하는 것이니, 그런 것 모두 오줌 누듯이 싸지르고 싸 갈겨 없애 버리자. 그래, 망진산(望眞山)이면 어떻고 또 망진산(望晉山)이면 어떤가. 그 산에서 조망하는 진주에 두두물물(頭頭物物)이 이미 다 있는 것을.

4.

유홍준은 약간의 곱슬머리에 다소 위험한 불량기를 담은 새까만 눈동자가 참으로 인상적이다. 그 새까만 눈동자는 깊이를 알 수 없다. 초현실주의 화가 르네 마그리트는 멀쩡한 파이프 그림을 그려 놓고 '이것은 파이프가 아니다'라고 했다. 파이프 그림은 실제 파이프가 아니기는 하다. 그림처럼 언어도 '저쪽'으로 바로 갈 수 없다. 불가피한 일이지만 언어는 어쨌든 일종의 꺼풀을 씌우는 일이다. 우리는 이 꺼풀을 없애고 바로 육박하고 싶다. '가위를 들고 거울을 들고/ 나도 이 눈꺼풀을/ 잘라버릴까 말까 고민한 적이 있다'(「유리창의 눈꺼풀」 중에서). 아, 이 참혹한 시, 눈꺼풀을 잘라내 버리면 어떻게 될까. 깊이를 알 수 없는 새까만 눈동자가 바로 드러나는 것이다. 유홍준의 새까만 눈동자가 깜박이고 있다.

유홍준은 거기에 닿고자 한다. 새까만 눈동자를 바로 보여주려고 하는 것이다. '머릿고기처럼/ 납작하게 납작하게 눌려져서라도/ 말하고 싶다 핏물이 스며나오는 책갈피/ 넘길 때마다 핏물이 묻어나오는 시집을 묶어/ 팔고 싶다 서점이 아닌 저 코너에서 무표정하게 핏기없이'(「식육 코너 앞에서」 중에서). 핏물이 빨갛게 바로 묻어나는 시집, 얼마나 섬뜩하고 직접적인가. 새까만 눈동자는 그 속에 지금 그것을 담고 있다.

유홍준은 이제 여자의 다리를 만지듯 눈에 넣으려 한다. 여자는 얼어서 죽어 있다. 죽은 여자가 맨발로 차갑게 건네는 저 시퍼런 언어, 스며라 배암!

얼어 죽은 여자를 본다

붉은 입과

다 감지 못한 눈동자에 허연 얼음이 박혀 있다

그녀의 입에서
지독한 안개가 흘러나온다

오직, 맨발만이
아직 더 먼길을 가겠다는 듯이
댓잎처럼 새파랗게 살아 있다
-「아직 더 먼길을」 전문

댓잎처럼 새파랗게 살아 있는, 죽은 여자의 맨발은 '언어'보다 더 새파랗다. 그 새파란 맨발의 삶과 언어가 아직 가야 할 더 먼 길을 처연하고 선연하게 보여주고 있는 것이다. 우리는 언어 너머 '저쪽'에 바로 이르렀는가. 잠시 머뭇거릴라치면 이제는 불알 두 쪽이다. '다리미질에 지친 사내 계단에 나와 담배를 피우는데/ 똥 누는 폼으로 쪼그리고 앉아/ 사타구니 볼록하니 튀어나온 불알 두 쪽'(「세탁소」 중에서). 내 참, 죽은 여자의 맨발을 만져 보라더니 이제는 살아 있는 남자의 불알 두 쪽을 만져 보라는구나.

이제 바야흐로 시방 위험한 짐승 같은 위험한 시가, 언어를 뛰쳐나와 온몸으로 꿈틀거리고 버둥거린다.

커다란 귀때기 두 개를 말아쥐고 들어올린다 빨간 눈알 두 개를 들여다본다 하얀 눈밭에서 토끼를 움켜잡은 사람이, 두 귀를 붙잡힌 토끼가, 버둥거린다 허공중에 버둥거리며 네 발을 휘젓고 있다

오오, 누가 귀때기를 움켜쥐고
저울질하듯
한 생명의 전부를 들어올리는가

오오, 이 세상에 어떤 영혼 또 어떤 영혼의 전부가 저렇게 꼼짝없
이 붙잡혀 들어올려져 버둥거리는가

두 눈 가득 빨갛게 피가 몰린 토끼의, 생명의, 무게의
눈알이여
커다란 귀때기여
-「토끼」 전문

이것은 언어가 아니다. 버둥거리는 한 생명의 전부를 그대로 들어 올리는 실감 그 자체다. 작살 꽂히듯 가감 없이 바로 내리꽂히는 아, 저 귀때기의 언어! 이 시는 귀싸대기를 한 대 갈기는 시다. 토끼의 흰색과 눈밭의 흰색, 그리고 토끼 눈의 빨간색, 저 선명한 색의 대비 속에서 빨간 생명이 버둥거린다. 색의 대비 어떻고 하는 것은 세월 좋은 소리이다. 벌써 등짝에 뭐가 전광석화처럼 직방으로 내리꽂혀 있는데 말이다. 뒤통수에 불이 번쩍한다.

유홍준의 시를 읽기 위해서는 귀싸대기나 뒤통수를 한 대 얻어 맞아야 할 듯한 분위기다. 과연 유홍준은 아무나 갈긴다. '이 책이 없었다면, 벌레 잡는 이 책이 없었다면 미사여구에 밑줄 긋는 저 독자놈의 뒤통수를 갈겨주지 못했을 것이다'(「벌레 잡는 책」 중에서).

이렇게 불손할 수가. 그러나 이는 다행이다. '손목에 체인을 감아쥐고 무엇을 후려치고 싶은 시절'(「자전거 체인에 관한 기억」 중에서)도 있었다니까. 그러나 겁먹지 마시라. 체인이 후려쳐지는 언어의 속도감만 느끼면 충분하다. 체인을 후려치는 언어의 그 독특한 속도감이 시에 들어설 때 내 생각에 유홍준식 호흡으로 경상도 리듬의 독특한 경지가 열리기도 하는 것 같다.

2005년 가을, 나는 유홍준의 청으로 그에 관한 짧고 헐거운 글을 한 문학잡지에 쓴 적이 있다. '뭔가를 표현할 때 통쾌하고 적확하게 작렬하는 언어의 속도… 딴소리는 아예 필요 없고 까불랑거리는 놈에게 "이 놈의 새끼-" 하고 한 방에 날려 버리며 내리꽂히는 속도가 그의 시에는 있다.' 그 글에 제목을 붙이지 못했는데 유홍준이 전화 수화기 너머에서 "'적중하는 단도직입의 언어'는 어떠하나?"라고 물었다. 그 제목이 단도직입으로 내게 적중했다. 그것이 유홍준이다. 이듬해 가을에 유홍준은 두 번째 시집 『나는, 웃는다』를 냈다. 거기에 단도직입의 세계를 직접 그린 「직방」과 「주석없이」, 두 편의 시가 실려 있었다. 내 글과 그 시의 선후 관계는 모르겠지만 어쨌든 내 화살도 그에게 적중했다는 생각이 들었고, 그 시집의 제목을 따라 '나도 웃었다'.

5.

나는 도대체 유홍준 시인이 구사하는 농익은 상징과 비유가 어디에서 솟아나는지 알 수가 없다. 그의 고향에 필봉이 있다. 그는 필봉산에 '도장빛 붉은 노을이 번지'는 것을 바라보는데 그것을 '장엄한 자연이, 진종일 쓴 문장 아래 붉은 노을 인주를 묻혀 낙관을 찍는 광경'이라고 가파르게 표현했다. 거기서 그는 '모름지기 시인은 자신의 피로 쓴 필생의 문장 끝에 낙관을 찍어야 한다는 최초이며 최후가 될 인식'을 얻었다고 한 산문에 썼다. 나는 '산에 걸린 노을 한 번 안 쳐다본 이가 있나' 하면서 도저하고 아름다운 상징에 감탄으로 몸서리쳤다.

'저수지에 간다/ 밤이 되면 붕어가 주둥이로/ 보름달을 툭 툭 밀며 노는 저수지에 간다'(「저수지는 웃는다」 중에서). 이런 구절이 우리를 살게 한다. 아름다움이 쓸쓸한 세계를 통과할 수 있게 하는 법이다. 우리는 이런 구절 때문에 아름다운 세계가 있구나, 라는 착각을 막무가내로 한다. 그 착각 속에 우리 삶과 세계의 비밀이 있다고 나는 여긴다.

그는 고등학교밖에 나오지 않았다. 그것은 '학필(學畢)이'의 분열적이고 고통스런 먹물이 덜 묻은 좋은 '계급장'이다. 그가 이런 사치스런 말을 받아들일까. 그는 전국 곳곳을 떠돌아다니며 고추장사, 과일행상을 했고 또 양곡운반, 농약치기, 도로공사, 제방공사에다가 강원도 숲에서는 어깨에 알이 박히면서 통나무를 지고 나르던 산판일도 했다. 고교 졸업 후 10년 동안 숫제 안 해본 일이 없다. 몸뚱이 하나로 겨를 없이 살았을 텐데 어디서 그런 웅숭깊은 비유가 샘솟아 오르는 것일까.

그는 열 살 무렵, 샘을 보았다. 논일을 따라 나갔다가 새참으로 먹을 미숫가루를 타기 위해 어머니 심부름으로 샘물에 물을 뜨러 갔다고 한다. 살구나무와 머루 넌출이 드리운 그늘 아래 있던 작은 샘을 먼저 싹싹 청소하고 새 샘물이 차기를 기다렸다. 그 다음이었다. 맑은 물이 부옇게 흐려진 물과 모래 알갱이를 하나하나 밀어내면서 몽글몽글 솟아오르더란다. 그는 그 광경을 가만히 들여다보았다. 그것이다. 그의 시적 상징과 비유는 그날 그 샘물로부터 솟아오르기 시작한 것 같다. 비밀한 장면을 훔쳐본 이들의 운명이 그러하다.

이건 너무 낭만적으로 치레를 하는 꼴이다. 실제로 그의 가족사는 이 새끼, 저 놈에 옆구리 터지고 눈물이 줄줄 샌다. 어머니가 '이놈의 주정뱅이, 이놈의 아편쟁이, 이놈의 개망나니'(「노란주전자」)라고 악다구니하는 아버지는 '어머니자루를끌고다'니면서 '너덜너덜옆구리터'지도록 '줄줄눈물이새'도록 어머니를 '패대기치'고는 했다(「자루 이야기」). 나는 그런 '아버지를 죽이고 죽이고 죽이고'(「펌프」) 싶었으나 아버지는 '내게 화분을 들리고 벌을' 세우면서 '이 놈의 새끼 화분을 내리면 죽을 줄 알아라 두 눈을 부라'렸고(「가족사진」), '늘 6교시를 다 채우지 못'할 정도로 '머리가 아팠'던 나에게 '목침을 던'져 '내 머리를 깼다'(「베개」).

그것이 그의 흉터다. 열다섯 살 그의 허벅지에 갇혔던 흉터는 실제이고 그 상징이다.

> 새의 부리만한
> 흉터가 내 허벅지에 있다 열다섯 살 저녁 때
> 새가 날아와서 갇혔다
>
> 꺼내줄까 새야
> 꺼내줄까 새야

혼자가 되면
나는 흉터를 긁는다
허벅지에 갇힌 새가, 꿈틀거린다

-「흉터 속의 새」 전문

그를 뛰쳐나오려고 했던 '질주'가 어린 그의 허벅지에 흔적을 남겨 놓은 것이다. 그 흉터 속에서 새가 날아오르려 꿈틀거리고 있다. 그 흉터는 그래서 그의 샘이다. 아픈 샘이다. 그는 흉터를 숱하게 머금은 채 '아예 비명 지를 주둥이마저 봉해져 버린' 도마, 특이한 '도마론'을 펼치고 있다.

칼의 가해를 두려워하지 않는 도마, 칼보다 더 생명이 질긴 도마, 시인은 그런 도마가 아닐까요. 시인은 제 몸의 흉터로 말하는 자이고요. 도마를 타고 흘러내리는 핏물은 도마 자체인 시인의 몸에서 흘러내리는 피가 아닐까요, 아예 비명 지를 주둥이마저 잘려 버린, 봉해져 버린 도마, 그것이 시인이라고. 그러니 시여 도마처럼 넓고 평평한 나의 등짝에 보다 커다란 흉터를 그어다오.

-「허만하-유홍준 시인의 문학편지」 중에서

2010년 3월 천안함 침몰 사건이 일어났을 때 부산일보 1면에 추모시를 싣기로 했다. 당시 문화부장을 하고 있던 나는 유홍준 시인이 대뜸 떠올랐다. 그는 '행사용'(?)에 가까운 추모시를 쓰기에 적당하지 않은 시인인데 마침 같이 있던 누가 부추겼다. 해 질 무렵 그에게 전화를 걸었다. 그는 지리산 갔다가 내려오는 길이라고 했다.

나는 그의 세월이 심심하구나, 생각했다. 그게 아니었다. 당시 일자리가 없던 그는 바위 절벽 위의 돈 되는 석이버섯을 따러 다녔던 것이다. 엉성한 빨랫줄을 가지고 가서 석이버섯을 캤다고 했다. 나일론 빨랫줄에 생명을 아슬아슬하게 대롱대롱 매달아 절벽의 석이버섯을 따는 유홍준의 모습……. 그것이 '세상의 빗물과 시인의 눈물이 범벅이 된 시의 전단을 부산역광장에 서서 돌리고 싶다'던 유홍준 시의 여윈, 뜨거운 상징이다.

6.

유홍준이 부산의 한 대학에 '시간'으로 나오는 시 강의를 종강한 날, 얼굴 한번 보자며 연락이 왔다. 마침 산복도로 마을인 안창마을에 있다는 것이었다. 시간을 조금 지체한 뒤 지인들과 올라가 보니 기다리다 지쳐 함께 있던 시인 교수의 연구실로 자리를 옮겼다고 했다. 산등성이 대학 기숙사 앞에서 만나자고 해서 우리는 거기를 찾아가 기다렸다. 유홍준은 6월 여름의 비탈길을 힘들게 올라와 우리와 만났다. 그리고 우리를 데리고 금방 올라온 그 비탈길로 해서 다시 교수 연구실로 내려갔다. 나는 그 생각이 들었다. 비탈길을 올라오면서 우리더러 내려오라고 전화라도 했으면 될 것을 그는 버선발 마다 않고 우리를 데리러 힘들게 여름 비탈길을 마저 올라왔던 것이다. 우리는 유홍준이 힘들게 올라왔던 그 길을 힘 하나도 들이지 않고 내려갔다.

우리는 그날 그가 소월시문학상 수상자로 결정됐다는 따끈한 소식을 들었다. 축하하고 또 축하할 일이었다. 안창마을로 통하는 사찰 옆의 오솔길을 가면서 "홍준 형 축하해, 참 듣기 좋은 소식이야"라고 했더니 그는 "문학상은 뒷집 워리가 핥다가 던져 놓은 뼈다귀에 불과하다고 생각할 거야"라고 했다. 문학상 받는 것을 항상 스스로 경계하겠다는 소리다. 우리는 "야, 참 개뼈다귀 같은 소리하고 있네"라며 맞받아쳤다. 나는 이런 뼈다귀 같은 소리를 하는 유홍준이 좋다.

그의 수상작은 「북천」 연작 24편이다. 북천은 그가 지금 몸담고 있는 이병주문학관이 자리한 경남 하동의 면 소재지다. 이 연작에서는 적막하고 심심한 지금 한국 농촌의 삶이 투명하게 보인다. 내 짧은 소견으로는 지금 농촌의 무료한 정서를 시로 빚은 것은 귀하고 귀하다. 누구나 알고 있어서 시가 되기 힘든 것을 시로 썼다는 것이다. 그가 처한 곳을 시로 표현할 수 있다는 것은 그만큼 그가 솔직하고 투명한 데 이르렀다는 말이다. 나는 그의 시가 조금 변하고 있는 것을 느낀다. 한 번은 북천을 찾아갔을 때 나는 "시와 일체가 된 것 같아 보기 좋다"고 했더니 그는 "요즘 자기 객관화가 잘 안 된다"며 푸념한 적이 있다. 그래 그는 그 무료한 경지 속으로 깊숙이 들어가 있는 것 같다. 그곳은 그가 어릴 적 자란 고향 산청과 크게 다르지 않을 것이다. 그러니까 대처를 돌아다녔던 그가 원점으로 회귀하고 있는 것은 아닐까 싶다. 북천, 이라는 한 생을 보따리 싸려는 저 도도하고 큰 어감을 어쩔 것인가. 나는 그의 적막한 시에서 '내용 없는 아름다움'을 노래한 김종삼이 얼비치는 것을 느낀다.

어제 앉은 데 오늘도 앉아 있다
지푸라기가 흩어져 있고 바람이 날아다니고

계속해서
무얼 더 먹을 게 있는지
새카만 놈이 새카만 놈을 엎치락뒤치락 쫓아내며 쪼고 있다
전봇대는 일렬로 늘어서 있고 차들은 휑하니 지나가고
내용도 없이
나는 어제 걸었던 들길을 걸어나간다
사랑도 없이 싸움도 없이, 까마귀야 너처럼 까만 외투를 입은 나는 오늘 하루를 보냈다
원인도 없이 내용도 없이 저 들길 끝까지 갔다가 온다
-「북천-까마귀」 전문

일 없이 어제 걸었던 들길을 오늘도 그 끝까지 갔다가 오는 그 일은 참, 심심하기 짝이 없는 일이다. '북천에서의 생존전략은/ 무기력'(「북천-장마」 중에서). 유홍준은 그걸 견디고 있는 것이다. 자 이걸 봐라. '처마 밑 거미도 홀로 자고 노인도 홀로 잔다/ 그러니까 괜찮다/ 북천에서 팔십이 넘으면/ 산에 가 누웠으나 집에 가 누웠으나 그게 그거라고 한다'(「북천-땅거미」 중에서). 그는 지금 우리 삶의 심부에 이른 것 같다. 심부라고 하지 말고 솔잎은 검고 칡즙은 쓴 데 이르렀다고 하자. '솔잎은 검고 칡즙은 쓰다 달빛을 타고 고라니들은 저 언덕을 넘어갔다 되돌아온다 떠날 수도 있는데 왜 떠나지 않을까? 짐승들은, 짐승의 살과 피를 먹고 마신 사람들은, 북천의 달은…… 떠날 수도 있는데 왜 떠나지 않을까?'(「북천-달」 중에서) 그는 그 달을 보고 컹컹컹 짖는다.

사람과 사람이 사귀는 데 걸리는 시간보다 개와 사람이 사귀는 데 걸리는 시간이 더 짧아 더러는 걷어차고 더러는 닦달해도

달려와

풀썩 안기는 개여 달려와 내 손바닥을 싹싹 핥는 개여

사람보다 더 빠르고, 사람보다 성기가 크고, 사람보다 추위를 덜 타는

달려와 내 발 앞에 나뒹구는 개여 사람과 사람이 사귀는 데 걸리는 시간보다 개와 인간이 사귀는 데 걸리는 시간이 더 짧아

나는 오늘도 개의 밥을 삶고

개의 똥을 치우고 컹컹컹 컹컹컹 달을 행해 짖는 개의 노래를 따라 부르네

-「북천-개」 전문

햐, 이게 도대체 무엇이란 말인가. 나는 유홍준이 이른 그곳을 알 것도 같다. 그날 밤 11시, 술을 마시다가 그는 총각 때 2년간 바느질을 배웠던 범일동 삼일극장 앞 '미미고전한복사' 있던 곳을 가보고 싶다고 했다. 그는 옛 건물의 모서리를 손으로 쓰다듬었다. 그가 바느질을 배웠던 그 지하 공간의 어두운 입구를 눈으로 어루만졌다. 우리는 초량으로 자리를 옮겨 하던 얘기를 계속 반복했다. 그는 밤 1시에 진주로 갔다. 그 달밤 우리는 사라진 유홍준의 뒤꼭지를 향해 컹컹컹 짖었다.

예민한
시적 감수성의 소설,
그리고 르포

–소설가 김곰치

1.

10여 년 전인가. 한 번은 소설가 김곰치와 낮술로 대취한 적이 있다. 그때 시인 정익진, 김언도 동석했다. 당시 그들은 부산의 반년간 문학잡지 『시21』을 같이하던 '문학적 형제'였다. 그런데 그날의 자리가 무르익을 즈음, 어찌된 일인지 김곰치가 갑자기 일어나 상을 밟고 반대쪽으로 뛰어 넘어오는 것이었다. 왔다 갔다 두세 번 그렇게 했다.

그가 왜 느닷없이 상을 넘어왔을까. 지금 생각해 보니 우습기도 하지만 그것은 말에 대한 김곰치의 대단한 몰입도를 보여주는 하나의 그림이다. 그때 그의 혀가 꼬부라졌는지 상대방의 귀가 막혔는지 알 수 없으나, 그는 상 너머로 자기 말이 제대로 가닿지 않는다고 느꼈던 게 틀림없다. 그게 답답해서 말 대신 몸을 소통시켰던 것이다. 평소 같으면 몸의 분신(?)인 침만 상 너머로 튀기고 마는

데 그때는 몸과 말이 하나 된 접신의 상태인지라 몸소 상을 밟고 말처럼 육박했던 것이다. 그의 열정적인 말의 성찬을 '현란한 씨부림'이라 칭하는 이들이 있으니 그 '현란한 몸짓'은 분명 하나의 예정된 파격이었다.

그렇다. 김곰치는 말에 참으로 민감하고 예민하다. '나의 정신, 세계관, 나의 말이 목숨 같'(장편 『빛』 293쪽)다고 말하는 이가 김곰치이다. 하지만 말들은 '지금 이 순간을 통과하자마자 죽을 수밖에 없는, 죽고 죽고 또 죽는'(『빛』 10쪽) 운명이기에, 그는 그것을 견딜 수 없는 것이다. 그리스 신화에서 레테(Lethe) 강을 넘으면 영원한 망각에 이른다고 한다. 그 망각의 강을 거꾸로 건너 다시 이쪽으로 넘어오는 것을 아레테이아(Aletheia)라고 한다. 다시 넘어오는 그 행위, 아레테이아를 그대로 옮겨 '드러냄', '진리'라고 부르는데, 넘어서 오가는 것은 곧 망각과 진리 사이에 걸쳐 있는 행위이다. 이를테면 우리는 '찢겨진 이 세계'에서 술상을 사이에 두고 이쪽과 저쪽에 앉아 있었던 것이고, 대취한 그날 김곰치는 레테 강을 거꾸로 건너듯 그 상을 넘어왔던 것이다.

그것을 넘어 그는 무엇을 보여주려 했던 것일까. '오늘 우리 자리는 지금 완성됐다'는 주흥의 퍼포먼스 외에 뭐 별것 있겠는가. 그런데 하필 이런 구절이 걸리는 것이다. '나는 한 권의 책이었다 (중략) 준비된 몇 줄을 훌쩍 건너뛰기도 하는, 나는 정말 살아 있는 책이었다. (중략) 몹시 두꺼운, 두꺼워야 하는, 나는 책이었다.'(『빛』 167쪽). 그 책은 말들이 재재거리며 깃들어 있는, 아니 그 속에 말들이 살고 있는 책이며 스스로 말하는 바, 김곰치라는 책이다. 그래, 그의 말대로 나는 그때 그를 읽었고, 지금도 그를 읽고 있다. 말이 글이 되고 책이 되는, 그러다가는 이윽코 사람 자체가 책이 되려는 도저한 욕망을 읽고 있다.

2.

1994년 연말 저녁, 30대 초반의 젊은 기자였던 나는 부산 수정동 신문사 주변의 한 중국 음식집에서 다른 사람들과 어울리고 있었다. 당시 문학 담당 기자가 '군발이' 한 명을 데리고 들어와 자기 자리로 불러 소개해 주는 것이었다. "이번에 신춘문예 소설에 당선된 모모 씨야." 아니 까까머리 군발이가 등단하다니, 나는 부러웠다. 당시 스물네 살의 그 까까머리가 소설가 김곰치였다. 훗날 그가 말했다. "그날 잠시 합석한 한 기자가 저를 보고 '글빨 좋은가베'라고 했죠." 김곰치는 병장 휴가를 나왔다가 서울 여자 친구와 헤어졌는데 그때가 딱 신춘문예 공모 기간이었다. 그대로 귀대하기가 너무 억울해 미친 듯이 쓰고 응모했으며 군대에서 당선 통보를 받았던 것이다. '글빨 좋은가베'라는 시샘을 받을 만했다.

그 5년 뒤 나는 김곰치를 '칼국수'로 다시, 처음 보듯 만나게 되었다. 손으로 만져보고 싶은 감촉의 단어인 '20대'를 그는 아직 누리고 있었다. 부산 문단의 신예로 '조만간 일을 저지를 것'이라는 기대를 받았던 그가 1999년 장편 『엄마와 함께 칼국수를』(『칼국수』)로 제4회 한겨레문학상을 수상하고서 책을 들고 찾아왔다. 나는 처음에는 김곰치가 5년 전의 그 군발이인지 몰랐다가 한참 나중에서야 알게 되었다.

장편 『칼국수』는 그의 귀거래사이다. 군 제대 후 계간 『우리교육』에서의 6개월 생활을 접고 소설만 쓰겠다며 머리 끈 질근 동여

맸다가 몸에 바로 병이 났다고 한다. '상처 입은 어린 새'는 서울에서 귀향했다. 『칼국수』는 어머니의 뇌종양과 가족애, 귀향, 칼국수를 엮어 놓았는데 낙향을 읊은 기형도의 시 「조치원」을 작품의 시적 은유로 크게 써먹고 있다. '서울 생활이란/ 내 삶에 있어서 하찮은 문장 위에 찍힌 방점과도 같은 것이었어요.'

'하찮은 문장 위의 방점'을 뒤로하고 그가 문득 큰 눈으로 발견하게 된 것은 '어머니 불빛'이었다. 『칼국수』에서 주인공이 밤 기차를 타고 가는데 창밖으로 문득 어머니가 입원했던 병원이 보인다. '저 멀리 어머니가 미쳐버릴 것 같은 아름다운 불빛으로 명멸하고 있는 것이었다.'(333쪽)

비가 내리는 어느 날 병원 가서 좋은 결과를 들은 그는 어머니와 함께 '부산일보 근처 수정시장'에서 칼국수를 먹는다. 칼국수는 서울에서의 가난한 직장 생활의 상징과도 같다. 하지만 아픈 어머니와 지금 먹는 칼국수! 그는 흥분한다. '아, 이 황홀한 지금이… 과연 지금일까. 현재의 시간 맞는가. 나는 지금이란 말인가. 우리는 지금 이 순간이란 말인가. 어머니와 마주 앉아 지금 실제의 칼국수를 맛있게 먹고 있는 그는 이 '현재'를 추억, 기억, 희망, 소망, 상상, 꿈, 그 모두를 한꺼번에 집적하고 있는 '전혀 새로운 현재, 한 번도 경험해본 적 없는 현재'(351쪽)라고 말한다. 그러면서 그는 '이 세상에 없는 최초의 말'을 외친다. '빗소리 와와 할 때 엄마와 함께 칼국수를!' 새롭게 방점을 찍는 이 문장으로 그의 '칼국수 귀거래사'는 마저 쓰인다. 이렇게 맛있게 표현된 칼국수(?)를 읽었던 적이 있는가. 나는 나의 할머니, 어머니를 추억할 때 떠올릴 수 있는 음식은 뭘까 하고 기억을 더듬어 본다. 김곰치의 칼국수 때문에 목울대 근처가 칼칼해진다. 그래 곰치 글빨 좋은가베, 그와 함께 면발 좋은 칼국수 한 그릇을 먹었으면.

'잊히는 것을 두려워 말라며 오래전부터 온 천지가 그렇게 존재하고 있었다.'(355쪽) 그런데 뭔가를 다짐하는 듯한 소설 끝 부분의 이 문장은 뭔가. 추억 속에 꿈까지 버무려 넣어 현재에 귀결시키는 서울에서의 귀향, 어머니로의 회귀는 잊히는 건 아닐까, 아니다 두려워 말자, 김곰치의 그런 갈등이 어쩔 수 없이 스치고 있다. 그래 당시 곰치는 젊었다. 『칼국수』는 그 '젊은 갈등'이 그대와 함께 칼국수 한 그릇 하자고 말을 걸어온 것은 아니었을까.

3.

『엄마와 함께 칼국수를』이란 제목은 김곰치가 최초로 쓴 문장은 아니다. 1991년 「늑대와 춤을」이란 영화가 있었고, 1993년 부산 시인 정영태가 『어머니와 함께 블루스를』이란 시집을 낸 적이 있다. 2005년 타계한 정영태는 귀향한 김곰치가 마음을 기대어 문학을 깊이 공유한 시인이다. 『엄마와 함께 칼국수를』이란 제목에는 김곰치의 '정영태와 함께'가 어른거리고 있다. 김곰치는 정 시인이 주도한 『시21』 편집위원을 할 때 시와 시 평론을 썼을 정도로 시적 경사가 자못 심하다. 원래 시를 좋아하는 김곰치에게 끼친 정 시인의 영향도 있었을 것이다. 김곰치는 정영태에게, 정영태는 김곰치에게 깊숙이 들어갔다.

김곰치는 역작인 두 번째 장편 『빛』(2008)을 작고한 정영태 시인에게 바쳤다. '정영태 시인을 그리며'라는 헌사는 지역 문단에서 이뤄진 이를테면 '사숙(私淑)과 동숙(同宿)의 문학적 친교'를 명확하게 밝혔다는 점에서 전례 없이 아름답다. 지역 문화의 자장 안에서, 김곰치의 표현대로 한 빛이 다른 빛과 영향을 주고받는 이런 '천체도(天體圖)'가 더 많이 그려져야 한다고 나는 생각한다. '나랑 이야기하는 것을 선생님은 얼마나 좋아하셨나요. 점심에 만나 새벽 3시까지 14시간을 줄기차게 수다 떤 적도 있었죠.'(301쪽)

두 사람이 만나게 된 계기는 '위암이 분명하다고 석 달가량 혼자 끙끙 앓다가 유서까지 쓰고, 아는 문인에게 물어 정영태 내과병원'(『빛』 150쪽)을 찾은 김곰치의 건강염려증 때문이었다. 가벼운 위염으로 판명 났지만 그 일이 우습기만 한 것은 아니다. 얼굴에 돋아난 여드름 몇 개로부터 시작해 1년여 우울증을 앓다가 투신자살로 생을 마감한, 『빛』에 나오는 스물세 살 여동생의 실제 삽화는 김곰치 집안 피의 예민함을 보여주고도 남는다. 건강염려증, 우울증, 예민함, 그런 것은 인간의 어쩔 수 없는 허무한 한계일 것이다. 정영태는 말러를 언급하면서 인간의 고통과 투쟁, 그리고 허무에 대한 얘기를 김곰치와 주고받았다. 정영태는 "인간이란 결국 인간 이상의 존재가 아니라는 것을 알기 위하여 몸부림쳐야 하는 것이다."라고 말했다. 그리고 또 있다. "오랜 세월 진화가 되어왔어도 인간의 정신에는 암흑지대가 남아 있으며, 이것을 인정할 뿐 아니라 소상히 알고 있어야 인간을 옳게 사랑할 수 있다."

장편 『빛』은 뭐랄까, 연애 사건과 땅에 발을 딛고 사는 똥 누는 예수에 대한 논변을 긴박하고 밀도 높은 문장으로 교직해 풀어낸 작품이다. 주요 대목 몇 군데서 정영태가 나온다. '(예수가)굳이 성령잉태로 태어날 이유가 뭐 있노. 정자 난자가 하나 되어 생명체를 일궈내는 것도 신의 한없는 축복인데, 다른 축복이 와 필요하노.'

(151쪽) 성령잉태가 아니라 인간의 잉태 자체가 신비로운 축복이라는 정영태의 발상은 대지의 진실을 받아들이는 점에서 산뜻하다. 그는 재미난 얘기를 할 때마다 그랬듯이 킥킥거리며 결정적 한마디를 더 보탰다고 한다. "예수 시절에 진짜 하느님을 찾던 어느 지친 순례객 하나가 마리아가 살던 마을에 왔던 것이겠지. 그리고 마리아를 한눈에 사랑하게 되었을 테고." 그렇게 예수가 태어났다는 것이다.

김곰치에게서도 정영태식의 '킥킥'이 느껴진다. 장편 『빛』은 빛을 말하고 있지만 결국 '똥 이야기'(?)다. 첫 장에서 '우리가 사는 이 세상 어느 생명체가 저리 예쁘게, 귀엽게…… 가엽게…… 똥을 눌까' 싶을 정도로 '나'를 뿅가게 하는 강아지의 똥 누는 장면이 있다. 똥은 뭔가. 순환을 통해 이 세계를 깨끗하게 하는 고귀한 '생명의 사건'이다. 더러운 한 줌의 똥이 온 세계를 깨끗하게 한다는 그 속에 섭리, 범신의 '봄여름가을겨울하느님'이 있다. 그리하여 예수도 똥을 눈다. 똥구멍에 늘 습기 찬 건강한 나의 예수, 줄여서 '똥습예수'다. '똥이 찬란하다는 것, 즉 그것은 똥도 빛이라는 말이다.'(177쪽). 이 소설의 제일 마지막은 이렇다. 강아지를 부른다. '자, 옥상에 가자. 똥 누러 가자. 친구.' 옥상에 곧 '빛'이 탄생할 것이다. 소설 제목 '빛'은 곧 똥이다.

4.

김곰치는 장편 『빛』을 2개월 동안 쓴 다음에 4~5개월에 걸쳐 퇴고했다고 한다. 2개월 동안 370쪽의 장편을 한달음에 써낸 집중도는 놀랍다. 거의 '시의 속도'로 쓰인 것 같다. 흡입력 넘치는 문장들,

오래 묵은 탄탄한 사고로 쓰인 날카롭고 새로운 표현들, 그 문장과 표현을 실어 나르는 섬세한 감수성은 시처럼 빛나는 것들이다. 역시 김곰치는 시를 언어의 왕좌로 꼽고 있다. 김곰치와 그 글을 대하면 '육중한 망치'보다는 '섬세한 칼'을 느낀다. 걸어가는 소보다 달리는 말을 느낀다. 그의 말(言)은 내달린다. 그런 것들이 김곰치의 시적 경사이다. 그는 왜 시를 문학의 제왕으로 꼽는가. 시는 언어로 가닿을 수 없는 것을 언어로 그려내기 때문이다. '불립문자의 세계를 문자로 승부해 보겠다는 것은 시인들의 오랜 자가당착적 꿈이다.'(『발바닥 내 발바닥』 264쪽) 시는 그 자가당착의 길 없는 길을 가는 것이며, '무'를 '유'로 포착하고 드러내는 신생과 창조의 영역이다.

그러면 시를 쓰지 왜 소설을 쓰는가. 김곰치의 답은 명쾌하고 간단하다. 소설이 시보다 힘이 세기 때문이다. 대중적인 설득력, 영향력이 더 크다는 말이다. 하지만 대중적인 설득력, 이게 참 지난한 문제이다.

말이 나온 김에 저잣거리를 활보하는 듯한 그의 필명 '김곰치' 얘기를 좀 해보자. 김곰치의 어릴 때 별명은 '멸치' '갈치' '명태' '꽁치' '곰치'로, 하나같이 물고기 이름이었다. '명태'는 본명이 김경태여서, '멸치' '갈치' '꽁치'는 기민한 성격에다가 몸이 야위어 붙여진 것 같다. 그런데 '곰치'는? 알다가도 모를 일이다. 멸치 갈치 꽁치에게는 미안한 말이지만 별명 중 곰치가 가장 낫기는 하다. 꽁치의 '촉빠른' 어감을 누그려뜨려 곰치란 별명이 탄생하지 않았을까 싶다. 김꽁치보다 김곰치, 얼마나 좋은가.

우여곡절을 거쳐 탄생한 필명 곰치는 그의 문학적 지향을 어느

새 품었다. 이게 당차다. '필명이 가리키는 자연과 민중의 혼융이 내 글쓰기의 영원한 미래다.'(『발바닥』 259쪽) 김곰치는 등단작을 쓸 때 집 베란다에서 건너편 집 옥상의 등 굽은 할아버지를 내려다보게 되었다. 그는 그때 질타 소리를 들었다. '나는 밤새 쓴 내 소설이 생각났다. 저 노인이 읽는다면 뭐라 할까. 글 쓰고 읽는 너희끼리만 알아먹는 소리는 하지 마라. 내용의 부족을 현란한 문장이나 애매한 형식으로 포장하지 마라. 너 산 만큼 써라. 너 자신도 잘 모르는 소리는 한마디도 하지 마라.'(『발바닥』 258쪽)

그러면서 그는 고려 때 글을 전혀 몰랐던 한 맺힌 상놈을 떠올렸다고 한다. 그 상놈이 20세기에 환생한 것이 자신, 곰치라고 생각했다. 동해 깊은 바다 물고기의 약동하는 생명과 저 푸른 자연의 상징도 얹어 필명 '김곰치'가 탄생한 것이다. 어릴 적 별명은 대중적 설득력을 지닌 글을 쓰겠다는 다짐의 필명으로 거듭난 것이다.

시적 경사를 보이는 소설가 김곰치에게는 시와 소설이 길항하는 점이 있다. 시가 투명한 정신과 감성의 장르라면 소설은 삶의 두께가 들어 있는 장르인데 그는 소설조차도 투명하게 쓰려고 한다. 명쾌한 문장으로 집중도 높은 전개를 보여주는 『빛』에서 그 점이 많이 느껴진다. 시와 소설 사이에서, 그 둘을 넘어 그는 독자에게 일대일로 바로 가닿는 '편지'로 출구를 낸다. '마음을 쟁취하는 것이 유일한 목적인 일대일의 위대한 문학행위가 편지이다. 나는 완벽한 소설에의 꿈보다 완벽한 편지에의 꿈을 가지고 있다.'(『발바닥』 262쪽)

소설을 독자에게 육박하도록 바로 들이미는 서술 형식이 편지이다. 실제 『빛』에서 김곰치는 편지 형식을 많이 섞어 쓰고 있다. 편지와 서술을 오가면서 글의 호흡, 글 쓰는 그의 내적 호흡을 묘하게 조절하고 있다. 시인 이형기는 원고지 앞에서 '개미 한 마리가 광대한 사막 앞에 서 있는 막막함을 느낀다'고 했는데 그 광대한 빈 공간에 글을 던지는 막막하고 아찔한 표류를, 글을 읽는 '당신'에게 붙들어 매면서 육박하는 것이 편지의 전략이다. 그의 편지는 익명의 독자를 '바로 당신'이라고 부르는 글쓰기이다.

그런데 김곰치는 편지를 띄우는 대상은 '바로 당신'이 아니라 '자기 자신'이라고 말하고 있다. '소설이라는 이름의 편지를, 내 삶의 어느 일생일대의 순간, 내가 나 자신에게 띄우고 싶다. 그런 편지, 그런 소설, 아주 힘센.'(『발바닥』 262쪽) '쓰는 곰치'와 '읽는 곰치'가 만나서 스파크를 일으키는, 결국 하나가 되는 그런 편지, 그런 소설, 아주 힘센.

5.

사람에게는 타고난 고유한 리듬 호흡이 있다. 그게 그 사람의 성정이 되고, 말을 하거나 글을 쓸 때는 말이나 글의 리듬 호흡으로 드러난다. 김곰치는 '쓰는 곰치'가 '읽는 곰치'에 거의 하나로 육박해 스파크를 일으키는 글을 쓰고 싶다고 했다. 그게 '반짝이는 시적인 경사'로 드러날 때가 있고, 글 읽는 대상을 바로 앞에 불러 놓고 쓰는 '호소력 있는 편지'가 될 때도 있다.

김곰치의 문제적인 글쓰기인 르포르타주도 마찬가지이다. '발바닥으로 쓰는 글이 르포겠지. (중략) 발바닥은 몸 아래의 가장 밑바닥이므로 사실 위의 모든 것을 짊어진 글쓰기다. 발바닥으로 쓴다는 것은 곧장 온몸으로 쓴다는 것이다.'(『발바닥』 머리말) 그러면서 그는 '내가 작가라는 자의식을, 소설을 쓸 때보다 네 번의 취재에서 더 격렬하게 만날 수 있었다.'라고 하는데 이건 현장과 팩트를 좇는 기자의 말 같다. 김곰치는 6개월여 계간 『우리교육』의 기자 생활을 하면서 현장과 팩트를 좇는 글을 쓰기도 했을 터이지만 아마도 문장 이전에 놓인 어떤 최초의 것에 육박하고 싶은 게다. 그것을 김곰치는 '진실'이라고 말하고 있다. 그 진실에 발바닥으로, 온몸으로, 울음으로 육박하는 것이 르포라는 것이다. 김곰치는 『녹색평론』의 김종철 발행인에게서 이런 말을 들었다고 한다. "한국문학의 어리석은 관습에 매달려 계간지나 독자들 꽁무니나 쫓아다니지 말고, 김곰치 씨만이라도 이 땅의 산과 바다, 강, 나무한테 사랑받는 작가가 되지 그래요." 그래서 그가 택한 것이 르포이다.

김곰치는 르포 산문집으로 『발바닥 내 발바닥』과 『지하철을 탄 개미』, 두 권을 냈다. 새만금, 사북사건, 북한산 사패산터널, 원폭 2세 김형률의 안타까운 죽음 등이 그의 취재 목록이다. 그의 르포는 힘이 있다. 깊이가 있다. 시의성에 얽매이는 르포가 시의성을 넘어서는 근본적인 통찰을 지니고 있기도 하다. 1980년 사북사건은 민주화투쟁인지, 노노갈등인지, 폭동인지, 사태인지 말들이 많다. 그것에 그는 빛 같은 정확한 말을 부여한다. '마침내, 벼랑 끝에 처해 있던 그들 생존의 숨 막히는 긴장이 한순간 무너지며 그들 속에도 존재하는 진정한 생명이고자 하는 어떤 근원적인 삶의 욕망이 왜곡될 대로 왜곡된 참혹한 모습 그대로 일거에 폭발한 것이 80년 사북사태이자 그때 광부들의 파괴적이고 집단적인 광란인 것이다. (중략) 발가벗은 생명들의 절규 그 자체인 것이다.'(『발바닥』 35쪽)

'원폭병의 대물림은 증거가 없다'라는 일본 정부의 공식 입장과 주변의 싸늘한 시선에 맞서 '나는 아프다'고 절규하면서 '씻은 눈으로 세계와 역사를' 보라며 끝내 35세로 숨진 한국 원폭 2세 피해자 고 김형률 씨에 대한 글도 찡하다. '1970년에 태어나 25살이 넘도록 자신의 병을 실존적인 운명으로 받아들이고 골방에서 지내다가 병원 진료카드를 우연히 보고 모계를 통한 유전병임을 알게 되었고, 그 후 혼자 공부를 해나가다가 자신의 고통스런 삶이 히로시마 원폭에서 비롯되었다는 확신에 이르렀을 때, 형률 씨는 그 순간 빛을 본 것이라고 나는 믿는다.'(『지하철을 탄 개미』 85쪽)

'산이란 건 뭐냐. 간단하게 말하면, 산은, 산 모양을 하고 있는 거대한 나무다'라고 말하면서 북한산 사패산터널 현장을 찾아서는 '패배하는 위대한 생명'을 발견한다. '(스스로 뚫리지 않으면 다른 산이 뚫려야 하는 사실 앞에서) 사패산은 마지막 순간까지 그 자신이 대안이 되어 참혹하게 구멍이 뚫려간다. 사패산은 다른 작고 예쁜 산을 위해 자신이 뚫리고 있다는 것을 잘 알기에 마지막까지 승리한다.'(『발바닥』 62쪽). 패배를 택할 수밖에 없었던 위대한 생명의 진실을 마주하면서 나는 여기서도 공명한다. 패배가 결국 위대한 승리일 수 있다는 것은 삶과 세상의 역설이면서 진상일 것이다.

7~8년 전인가, 나는 한 번은 김곰치를 만나서 "곰치, 너 글 쓰다가 죽어라"라고 말도 되지 않는 말을 한 적이 있다. 글 쓰면서 너끈하게 살라고 해도 신통찮을 텐데 글 쓰다가 죽으라고 했으니……. 글을 쓰다가 죽듯이, 또는 패배가 위대한 승리일 수 있듯이 삶과 글에는 여러 길이 있을 것이다. 덜 직접적인 것이 더 직접적일 수 있고, 덜 폭발적인 것이 더 폭발적일 수 있고, 덜 시적인 것이 더 시적일 수 있는, 그런 호흡을 담을 수 있는 게 삶의 그릇이 아닌가 싶은

것이다. 김곰치는 소설에 지루한 부분이 없어야 한다고 어디에 쓴 적이 있다. 하지만 좋은 소설은 때로는 지루한 대목을 간직하고 있다(김현). 그것은 삶의 실상이 지루하기 때문이다. 나는 김곰치가 진리에 육박하는 르포도 더 많이 쓰고, 삶의 실상을 드러내는 지루한 소설도 더 많이 쓰기를 바란다. 소설은 진리를 한 손에 움켜쥐는 것이 아니라 우리가 감당하고 있는 삶이 무엇인지 일깨우는 글쓰기라는 명제가 새삼 떠오른다. 결국 남는 것은 거창한 문장이나 식견이 아니라 몇 개의 이미지라고 말한 마루야마 겐지처럼 김곰치도 비슷한 구절을 썼다. '어떤 책을 읽어도 세월이 지나면 줄거리는 사라지고 몇 문장과 몇 에피소드만이 남는 것이 나의 경험이었다.' (『빛』 258쪽) 아무리 좋은 얘길 긴박하게 해도 남는 건 별것 없다. 나는 그 별것이 무엇인지 참으로 궁금하다. 분명 김곰치는 그것을 알고 있으리라.

'미안하고 죄송하다'
그리고
침묵하는 언어

-시인 엄국현

1.

시인 엄국현을 생각하면 경남 밀양시 삼랑진 만어사가 떠오른다. 십여 년 전 여름, 그와 함께 말로만 듣던 만어사를 처음 가봤다. "선생님 문학의 샘터는 어디죠?" "제 고향의 만어사가 어떻습니까." 비포장의 산길을 덜컹대며 차를 몰고 올랐던 만어산(해발 670m) 7부 능선의 만어사는 발아래 엎드린 산들의 절을 받고 있었다. 저 멀리 장엄한 낙동강 줄기가 희끗희끗 보였고, 그 주변의 산 그리메들은 아름답게 파도처럼 일렁이고 있었다. 산봉우리들의 바다를 헤엄쳐 오른 물고기 떼들이 저 장엄한 만어(萬魚)의 너덜겅을 이루고 있었다. 댕 댕 댕 종소리를 낸다는 만어, 그 붉은 바위들.

그날 엄국현은 반팔 셔츠를 입고 만어사 나무 그늘 아래 앉았다. 야윈 몸피였다. 그는 대학을 졸업하고 2년간 고향 삼랑진 본가에 들어가 포도 농사를 지었다. 그때 밤하늘에 아름다운 '돌'(?)을 던져 등단했다.

乭아
밤하늘에 빛나는 별들을 보아라
어둠을 받고서야 별자리가 보이듯이
나도 모를 어느 곳에
빛나고 있을 너의 사랑이라면
乭아 너는 너의 아름다운
무엇을 그녀에게 주어야 할까
乭아
너는 없는 것도 많아서
밤하늘 별자리만 오래오래 바라본다.
-「乭이」 전문

빛나는 미지의 사랑을 위해 내가 마련하여 줄 수 있는 것은 오직 밤하늘의 별밖에 없다는 가난한 마음의 시이다. 그는 "가난한 농부로 살고 싶었다"고 말했다. 대학 교수인 시인의 말은 조금 '뜻밖'이었으나 그 말의 '뜻 안'은 능히 살필 수 있었다. 그는 "심은 대로 거두는 것이 농부"라고 했다. 그것은 누구나 아는 얘기이지만 아무나 그렇게 살 수 있는 것은 아니다. 바람이 시원하게 불자, 만어사 대웅전 처마에 달린 풍경이 땡 땡 땡 울었다. 엄국현은 풍경 소리로 비어 가는 만어사의 빈 뜨락에 고요히 앉아 있었다. 침묵의 늪이 깊어 갔다. 1995년 한 지면에 발표한 「늪」이라는 시이다.

우리의 삶이 다 보이지 않으므로
이 세상에 늪이 있다.
붕어마름 늪가
개구리 따라 퐁당퐁당 달려 들어간
소년은 다시 나오지 않았고
어머니가 흘린 눈물 때문에
늪은 더욱 깊어져 버렸다.
개구리 따라 들어간
늪의 어디에 길이 있는지
어머니의 눈물은 길을 찾아 흐르고
우리의 삶은 더 깊어져 버렸다.
보이지 않는 그 무엇이 감도는
산길을 따라 늪에 가면
붕어마름이 한가롭게 떠 있고
개구리는 개굴개굴 울고
풀리지 않는 그 무엇처럼
소금쟁이
소금쟁이는 떠올라 맴을 돌고
–「늪」 전문

아름다운 시이다. 나르시스 신화와는 다른, 늪 속으로 사라진 아들을 그리는 어머니의 눈물이 깊어가는 '우리나라'의 잃어버린 신화를 읽는 것 같다. 엄국현이 가지 못한 길의 침묵, 그 심연 위에 붕어마름이 한가롭게 떠 있고 소금쟁이가 동심원의 맴을 그리고 있

다. 그때 종소리가 동심원의 맴을 그리며 울린다. 포도 농사를 지으며 책 읽는 시골 선비였던 엄국현, 세상의 길을 다 갈 수 없듯 우리의 삶은 다 보이지 않고, 우리의 삶은 깊어진다. '만어'를 작은 돌로 때릴라치면 깊어지는 우리 삶 위로 소금쟁이가 떠올라 댕 댕 댕 소리의 맴을 돈다고 시는 말하고 있다. 삼국유사 소년 사복이가 띠풀 뽑은 자리로 뛰어들어 사라졌듯이 엄국현의 소년은 늪 속으로 뛰어들어 사라졌다. 그 소년들이 간 곳은 어디일까. '만어'는 알고 있을까. '만어'가 머금은 침묵의 말을 나는 알 수 없다.

2.

침묵의 언어를 알기는 쉽지 않고, 다만 엄국현의 몇몇 글을 읽고는 빙그레 미소를 지을 뿐이다.

부산에 '하이에나'라는 애칭(?)으로 불리는 시인이 있다. 엄국현 시인과 만어사 가는 날, 그도 동행했다. 엄국현도 하이에나를 언급했다. 하지만 그 시인을 두고 하는 말은 아니었다. '비평가는 시인을 뜯어먹고 산다. 뜯어먹고 산다는 점에서 비평가는… 특히 하이에나를 닮았다.'(『오늘의문예비평』 창간 5주년 기념호) '(책 낸다고 힘든 오늘의문예비평) 동인들 가운데 고스톱 실력이 가장 형편없는 남송우 교수마저 김해까지 와서' 그의 돈을 따 간다니 평론가들은 역시 하이에나인 것이다. 그는 짐짓 '귀엽게 봐주고 있는지도 모르겠다'고 말하니 일부러 돈을 잃어 준 것도 같다. 그의 실력과 마음씨가 짐작되는 바, 이런 대목에서 그들과 같이 노는 것처럼 나는 실없이 재미있다.

「여름밤」이란 시에서는 그는 '여름 밤하늘을 바라보다/ 툭 트인' 마음이 되어 '발칙하게' 그의 '아버님이 지어주신 이름'을 가지고 논다. 그의 한자 이름은 '國鉉'. 그는 그 이름에서 '집과 직장과 나라와/ 칼과 총과 돈'을 뜻하는 '울타리와 쇠'를 떼내 '或玄(혹현)'이란 호를 짓는다. 막히고 무거운 걸 덜어내니 '或玄'은 시원하고 가볍다. 그 시원하고 가벼운 마음으로 '집 없고 돈 없고/ 걱정도 팔자인/ 사람들에게 집과 돈과 평화를/ 여름 밤하늘 별만큼이나 퍼부어 주소서'라고 그는 밤하늘을 우러러 기도한다. 或玄, 혹여 그 기도가 깊고 오묘하다는 뜻일까. 여름 밤하늘을 보고 맘대로 노는 그처럼 우리도 그의 시를 읽으며 이모저모로 논다.

그러나 무엇보다 놀 때는 천진난만하게 '다 잊어버리는' 게 상수다.

커피의 집 가비방에서
弟子의 애인을 만난다.
(중략)
그가 남긴 女人과
그가 남긴 편지를 읽는다.
그녀의 이마는 장미처럼 푸르다
그녀의 눈은 장미처럼 깊다
그녀의 입술은 장미처럼 젖어 있다.
(중략)
그는 그녀 입술에 촉촉이 젖고 싶어했다.
그녀는 허락하지 않았다.
그녀는 말했다
난 널 사랑할 수 없다.
커피의 집 가비방에는
그녀가 사랑할 수 없는 이유가 있었다
그녀가 만나고 싶은 그리움이 있었다.
(중략)
부산에서 가장 슬프고 사랑스런 女人.
그녀의 집은 동래
그녀의 나이는 스무 세 살
그녀의 이름은 말할 수 없다.

-「그녀」 중에서

입술이 촉촉이 젖어 있는 제자의 애인을 커피의 집 가비방에서 만난다는 내용의 이 시는 분위기가 묘하다. 제자는 가 버리고 없는데 그 제자의 애인이 지금 '만나고 싶은 그리움'과 함께 있다니, 또 그녀는 '부산에서 가장 슬프고 사랑스런 女人'이라니. 이거 참, 무슨 일이 있구나, 그런 야릇한 분위기의 시이다. 옛 향가 「헌화가」에서 암소 몰고 가던 노인이 '모두 다 잊어버리고' 절벽의 꽃을 따 건네니 옛 수로부인도 '모두 다 잊어버리고' '아이그마니나 좋아라' 했다는데 어쩔 것인가.

엄국현에게는 파격이 있다. 깨어진 격, 벌어진 격의 틈은 달로 치면 초승달 모양일 것이다. 나는 그 모양을 두고 '미소 짓는다'라고 눙친다. 그러니까 미소 짓는 파격이요 틈이랄 수 있다. 엄국현은 신라 향가, 고려 속요의 냄새가 나는 '우리나라'라는 단어를 좋아한다. '우리나라'는 그의 시에 많이 나오거나 깃들어 있는 단어이다. 그것은 농부가 되고 싶었던 그가 흙에서 맡았던 냄새이기도 할 것이다. 엄국현의 파격은 '우리나라'의 전해오는 재미있는 파격이다.

3.

엄국현의 시 중에서 나를 제일 먼저 압도한 시는 「빗물소리」다. 처마에서 빗물 듣는 소리를 들으며 술잔을 기울이는 방자한 낭만성을 떠올릴 필요는 없다. 어릴 적부터 육신의 적요 위에 습관적으로 쌓인 빗물 소리가 호릴 뿐이다. 스산한 가을비가 내리는 밤, 등불 앞에서 만 리를 내닫던 심중의 아득한 침묵을 지녔던 사내, 최치원이 왜 생각나는지 모르겠다. 최치원은 어느 계곡에서 지팡이 하나만 남겨 두고 홀연히 사라졌다. 그 사내의 침묵이 칼을 빼서 가슴을 찔렀으면 좋겠다는 것일까.

빗물소리가 들린다 지붕 밑에 누워서 자꾸만 미안해진다 아름답다는 일들만 씻겨가고 나는 참 어둡다 지워지지 않는다 천방지축 울어대는 개구리 울음아 살면서 무엇을 남기고 무엇은 지워야 하겠느냐 미안하다 자꾸만 미안해진다 비 뿌리는 하늘처럼 비울 줄도 알아야지 밤이 칼을 빼서 내 가슴을 찔렀으면 좋겠다.

-「빗물소리」 중에서

세상을 살아가면 아름다운 일들은 자꾸만 씻겨간다. 시끄럽게 울어 쌓는 개구리의 울음소리가 시인이 울고만 싶은 심정의 끝까지 내닫고……. 우리는 왜 잘 살지 못하는 것일까. 이 시를 읽고 얼어붙었던 것은 '미안하다'라는 단어 때문이었다. 그것은 한국 시에서 처음 보는 단어였다. '미안하다'는 무한하고 무량한 밤하늘을 쳐다보며 가난해지는 엄국현이 마음속 가장 밑바닥에 간직하고 있는 단어이다. '미안하다'라는 단어에서 나는 별빛이 기우뚱하고 아담의 손가락 끝이 신의 손가락 끝에 닿으려는 순간을 느꼈다. 그러할진댄 '살면서 무엇을 남기고 무엇은 지워야 하겠느냐 미안하다 자꾸만 미안해진다'라는 참회록의 문장을 누가 마다할 것인가. 우리는 살면서 얼마나 많은 미안한 일을 저질렀던가.

그런데 이번에는 '죄송한 마음'이다.

휑한 들판
차가운 서릿발

어린 것들이 불쌍할 뿐
떨어져서 뒹구는 낙엽밖에
무엇이 되겠느냐.
죄송한 마음
땅에 흙내음 짙게 할 테니
아이들 데리고 노래 부르며
그대는 와서 나를 갈고 살아라.
-「귀순병」 중에서

이 시도 사람을 저릿저릿하게 한다. 우리 삶은 참으로 아무것도 아닐지니, 떨어져 뒹구는 낙엽이라도 되어 흙내음 더욱 짙게 할 테니 흙이 된 나를 갈아엎고 살라는 말이다. 삶을 입고 태어난 불쌍한 어린 것들을 위해 내가 해줄 수 있는 게 이런 것밖에 없는 것 또한 삶이다. 죄송하다.

미안하다는 '안'으로, 죄송하다는 '밖'으로 향해 있는 것 같다. 하기야 이런 안팎의 구분이 꽤 부질없다. '미안하다'와 '죄송하다'를 감히 시에 쓰면서 이렇게 적절하게 쓴 이가 누가 있을까. '짧은' 나는 그것을 알지 못한다.

그는 왜 자꾸 미안하고 죄송한 마음일까. 그는 카프카의 일기를 읽고 있다. '가장 부러운 친구, 파울 아들레르/ 그는 시인이다/ 아무 직업도 갖고 있지 않다.'(「나쁜 핏줄」 중에서) 하지만 엄국현은 '책을 사려고/ 읽지 못한 책을 사려고/ 직장과 집 사이를 오고 간다.'(「공간의 시 12」 중에서) 아무 직업도 갖고 있지 않은 카프카의 '가장 부러운 친구, 파울 아들레르'에 비긴다면 우리와 엄국현은 먹고 사는 일을 초탈하지 못한 채 '밥그릇' 에 얽매여 살고 있다.

이것은 '병'인가. 아, 모르겠다. 개구리처럼 세상 잊고 그저 시끄럽게 울고 싶을 뿐이다. '내 병은 어디서 오는지/ 호박잎 밑에서 바깥을 내다 보면/ 잎사귀 하나로/ 내 병을 다 가리고 싶은/ 빗방울이 떨어지고/ 호박잎 밑에서 나는 운다./ 개굴 개굴 개굴/ 개굴 개굴 개굴'(「공간의 시 8」 중에서). 그는 울다가 '겨울 엽서'를 띄운다. '가난하게 살면서 詩 쓰는 일이/ 내 이름을 위하는 데 멀지 않다면/ 손가락 두어 마디 잘라 버리고/ 올 겨울 석달 동안 내가 할 짓은/ 저녁마다 군불 때고 연기 올리며/ 다시 한 번 살기 위해 애써 보는 것'(「겨울 엽서」 중에서). 시가 아닌 다른 것을 위해 시를 쓴다면 아예 손가락을 잘라 버리고 텅 빈 자세로 군불 때며 소박하게 살아가겠다는 염결성이 묻어나는 시다. 생의 길모퉁이에서 갑자기 내가 나한테 부딪히는 몸의 말로써 엄국현은 '미안하다'와 '죄송하다'의 시인이다.

4.

'미안하다'와 '죄송하다'는 결국 침묵으로 향하는 것이다. 그것의 발설 이후 다른 말은 안으로 머금어지게 돼 있다. 엄국현의 시적 이력은 매우 단출하다. 1977년 『현대시학』 추천 완료, 1983년 첫 시집 『집』 상재, 1993년 두 번째 시집 『그대 사는 마을까지』 출간, 그것뿐이다. '숨은 자는 왜 아름다운가'라고 그는 썼지만 그 단출함에서 '침묵과 비움의 소리'가 들린다. 사는 게 진부하지만 그는 살면서 '자꾸만 미안해진다'라고 한다. 그래서 시를 적게 쓰는 것일까. 모를 일이다. 다만 미안해진 그 다음에 침묵이 있고 그 침묵이 외려 공명한다는 것, 그뿐이다. '내 죽어 산 되리./ 못다 산 삶/ 풀과 나무로 가리우고/ 산나리/ 꽃 피어 기다리리./ (중략)/ 내 죽어 산 되리.' (「그대 사는 마을까지」 중에서) 그가 죽어 되고 싶다는 산은, 나는 물론 없고 '없는 것도 없'(「지리산」 중에서)는 그런 산이다.

김해 인제대 앞에서 이른 저녁밥을 먹으면서 나는 대뜸 엄국현에게 물은 적이 있다. 미안하고 죄송한 그 나중은 시를 쓰지 않는 것이며, 결국 시는 삶으로 완성하는 것이 아닐까라고. 요컨대 시를 쓰지 않는 것이 시를 완성하는 것이 아니냐, 라는 말이었다. 하지만 그는 "선시(禪詩)는 선(禪)적일 뿐 시적이지는 않다"라고 운을 뗀 뒤 "시는 언어로 완성하는 것이지 삶으로 완성하는 건 아니다"라고 했다.

무위(無爲)를 최고도로 밀고 나간 노자와는 달리 공자는 무위를 능히 안 이후, 인간의 조건 위에서 유위(有爲)로 나아갔다는 말이 생각났다. 그러니까 엄국현의 경우, 언어 없이는 시가 되지 않는다는 것을 인간의 어쩔 수 없는 어리숙한 조건으로 받아들여야 한다는 말이다. 언어를 부리는 유위를 통해 언어를 넘어서는 무위에 이를 수 있다는 것이다.

그러나 나는 계속 이게 이상하다.

그는 '모든 책을 읽고 싶다'라고 하면서도

> 김해평야 한 포기 풀이 되어
> 나는 아무 것도 읽을 필요가 없다
> (중략)
> 모든 책을 읽고 싶다.

아하 그러나 지금은 날려 보내야 할 시간,
김해평야 푸른 들에 바람이 불어
나는 아무 것도 읽을 필요가 없다
-「책」 중에서

'책'을 '시'로 바꾸면 이렇다. 모든 시를 쓰고 싶지만 김해 푸른 들에 바람이 불어 나는 아무것도 쓸 필요가 없다. 많은 것, 모든 것을 쓰고 싶지만 모든 것은 이미 쓰여 있다. 그런데 덧없게도 시를 써야 하는가 말이다. 나는 이상한 역설을 계속 고집한다. '시를 쓰지 않는 것이 시를 완성하는 것이다.' 그는 이런 말도 했다. "신의 목소리를 듣기 위해 침묵하는 자세를 배울 때 한 사람의 시인이 탄생한다." 침묵이 시이다.

5.

인제대 국문과 교수인 엄국현은 국문학자로 향가를 비롯한 옛 시가 전공자이다. 그가 주목하는 것은 8세기에 발달하여 13세기까지 존재한 향찰 표기다. 여기에 깃든 무격적인 우리 고대문화의 많은 요소들이 유교문화와 한자가 들어오면서 숱하게 잘려 나갔다. 삼국사기는 아예 고대문화 요소를 완전히 삭제해 버렸고, 삼국유사는 그나마 구미에 맞는 신라 향가 14수만 겨우 실어 놓았을 정도이다.

한 예로 그는 『삼대목(三代目)』을 신라 역사를 상 · 중 · 하대로 구분 짓는 삼대의 '삼대목'이 아니라 향찰 표기라며 '사뇌목'으로 읽는다. '사뇌목'은 '죽은 사람을 애도하며 슬프게 울부짖는 창법'

의 사뇌가를 모은 책이란 뜻으로 유교적 정치 이념에 따라 신라의 노래를 수집 편찬한 것이었다. 시와 음악으로 백성을 교화하고자 한 '신라판 시경'이었다. 원래 '사뇌목' 안에는 향가뿐 아니라 민요, 굿노래, 궁정노래에 이르기까지 당대의 다양한 노래가 들어 있었는데 유교문화에 의해 이것들이 거의 사라져 버렸다는 것이다. 우리나라의 그 노래들을 어디에 가서 찾아야 하나.

「도솔가」의 경우도 도살풀이에서 온 말로, 신을 청하는 고대 무격의 노래가 궁중 음악의 도입부에 활용된 노래라고 한다. 도입부에서 도솔가를 부르는 신라 유리왕 때의 궁정악의 연출 방법이 조선조 말기까지 여전히 지켜지고 있었다고 한다. '풍류도'도 그는 새롭게 해석한다. 유불선을 합친 그 무엇이 아니다. 풍류도 역시 향찰 표기로 '대상을 울부짖는 목소리로 불러내는 노래'라는 게 그의 주장이다. 그것은 잊히고 사라진 것을 찾아가는 작업이다.

요컨대 옛 시가를 공부하는 것은 문자로 남지 않은 침묵, 혹은 문자의 틈 사이에 묻혀 있는 침묵을 천착하는 것이다. 그가 아끼는 말처럼 '우리나라'의 심성을 공부하는 것이다. 결국 그것은 시 쓰기와 다르지 않다. 쓰인 것은 항상 세계의 일부에 불과하고 지나간 옛것일수록 그 틈과 머금은 침묵은 깊다. 그 침묵의 안을 '아무래도 나는 몰라, 나는 아프다.'

적막한 우리나라 가을을 걸어가며
부르고 싶은 이름을 생각한다.
아무리 걸어도 그것은 떠오르지 않는다
산진아

너는 그것을 달이라고 한다
사랑이라고 한다.
수진아
너는 그것을 별이라고 한다
말씀이라고 한다.
달과 별이 떠올라 빛나건만
그것이 무엇인지 아무래도 나는 몰라
아프다.
-「李朝語辭典」 중에서

우리는 우리나라의 어느 골목에서 같이 뛰놀았을 것만 같은 '그리운' 산진이와 수진이의 이름을 잊었다. 그리고 우리나라의 소년 소녀, 그 옛 아이들이 마음에 새기며 불렀던 아득한 이름이 무엇인지 지금 모르고 있다. 쉬 알 수 없는 그 침묵을 우리는 알아야 하고 말해야 한다. '어떤 나라 신발보다 편하게 만들어진' '집신'과 '짚신'이었다. 지금 '나는 구두를 신었다는 것/ 잘못 사 신은 구두는 아프다는 것'을 '말하지 않으면 안' 된다. 달처럼 별처럼 빛나던 사랑과 말씀이었으나 '사랑은 지금 폭력이 되고/ 말씀이 명령으로 둔갑'해 있기도 하다.

지금 잊힌 그것은 과연 무엇일까. 아서라, 우리는 그것을 내처 이것 혹은 저것이라고 성급하게 말하지는 말고, 차라리 천천히 음미해야 하리라. 그리하여 어느 날 터져 나올 맑은 빛이 있다는 것을 마음속 깊이 새길 일이다. 그 빛이 터져 나오도록 하기 위해서는 땅속 깊이 묻혀 있을 울퉁불퉁한 한 톨의 감자알처럼 울퉁불퉁한 어둠이 익도록 가난한 노래를 심는 것이 우리의 몫이다.

울퉁불퉁 한 톨 감자알 되어
땅 속 깊이 묻히고 싶어라.
(중략)
불혹의 나이가 되도록 흐린 눈으로
내가 찾은 것은 어둠뿐,
그럼에도 불구하고 한 줄 시를 쓰는 것은
사랑은 매화
우리나라 어느 시인의 노래와도 같이
땅 속 깊이 묻힌 감자알처럼
울퉁불퉁 어둠이 익어서
어느 날 터져 나올 맑은 빛이
어디엔가 숨어 있다고 믿기 때문인데

내 무익한 어느 날 길바닥에 어둠이 깔리고
알베르티나의 기도 소리가 들리는 밤이면
땅 속 깊이 한 오백년 묻히고 싶어라.
-「사랑은 매화」 중에서

땅 속 깊이 한 오백년 묻어 둘 울퉁불퉁한 어둠의 노래는 무엇이겠는가. 만어사의 만어들이 머금은 그 침묵은 아닐까. 또 그것은 말을 잊은 사복이가 사라진 곳, 개구리를 따라 소년이 뛰어든 늪 위에 감도는 그 침묵이 건네는 말은 아닐까. 우리가 찾아낸 것은 어둠과 침묵뿐이지만 그럼에도 불구하고 한 줄의 시를 써야 한다는 것, 그리하여 그 침묵과 어둠에서 어느 날 맑은 빛이 터져 나온다는 것을 우리는 기약해야 할 것이다. 그때 터져 나올 맑은 빛은 사랑인가, 매화인가. 매화이면 어떻고, 또 사랑이면 어떠랴.

2부

저기,
불굴의
인간 정신이
걸어가네

진중한 정신의 만형, 부산을 살다

-소설가 조갑상

1.

내가 소설가 조갑상을 모른다는 것은 말이 안 된다. 그를 만난 지가 15년이 훌쩍 넘었다. 그러나 곰곰 생각해보니 그를 제대로 알고 있었던 게 아니다. 말하자면 그는 은근하게 숨어 있었고 나는 딴청을 피우고 있었던 것이다. 내가 그의 이름을 처음 본 것은 1990년대 초반쯤 부산일보 칼럼 지면에서였다. 그러다가 그 몇 년 후 드디어 태종대에서 그를 보게 됐다. 그때는 출판 기자를 하고 있을 때였는데 어쩐 일인지 그에게서 전화가 왔다. 작가 여럿과 있으니 얼굴을 한번 보자는 것이었다. 그가 나한테 전화를 한 것은 내가 출판 기사를 빙자해 틈틈이 문학 기사를 썼기 때문이었지 싶다. 파도가 철렁이던 태종대의 바위 위에서 사람들과 두런거리던 그날, 그를 처음 본 감회는 죄송한 말이지만 '촌스럽다'는 것이었다. 말도 주섬주섬 어눌했고, 체구도 자그마하니 압도하는 뭣도 없었다.

그런데 나는 지금 그를 부산 문단의 진중한 정신적 맏형이라고 생각하고 있으며, 그의 소설을 읽으면서 이상한 깊이를 때로 전율하면서, 때로 홍감하면서 감지하는 것이다. 사람이 도달한 사람의 잔잔한 무늬, 여기에 소설가 조갑상의 비밀과 매력이 있다. 조갑상은 소설가들의 소설가요, 소설가 중의 소설가라고 할 수 있다. 그 깊이를 사람들이 아직 잘 모르고 있다. 나도 그러했으니 과연 사람들이 살면서 모르고 놓치는 것이 얼마나 많을 것인가. 삶은 암시와 신호로 가득한데 우리는 이걸 부지불식간에 놓치고 지나쳐 버리는 경우가 하고많은 것이다. 오래전 이사를 하면서 조갑상의 장편소설 『누구나 평행선 너머의 사랑을 꿈꾼다』를 잃어버렸다. 내가 그를 읽었던 밑줄의 흔적이 아깝게 사라졌다. 하지만 내 속을 가만히 들여다보니 그 소설에 대한 별스럽지 않은 평가의 틈바구니에서 망각과 건망증이 서로 부둥켜안으며 그 책을 잃어버리게 하지 않았나 하는 생각이 드는 것이다. 하기야 그 책이 나왔을 때 나는 그렇게 크지 않은 기사를 썼다.

그런데 작고한 소설가 이청준이 이 작품을 두고 "삶의 관점이 뒷받침되니 미덥고 안정돼 있다"는 호평을 했다. 나는 그 평을 작자가 아니라 독자의 입장에 서서 별로 신뢰하지 않았다. 그러나 웬걸, 조갑상은 이 작품으로 2003년 요산문학상을 수상하는 것이었다. 나는 이번에도 『누구나 평행선』과 요산의 문학 정신은 서로 별로 닿지 않는 게 아닌가라고 생각했다. 하지만 2005년 문학기자로 있을 때 '부산 작가들이 그린 부산소설의 자화상'이란 기사를 쓰면서 놀랐다. 이른바 그것은 내 귀로 직접 확인한 것이었다. 부산 소설가 40여 명에게 일일이 전화를 걸어 '대뜸' 현재 활동 중인 최고(최고를 따지는 것은 기자 정신의 '갸륵한'(?) 발로다)의 작가와 최고 작품을 물었는데 조갑상이 당대 부산 최고 작가라는 답이 압도적으로 많았고, 많은 이들이 그의 『누구나 평행선 너머의 사랑을 꿈꾼다』를 최고 작품으로 꼽는 것이었다. 나는 의아해 했고 적이 당황했다. 초짜 문학기자일 수밖에 없었던 나는 그때 몹시도 흔들렸다. 생각하니 그때까지의 내 판단이 가소롭다.

삶이 깊어져야 조금 더 알 수 있는 것인가. 나는 지금은 『누구나 평행선 너머의 사랑을 꿈꾼다』라는 제목부터가 인간을 아주 적절하게 표현한 하나의 철학적 명제라고 여기고 있다. '내가 누구인지 말할 수 있는 자는 누구인가'라는 리어왕의 절규처럼 자신조차도 모르는 존재가 인간인데 어떻게 남편이나 아내를 마저 알 수 있고 또 그들에게 나를 맞출 수 있겠는가 하는 것이다. 결국 인간은 서로 만날 수 없는 평행선을 그을 수밖에 없을 것이며, 더한 것은 '누구나' 그 평행선 너머의 또 다른 사랑을 꿈꾼다는 사실이다. 이 명제는 우리 허약한 삶의 불온한 진실과 원천적인 아이러니를 말하고 있다. 나아가 쉽사리 이뤄질 수 없는 꿈을 살아가야 하는 현대의 좌절한 신화를 응축하고 있다. '자신에 대해서, 아내에 대해서, 세상에 대해서 우리는 언제나 너무 늦게 안다. 그게 인생일지도 몰랐다.'(270쪽) 담담한 이 짧은 문장이 품고 있는 삶의 실팍한 실상! 언제나 너무 늦게 알게 되는 인생처럼 조갑상 소설도 늦게일지언정 나중엔 더 많이 더 깊이 알려지게 될 것이다.

2.

조갑상은 벗길수록 자꾸 다른 속이 드러나는 작가다. 처음에 나는 조갑상을 민족문학의 봉우리라는 요산 김정한의 적자(嫡子)라고만 여겼다. 박사학위 논문 「김정한 소설 연구」(1992)를 비롯해 그는 이정표로 삼을 만한 요산에 대한 글을 많이 썼다. 1998년 요산문학제 출범도 그가 부산작가회의 회장을 맡자마자 문학평론가 구모룡 등과 함께 성사시킨 것이었다.

'부산 그 자체를 살았다'라고 할 정도로 부산에서 살면서 부산을 줄곧 썼던 요산처럼 조갑상은 부산 연구에 매달려 왔다. 조갑상이 특이하게 개척한 영역은 한국 근현대 소설을 빌려 도시 부산의 곳곳을 읽은 것이다. 『소설로 읽는 부산』, 『한국소설에 나타난 부산의 의미』 등의 책도 있지만 '소설 속을 걸어 부산을 보다'라는 곁 이름을 붙인 답사기 『이야기를 걷다』(2006)는 그 결정판이다. 3년여의 발품을 들인 이 책은 소설에 담긴 부산 모습과, 부산에 대한 그와 부산 사람들의 기억을 마음먹고 제대로 녹여 쓴 것이다. '기억할 공간이 없다면 지나간 시간도 무화된다. 우리 인간이 기억함으로써 존재한다는 걸 믿는다면'이란 전제 아래 그는 부산, 도시, 시간, 역사를 행복하게 결합시켰다. 『이야기를 걷다』는 부산을 얼마나 독특하고 다양하게 또 깊이 있게 이야기할 수 있느냐를 보여준 하나의 이정표이다.

조갑상에게 기억은 인간을 구성하는 기본 조건이다. 그의 사유를 관통하는 기억론이 있다.

> 기억이라는 게 어찌 보면 인간이 다른 동물과 다를 수 있는 가장 큰 요건일지도 몰라요. 어떤 기억은 지극히 슬프기도 하지만 그런 기억을 할 수 있다는 것 자체부터가 행복일 수 있다는 것도 알아야

해요. 길가의 돌멩이 하나를 무심코 참으로 해서 잊혀졌던 기억을 되살릴 수 있다는 게 인간으로 태어난 행복 아닙니까. 드러내기조차 싫은 때 묻은 기억이 있기에 사람은 아름답게 살려고 노력할 수 있는 거죠.(단편 「다시 시작하는 끝」 중에서)

물론 그는 소설에서도 부산을 기억하면서 부산의 구체적 장소를 상당히 많이 구사하고 있다. 어떤 것은 절묘하기까지 하다. 단편 「악셀을 밟는 법」은 카뮈의 「전락」을 연상케 하는 새로운 소설 문법과 문체로 1996년 한국 문단을 대표하는 문제 소설로 꼽혔다. 이 작품에서 그려진, 요금 통에 100원 동전 두 개를 던지고 통행하던 부산 도시고속노로와 당시 건설 중이던 동서고가로 모습, 부산의 이러저러한 도로망 등은 삽화 이상으로 '96년 부산'을 포착하고 있다. 더욱이 출구 없는 현실을 그린 소설의 절정은 공사를 하다가 덜컥 중단돼 있던 동서고가로의 끊어진 부분과 겹쳐 절묘하게 그려져 있는데 거기서 자동차가 날아오르는 것이다. 부산 사람으로서 부산의 장소를 밝혀 쓰고 부산에 끊임없는 관심을 기울였다는 점에서 요산이 리얼리스트라면 조갑상도 그러하다.

조갑상을 읽다가 스스로 발견하고 놀란 국면이 있다. 나는 부산에 대한 조갑상의 천착이, 박사 논문의 연장이자 체화로서 요산을 더욱 심화시키고 있는 것으로 생각했다. 그러나 아니었다. 조갑상은 이미 부산 사람이었다. 그에게 부산은 요산에게서 얻어 들은 관념이 아니라 삶의 토대였다. 그것이 요산과는 다른 조갑상식의 부산이 창조되는 까닭이다.

조갑상은 초등학교에 들어가기 전, 경남 마산에서 이사 와 부산

동구 수정4동에서 20여 년간 살았다. 당시 수정동은 '바다가 보이는 가파른 계단과 좁은 골목, 지저분하고 시끄러운 집, 아버지들의 거칠고 단순한 삶으로 얼룩진' 곳이었다. 조갑상이 뿌리를 내린 수정동은 1980년 등단작 「혼자 웃기」와 그 이후 발표한 중편 「은경동 86번지」의 행간에 알알이 배어들어 있다. '우리가 살던 동네는 외솔배기라고 부르기도 했다. 옛날, 언덕바지에 소나무 몇 그루가 심겨 있었다고 붙여진 이름인 것 같았다. 그러나 사실상 동네는 산동네와 아랫동네로 구분하여 불렀다. 어렸을 때 우리들은 장대와 나무로 만든 칼을 휘두르며, 그리고 연탄재를 던지면서 동네 패싸움을 자주 벌였다.'(「혼자 웃기」) '책상 앞에 앉아 있으면 계단을 오르는 사람들의 발길 소리가 어수선했고, 너무 신나게 뛰어놀아 피곤해서 지쳐 잠이 든 밤이면 지나가는 발걸음들이 꼭 자신의 가슴팍을 밟고 지나가는 것 같아 깜짝깜짝 놀라기도 했던 방이었다.'(「은경동 86번지」) 조갑상은 수정동의 그 좁은 방과 골목에서 시작해 요산 문학과 부산에 이르렀던 것이다. 수정동과 부산은 그를 키웠으며 그는 글로써 다시 수정동과 부산을 키우고 있다. 조갑상처럼 부산에 오래 살고 있는 이들은 많지만 조갑상처럼 오래도록 부산에 천착하고 있는 이는 드물다. 조갑상은 범례로서 부산의 문화적 적자이다.

3.

조갑상은 어쩔 수 없이 뭔가 불만스러웠던 고등학교 시절의 방학 때 강원도, 거제도, 목포 등지에 여행 간 적이 있는데 어쩔 때는 무작정 걸어갔다고 한다. 그는 '걸어왔던 길을 되돌아보면서 나는 내가 벌써 이만큼이나 왔구나 싶어 자주 놀라곤 했다'라고 한 산문에 썼었다. 한 걸음 한 걸음을 묵묵하게 걸어 종내는 자기마저 놀랄 정도의 먼 길을 갔다는 그 여로는 문자 그대로 무섭게 '천착'하는 조갑상의 글쓰기에 대한 상징이자 핵심이다.

2012년 출간된 그의 두 번째 장편 『밤의 눈』도 집요한 천착의 산물이다. 이 작품은 그가 10여 년간 매달렸던 것이다. 한국전쟁 때 '대진읍'에서 민간인 학살이 이른바 토호들에 의해 어떻게 작동 · 자행됐고, 이후 그 피해자들이 어떤 암울한 시간을 견뎌냈으며, 특히 진상 규명의 역사에서 1960년 4월과 이듬해 5월, 그리고 1979년 항쟁이 어떤 명암의 기로가 되었는지를 매우 짜임새 있게 형상화하고 있다. 원래 이 작품은 1986년에 발표한 단편 「사라진 하늘」에서 배태된 것이고, 직접적으로 2000년대 중반께 인터넷 매체를 통해 발표한 중편 「표적」을 확대, 개작한 작품이다. 그는 왜 이토록 오래 매달렸던가. "어릴 때 집안 어른들 중에 돌아가신 분들이 있었어요. 제사 날짜도 모르고 묘도 못 쓰는 분들이었죠. 그런 사실들이 마음에 오래 남았지요." 그가 문학 토론회에서 한 말인데 조갑상 식의 말투는 뭐 별거 없지만 그게 별거인 이런 식이다. 하지만 어릴 때 마음에 오래도록 남은 것을 끈질기게 집요한 응시로 이어간 게 조갑상의 방식이다. 이를테면 그가 말하는 '밤의 눈' 같은 것이다. 소설 속에서 학살이 일어나던 밤에 대낮같이 환한 달이 떠 있었다.

> 한용범은 그 순간 자신도 모르게 달을 보았다. 밤의 눈. 허벅지인지 옆구리인지가 뜨끔하다 싶더니 앞사람들이 벼 가마니 쓰러지듯 풀썩 몸을 덮었다. 그는 달이 공포가 아니라 밤의 눈으로 자기를 지켜보고 있음을 의식을 놓기 직전에야 알았다.(149쪽)

그 '밤의 눈'은 학살 현장을 지켜보는 삼엄한 증언자의 눈을 표상한다. 동시에 그것은 "겨우 한두 줄로 남은 처참한 역사의 속내를 한 권 분량의 소설로 늘어뜨린 게 내 작업의 의미"라고 말한 소설가의 집요한 시선이다. 그 눈은 우리가 견뎌왔던 힘든 시대를 지나간 시간으로 종지부를 찍지 않는다. '견디고 기다리는 일밖에 할 수 있는 게 없다면, 견디며 기다리는 그 자체도 희망일 것이었다.'(357쪽) 우리는 여기에서 해명되지 않는 삶의 산봉우리를 향해 무거운 바위를 쉼 없이 밀어올리고 있는 시시포스, 저 영원한 인간의 초상을 읽는다. 과거와 현재의 시련 속에도 미래의 희망을 끝까지 포기 않고, 지금이 힘들다고 하더라도 '가장 깊은 어둠 속에 밝음이 있을 것'(367쪽)이라는 믿음을 길게 이어가는데 이것이 자기마저 놀랄 정도로 먼 길을 가는 조갑상의 바로 그 방식이다. 그래, 우리는 끈질기게 '삶과 역사의 길'을 가리라는, 가야 한다는 전언을 조갑상에게서 읽어낸다. 『밤의 눈』은 한국 소설 중에서 민간인 학살 문제를 비로소 깊이 있게 다룬 또 하나의 이정표 같은 작품임이 분명하다.

첫 장편 『누구나 평행선 너머의 사랑을 꿈꾼다』(2003)도 끈질김의 소산이다. 1998년 두 번째 소설집이 나왔을 때 그는 거기에 실린 단편 「거세된 사랑」을 확대한 장편 하나를 벌써 마련해서 다시 읽고 있다고 밝힌 적이 있다. 어느 자리에서 물어보니까 작가는 "「거세된 사랑」은 80년대 말인가 90년대 초에 발표한 것"이라고 했다. 장편 『누구나 평행선』도 결국 10년 넘게 소요된 작품인 것이다. '써야만 할 글이 있다는 말이 절실했으며 그 절실함이 여기까지 오게 한 것 같다.' 사춘기 소년이 미모의 이웃집 아주머니를 사랑한 이야기를 토대로 한 그 장편은 그가 쓰지 않으면 안 되었던 소설이다. 그 사연은 수정동처럼 조갑상의 '깊은 뿌리'를 이루고 있다.

> 과거의 어떤 사건들이, 그것이 과오이든 아니든, 한 인간의 나머지 삶 모두를 지배한다는 건 (중략) 그걸 벗어날 수 없는 게 인간의 조건일지도 모르겠다.(293쪽)

나는 조갑상의 기억론을 주섬주섬 간추려 본다. '한 사람을 만드는 것은 그 사람의 기억이다. 한 인간은 그가 기억하는 그 이상도 이하도 아니다. 인간은 기억하는 동물이다. 나는 기억한다. 고로 존재한다.' 그 기억론은 '당신으로 해서 나는 이제 영원히 자유롭지 못하리라'(「거세된 사랑」)라는 비장한 언사로 수식되는, 조갑상이 쓸 수밖에 없었던 그 사연에서 유래하는 것이다. 먹감나무는 '제 살 속에 어떻게 이런 색깔과 문양을 키우며 살았을까'라고 할 정도로 나무속에 빗물이 스며들어 생긴 묘한 문양을 갖고 있다. 옛 여성과의 아픈 사연과 기억은 먹감나무 속의 문양처럼, 머금고 삭이고 쟁여 놓을 때 삶의 고유한 무늬가 되는 것이라는 식으로 단편 「통문당」, 「겨울 오어사」 등에서 계속 변주되어 나간다. 그는 참으로 골똘한 작가이다. 무섭게 끈질긴 작가이다.

4.

조갑상은 잘 도려내는 작가이다. 당대의 박물지랄까, 삶과 풍속, 시속의 단면을 솜씨 있게 도려낸다. 1970년대까지였던가, 시내버스 안에서 담배를 피우던 시절도 있었다. 등단작 「혼자 웃기」에 그 장면이 나온다. '뒷자리의 임산부가 기침을 했다. 기침소리가 피어오른 파아란 연기를 헤치고 요동쳤다. (중략) 내가 남포동에서 내렸을 때 꽁초가 다된 담배를 피우면서 중늙은이들은 여전히 앉아 있었다.' 시내버스 안에서, 그것도 임산부가 기침을 하건 말건 담배를 피우는 모습은 정말 호랑이 담배 피우던 시절의 일이다. 그 호랑이의 시절은 어디로 갔을까.

「그린 파파야 향기를 보는 부부」는 1993년에서 1994년께 쓴 단편인데 한국영화를 '방화'라 부르고, 택시는 '합승하는 경우가 대부분'이라는 서술은 그 당시를 보여주는, 지나간 시간의 흔적을 느낄 수 있는 단면이다. 서면 옛 동보극장 주변 가로의 모습과 풍정을 하나하나 포착한 솜씨 또한, 담백하면서도 삶을 깊게 통찰한 이 단편에 어쩌면 그리도 능숙하게 차근차근 잘 구사돼 있는지 모를 일이다. 이런 것들이 일상의 낱알들을 붙들고 자잘하게 살아가는 우리 때 묻은 삶을 담아내는 '작은 이야기 소설'의 합당한 제값이 아닐는지. 왜 이런 세세한 박물지가 나와야 하는가. '잊기 전에 얘기하고 싶었고.' '기억을 공유하려면 그만한 품앗이가 있어야 하는데.' 작품 속의 말이 답이 되려나.

'아름답다'는 여운을 길게 남기는 단편 「누군들 잊히지 못하는 곳이 없으랴」의 각도는 조금 다르다. 1930년대의 부산 초량이 나오는데 이게 문제작이다. 동경 상류층이 쓴다는 '야마노테 말씨'를 구사하는 아주머니의 말에서 당시 풍속이 절묘하게 스친다. "게이조우(京城)에서야 그리 어렵지 않았지만 가마야마(釜山)에 온 뒤론 맨 규우슈우 사투리 아니면 오오사까 사투리만 들으니 귀가 따가워." '화장품인 당고도랑', 초량전차정거장 인근에 있던 '극장인 다이세이자(大生座)', 영도를 가리키는 '저 건너 마끼노시마(牧島)', 공동묘지가 있던 '동네 뒷산, 수정정 산 44번지', 아미동의 당시 지명인 '곡정' 따위 그 당시 용어와 지명으로 일제강점기 부산을 세세하게 복원한 것은 이 작품이 처음이다. 이게 소설의 힘이고 가능성이다. 소설이라는 그릇이 그렇다는 말이다. 이 단편은 2008년 부산의 근대문화유산인 초량 남선창고가 철거된 것이 안타까워 쓴 작품인데 1930년대 조선을 떠들썩하게 했던 '부산 마리아 참살 사건'을 기차게 가져와 쓴 것이다.

조갑상의 도려내기를 말하면서 중편 「길에서 형님을 잃다」를 뺄 수는 없다. 도려내기의 전범 같은 작품이다. 두 번째 소설집의 표제작인 이 소설은 '부산에 사는 사촌 넷이 경북 영천에서 마산에 사는 사촌 둘을 만나 형제간의 제일 맏이이자 장손'을 찾아보는 일을 그리고 있다. '몇 년간 집안과 소식을 끊고' 사는 그 장손의 사연은 좀 복잡하다. '사업을 하다 부도를 내서 피해' 있으면서 '다른 여자와 동거 중'이며 알고 보니 자식도 새로 낳은 것 같고 더욱이 '종답과 시골집을 팔았거나 팔려고 한다는 거'다. 길 위에서 장손에게 '성의만 표시'한다며 돈 백만 원을 추렴하고, 산소 쓰는 일과 제사, 종교의 문제를 슬쩍슬쩍 건드리면서 '한국사회 특유의 씨족 분위기'를 맵자하게 묘파해내고 있다. 그것을 풍속화의 터치, 한국적 삶의 진경이라고 할 것이다.

뭐든 잘 도려내는 것은 부산 문단에서 "한마디씩 툭툭 던지는 말이 정곡을 찌른다"라는 정평이 나 있는 조갑상의 바로 그 면모에서 연유하는 것이지 싶다. 내가 청해서 1999년 부산일보에 5회 연재한 「조갑상의 문학세상」은 자신의 문학수업기와 약간의 작품론을 피

력한, 이를테면 자신을 잘 도려낸 글이다. 그 글에서는 군소리 없이 정제된 조갑상의 내면을 느낄 수 있다. 정제된 내면이 시속과 풍물, 생각의 안팎, 이런저런 것들의 전형적 단면을 도려내는 칼날이 되는 것일 게다.

5.

10여 년 저쪽의 일이다. 내가 문학기자 일을 잠시 떠났을 때 우연히 해운대의 한 술집에서 조갑상을 만나게 되었다. 각자의 동행을 먼저 보내고 우리는 반갑게 둘이서 마주 앉았다. 나는 취중에 "선생님 소설 많이 쓰고 계시냐"고 도발적으로 물었고, 그는 듣다못해 가방에서 웬 젊은 소설가의 단편 복사물 하나를 꺼내 "읽어 보라"며 주는 것이었다. 다음날 술에서 깬 나는 왜 그가 그 단편을 내게 주었는지 이유를 알 수 없었다. 글은 취중의 언사로 쓰는 게 아니라는 메시지가 아니었을까 싶기도 하다.

생각해 보니 그때는 『누구나 평행선 너머의 사랑을 꿈꾼다』가 출간되기 바로 직전이었던 것 같은데 이를테면 나와 그는 어떤 평행선을 긋고 있었고, 우리는 평행선 너머의 무엇을 저마다 꿈꾸고 있었을 것이다. 여하튼 나는 앞으로도 계속 '달마가 동쪽으로 간 까닭은?'이란 물음처럼 '그가 그날 소설을 건넨 뜻은?'이라면서 그 의미를 생각해 볼 작정이다. 아마도 그것은 이것일 수도, 저것일 수도 있는 어떤 것일 터이다. 한정된 것이 아니라 끊임없이 자기 갱신하는 의미, 그것이 조갑상의 방식이기도 하다.

내가 잘 읽은 단편 「기다림을 위하여」는 제법 시사적이다. 나는 이 작품을 읽고, 이게 소설가에게 할 수 있는 말인지는 모르겠지만 그의 철학적 면모를 느꼈다. '신검받고 영장 나오기를, 영장받고 입대날짜를, 수용연대에서 완(完)자 받기를, 완자 받고 투입되기를 (중략) 투입되어서는 훈련 끝나기를, 배출대에선 배출되기를, 보충대에선 자대 떨어지기를, 뭐 늘 기다려온 셈 아니오.' 기다림은 비단 군대 생활에 한정되는 게 아니다. 과연 삶 자체가 기다림의 연속이다. '자신의 위치나 앞날을 모르고 기다린다는 건 끔찍스런 거죠.' '오래 기다리다 보니 시인도 되는구나. 진짜 '동백아가씨'의 마음을 알 것 같애.' 그러면서 '헤일 수 없이 수많은 밤을 내 가슴 도려내는 아픔에 겨워 얼마나 울었던가, 동백아가씨~'를 흥얼거리기도 하는데 이렇듯 기다림의 색깔은 시시때때로 달라진다. 병들 몇 명이 PX 막걸리를 마시면서 건배사를 한다. '기다림을 위하여.' 이게 뭔가. 그래 삶은 끊임없이 기다리면서도 그 기다림을 위하여 건배도 마다하지 않는 것이다. 막막하고 끔찍하지만 그러다가 시인이 되기도 하는. 햐, 군대 이야기가 '삶'을 바로 찌르고 들어온다. '기다림을 위하여'는 '삶을 위하여'라는 말이다. 조갑상은 어느 술집에서 나에게 '뜻 모를 복사물'을 건넸고 나는 그게 어떤 색깔을 입고 나타날지 기다려 볼 것이다. 그래, 기다림을 위하여!

조갑상은 처음에 중앙대 철학과를 들어갔다. 그때 이런저런 철학 교양 과목을 들었다. 그러다가 집안 몰래 꿈에 그리던 서라벌예대 문창과로 편입학을 했다. 하지만 서라벌예대에서 교련 수업 보이콧을 하다가 교련 학점 미달로 군대에 끌려가서 그야말로 생고생을 했다. 그런데 복학을 하니 서라벌예대가 중앙대로 통폐합이 돼 있었다. 희한한 우연이 한 사람의 운명을 스쳐가는 장면이다. 그가 다닌 두 대학이 합쳐졌던 것처럼, 그가 배운 철학과 문학도 그의 '지적 저수지' 안에서 포개졌을 것이다. 그래서인지 소설 제목에서부터 철학적인 아포리즘이 많이 나온다. 첫 소설집 『다시 시작하는 끝』도 그렇고, 「익숙한 자는 두렵지 않다」, 「어렵고도 쉬운 일」, 「나는 이유를 알고 싶다」, 「그때도 그런 생각은 한 적이 없어」, 「지나간 시간은 없다」……, 목록이 죽 많다. 두 번째 소설집 『길에서 형님을 잃다』도 얼마나 생뚱맞은 제목인가. 이런 게 철학 공부의 흔적일 것이고 그 맛이 심상찮다. 이를테면 잔잔한 물을 휘돌리자면 수면에 소용돌이가 이는데, 소용돌이의 수렴하는 구심력의 끝은 물속에서 삶의 심부에 닿을 것이니 조갑상의 소설이 그와 같은 모양새를 취하고 있다.

6.

그의 소설을 읽으면 세계와 사람을 포착하는 세 가지 창으로 그림, 말, 일상이 잡힌다. 인식론 인간론, 뭐 그런 것 언저리이다.

첫째 그림이다. 사람이 세상을 보고 새기는 방식에는 먼저 사진 찍듯이 결정적인 장면의 이미지를 포착하는 방식이 있다. 단편 「중국산행」에서 조선족 가이드 아가씨의 발등 장면이 나온다. 더위를 식힌다고 물에 담근 그 아가씨의 발등은 신발 테두리가 하얗게 드러나면서 온통 그을린 모습이다. 화자는 그 발등에서 조선족의 현재를 보는 듯한 느낌을 받는다. 이것은 은유로서의 결정적인 장면을 말한다. 우리는 세계를 그런 방식으로 통찰한다. 그런데 세계를 포착하는 그 사진이 이미 내 속에 쟁여져 있는 경우가 있다. 역시 「중국산행」에서 화자는 항구에서 하얀 블라우스를 입은 아가씨가 손수건을 흔드는 이별 장면에 아! 하고 사로잡혀 버린다. 화자는 그 장면이 중국 여행에 대한 인상의 밑그림이 될 것이라고 여긴다. 하지만 그 장면은 이미 자신 속에 있는 그림이었다. 베트남 파병을 갈 때 부산 제3부두에서의 집단적 이별 장면도 겹치지만 결국 알고 보니 중국 여행을 하기 전해에 한 여인과 헤어졌던 아픔이 항구의 이별 장면을 자기도 모르게 인상적인 그림으로 포착하게 한 것이었다. '가슴속에 암이 되든 꽃이 되든, 어쩌면 그런 것조차도 무관하게 수장시킨 그림 하나씩이 사람들 가슴마다 있을 거라는'. 내 속의 사진이 바깥의 사진을 찍게 하는 것이다.

둘째는 말이다. 한 인간이 단 한마디의 말로 다 드러나는 경우가 있다. 단편 「그때도 그런 생각은 한 적이 없어」에서는 느끼하고 끈적한 눈초리로 남의 마누라들이나 살피고, 여관방에 가서는 돈도 없으면서 '너 그렇게도 모르겠나'며 애먼 후배의 시계까지 잡히게 하면서 여자와 같이 자는, 그런 일이 비일비재한 가당찮은 위인이 나온다. 그는 후줄근한 용모에 작은 눈을 굴리며 누구에게나 잘 빌붙고 공짜 술이나 기웃거리면서 음악 선생을 하다가 월부 책 장사로, 밤업소의 연주자까지 했던, 비굴하고 안타까운 인생유전을 하면서 살아왔다. 룸살롱에서 한잔 걸치고 나와 횡단보도 앞에서 신호를 기다릴 때 화자가 그에게 추궁하듯 묻는다. "절망에 싸여 살았을 때 혹시 죽고 싶다는 마음을 가지지는 않았느냐?" "아니, 그때도 그런 생각을 한 적은 없어." 대수롭지 않게 하는 듯한 뜻밖의 그 대답이 그를 온전히 드러내는 말이다. 우리는 이런 한마디로 낱낱이 드러나고, 이런 한마디로 다른 사람을 여지없이 파악하는 것이다.

셋째는 자잘한 일상이다. 단편 「아내를 두고」에서 외동딸을 시집보낸 뒤 우울해진 아내는 교회와 믿음의 세계에 무방비로 빠진다. 급기야 남편에게도 교회에 가자고 강권하고 옥신각신하다가 어느 날 교통사고로 갑자기 죽는다. 남편은 죽은 아내를 생각하니, 믿음이 어떻고 하면서 둘을 불편하게 했던 큰 문제들보다는 차라리 '세수하고 젖은 수건을 세탁물 바구니에 담으면 질색을 하며 덮개 위에 널어 말리던 모습' 따위의 하찮은 기억들만 떠오른다. 사람은 무엇으로 사는가. 자잘한 일상으로 살아간다는 것이다. 삶에서 가장 단단하고 큰 것이 이 자잘한 일상이다. '게으름을 잔뜩 부리고 (교회에 함께 나가자는) 아내의 약도 올려가면서 천천히 아내를 따라 같이 늙어갈 수도 있지 않았을까 (중략) 원망은 이제 내게로만 돌아와 자라게 되어 있는 모양이었다.' 그 원망조차도 살아 있는 사람만이 누릴 수 있는, 시고 맵고 짠 일상이다. 삶의 떨쳐 낼 수 없는 마지막 몫이 그것이다. 나는 이런 메시지를 내장한 조갑상의 소설들을 읽으면서 '삶에서 그다지 새로운 것은 없다. 그럴지라도, 그렇기에 우리는 이 삶을 묵묵히 끝까지 밀고 나아가야 한다'는 것을 새긴다. 삶에 별게 없는 그것이 참으로 별것이다. 그것이 우리가 온몸으로 감당해야 할 삶의 실상이다. 과연 삶은 별것 아닐 것인가. 우리는 별것 없는 여기서 인간의 가치를 세워야 한다는 사실을 그의 소설을 읽으면서 소스라치게 느낀다. 조갑상의 소설은 우리를 어느새 여기에 이르게 한다. 그렇다면 그의 소설이 구사하는 것은 '작은 이야기의 작은 전략'인가, 아니면 '작은 이야기의 큰 전략'인가.

우리가 삶을 끊임없이 살고, 우리 삶이 끊임없이 이야기되어야 하듯이 소설가 조갑상은 끊임없이 재발견되어야 하는 작가이다. 나는 조갑상이 그만큼 부피와 질감을 갖춘 작가라고 확신한다. 그러면서 '조갑상은 재미없는 재미의 작가이다'라고 말하고 싶은 유혹을 느낀다. 이 '요상한 재미론(論)'은 무엇인가. '재미없다'는 것은 결국 '빨주노초'일 수 없는 우리 삶의 본령이랄 수 있다. 일견 '조갑상의 소설이 재미없다'는 말은 그의 소설이 다층적인 우리 삶을 그 실상에 근접한 방식으로 발라내고 있다는 것의 다른 말이다. 그래 실상에 이르러 있으니 '진실로 재미있다'는 역설이 가능하다. 아, 이 무슨 부질없는 말인가. 조갑상은 이미 삶의 정곡에 이르러 있는데……. 우리가 온몸으로 짊어지고 나아가는 이 삶은 참으로 살 만한 것이다. 우리는 그것을 놓칠 수 없다. 언젠가 쓰일 그의 평전은 그가 우리 삶을 직시했다는 이 점을 간과할 수 없을 것이다. 『밤의 눈』의 마지막 부분에 옥구열이 부산역에서 집과 가게가 있는 수정동까지 걷는 장면이 나온다.

> 자신의 온몸이 자유롭다는 걸 자각하고 있다, 고 생각하는 순간 갑자기 눈물이 쏟아졌다. 한 번 시작된 눈물은 주체할 수 없이 흘러내렸다. 어쩔 수 없이 그는 침례병원 앞에서 걸음을 멈추고 손수건을 꺼냈다. 회한이어서는 안 된다. 내일을 위해 흘리는 눈물이어야 했다. 그는 하늘을 보았다. 구름 없이 맑은 밤하늘은 부드러우면서도 깊이를 헤아릴 수 없이 무한했다. 무한한 건 인간에 대한 신뢰, 자신이 사는 이 세상과 내일에 대한 믿음이었다.(379쪽)

우리는 조갑상의 소설을 읽으면서 무한한 밤하늘을 본다. 그렇다. 그가 일러준 대로 우리는 인간에 대한 무한한 신뢰, 이 세상과 내일을 향한 무한한 믿음을 지니고 삶의 먼 길을 뚜벅뚜벅 걸어갈 것이다. 우리는 무한한 밤하늘같이 무한한 깊이를 지닌 인간이다.

호활하게
웃으며
이를 닦아라

-시인 신진

1.

10년도 훨씬 전, 한 날의 밤이었다. 어떻게 아이들이 스스로 이를 닦게 만들지? 그때 초등학교에 갓 다니던 우리 집 아이들은 이를 잘 닦지 않았다. 마침 당시 보내왔던 신진 시인의 시집을 읽는데 「이 닦기」라는 시가 보이는 것이었다. 느낌을 살려 아이들에게 읽어주니 깔깔 재미있다고 그날 아이들은 모처럼 신나게 이를 닦았다. 이를 닦기 싫어하는 아이들로 하여금 이를 닦게 하는 힘! 그것을 사람과 세상을 바꾸는 시의 힘이라고 눙치는 것을, 아서라 지나친 과장이라 흉보지 말지니.

아가야, 이를 닦아라
잠자기 전에는 이를 닦아라
네가 먹는 아침식탁 점심 혹은 저녁의

탐욕의 녹
목구멍을 넘기 전에 닦아내어라
이를 닦아라, 아가야
웃음마다 접히는 검은 눈주름
목청에 남아 있는 굴욕의 노래
깨끗이 깨끗이 닦아 내어라
잠 깬 아침에는 다시 이를 닦아라
어제의 쌓은 꿈, 내일 이룰 꿈
타고 난 무늬로 닦아내어라
-「이 닦기」 전문

'아가야', '닦아라'라고 반복되는 소리와 묘한 리듬이 귀에 꽂히는데 아이들이 이를 안 닦고 배기겠나. 그런데 이 시는 '탐욕의 녹'이며 '검은 눈주름'이며 '굴욕의 노래'도 닦으라 하고 있으니 그것은 곧 마음을 닦으라는 것이다. 나는 '어제와 내일의 꿈'까지, 그것도 '타고 난 무늬로 닦아내어라'라는 마지막 구절에서 느낌의 절정에 이르렀으니, 그것은 치약 맛처럼 싸아 상쾌하더라.

뒤에 신진 시인을 만나서 "시가 우리 아이들에게 치약이 되어서 이를 닦게 했다"고 했더니 시인은 되레 나에게 "감사하고 고맙다"라고 했다. 서로가 무슨 영문인지 알 만했고 그때였는지 그 이후였는지 한 번은 서로 대취했고 그렇게 신진 시인을 알게 됐다.

생각건대 이(齒)는 인간의 부드러운 몸 밖으로 드러난 것 중에서 가장 단단한 것이다. 살갗에 뿌리를 두고 있는 손톱, 발톱과 달리 이(齒)는 몸속에 감춰진 뼈의 유별나고 유일한 연장(延長)으로

서 포유동물의 살고자 하는 의지의 표상이다. 널 먹어 치우겠다는 것인데 아드득 빠드득 먹어야 살지 않는가. 먹는 것처럼 애달프고 신성한 것이 있을까. 그러나 먹는 것처럼 추잡한 것도 없다. 밥그릇 싸움, 세상의 모든 갈등과 전쟁, 삶의 질곡은 모두 먹는 일에서 연유한다. 그러니 마음을 닦듯이 이를 잘 닦아야 하는 것이다. 그것이 이른바 '이 닦기'의 옷을 입은 신진의 수신론(修身論)이다.

2.

신진 시인은 유토피아의 시인이었다. 긴급조치로 시위 휴교의 악순환을 거치던 엄혹한 1970년대에 그는 방황하는 젊은 문학도이자 열렬한 대학신문 기자였다. 그는 그 시절 이상과 현실, 자연과 인간, 인간과 신이 하나가 되는 유토피아를 꿈꾸며 동서양의 신화를 탐독했다고 한다. 아 유토피아! 루카치의 문장이 떠오른다. '별이 총총한 하늘이, 갈 수 있고 또 가야만 하는 길들의 지도인 시대, 별빛이 그 길들을 환히 밝혀주는 시대는 복되도다.' 1978년에 출간한 그의 첫 시집은 『목적(木笛) 있는 풍경』이었다. 목적(木笛), 그는 유토피아의 신화를 길어 올리는 '목관 피리'를 불었던 것이다.

열여섯 살 바람이 사는 골짜기
둥지마다 황금빛 날짐승 알이
동굴에는 김현랑의 어진 아이가
햇볕 쬐고 있단다.
햇볕
쪼이고

있단다.

예서 한 열흘
음악이 되어서 놀다 가거라.
-「유혹」 중에서

'열여섯 살 바람'은 세상의 고락을 허용치 않는 싱싱한 이팔청춘의 물오른 바람일 것이며 삼국유사 김현 처사의 아이(이런, 김현 처사가 아이까지 낳았다니!)가 햇볕을 쪼이고 있으니 거기서 음악이 되어 한 열흘 놀다 가라는 것이다. 쇼펜하우어도 공자도 가장 완전하고 높은 삶의 질서와 형태를 음악이라고 했다. 그런데 음악이 되어 놀다 가라니 '유혹'치고는 이런 '유혹'이 없다.

그 유혹을 따라 그의 첫 시집을 구해서 읽었다. 아, 염불보다 젯밥에 더 관심이 간다고, 참으로 낯선, 이마와 볼때기가 파란 서른 살의 청년 신진의 사진이 눈에 꽂히는 것이었다. 가슴이 떡 벌어진 훤칠하고 잘 생긴 청년! 그 시집에서 내가 읽은 가장 아름다운 대목은 「미망인」의 첫 연이다.

물외를 베어 먹다가
딸꾹질을 시작한 그 여자는
달이 뜨자
달보다 예쁘게 분 바르고
산 너머 너머 달아났어.

시 인
신 진

'딸'꾹질을 하다가 '달'이 뜨자 '달'보다 예쁘게 분 바르고 '달'아났다는 것에서 '딸'과 '달'이 음악처럼 묘하게 반복된다. 물외를 베어 물었다는 것은 금단의 과일을 먹었다는 것이고, 물오른 물외를 먹었으니 미망인은 어쩔 수 없이 물이 올랐던 것이다. 딸꾹질은 그것의 신호이다. 아마도 미망인에게는 가슴이 떡 벌어진 잘생긴 서른 살 청년의 몸살 나는 유혹이 있었을 게다. 유혹에 넘어간 미망인이 달보다 예쁘게 분 바르고 산 너머 멀리 달아나는 그런 게 유토피아의 일은 아닐는지.

3.

한 번은 그가 나에게 메일을 보내왔다. 그가 살고 있는 낙동강 너머로 발걸음을 해보라는 귀띔이었는데 그 귀띔의 핵심은 먹는 일이었다. 금강산도 식후경인데 낙동강을 식후경 못할쏘냐. 나는 이를 깨끗이 닦고 벗들과 갔다. 그를 청해서 넉넉한 인심을 느낀 것은 충분했으나 두어 시간 점심과 약간의 낮술만 하고 헤어졌으니 '음악이 되어서' 한나절도 제대로 놀지 못했다. 그게 영영 아쉬웠다.

신진 시인은 1949년 부산의 범천4동에서 태어났다. 산복도로의 동네에서 어린 시절을 보냈던 부산 촌놈이란 말이다. 그런데 그는 25년 이상을 낙동강 저쪽 읍면의 강가나 산속에 집을 두고 살고 있다. 한번 오라는데 그게 잘 안 돼 내내 아쉽다. 여하튼 그는 낙동강이 유장하게 흐르는 곳에 살고 있는 셈이다. 헌데 정작 유장한 것은 그의 내면에서 흐르고 있을 거라고 나는 생각한다.

이를테면 「건방진 거지 이야기」라는 빼어난 시가 있다. 이 건방진 제목을 봐라. 이 시는 범천동 어린 시절의 기억 속에 있는 늙은 거지에 대한 이야기다. '범냇골 산번지 그 중 꼭대기 이름 없는 바위굴에서 살았'던 늙은 거지는 별을 헤며 '어디에 계십니까?'라는 건방진 소리를 하곤 했다. 우리가 가슴을 앓을 즈음 그 노인은 어디론가 떠났는데 다만 바위굴보다 더 높은 곳으로 갔을 거라고 여겼을 뿐이었다. 우리가 더 아플 때 우리는 그 거지가 있던 산꼭대기에 올라가 횃불을 들고 그 노인을 불렀다. '어디에 계십니까?' 그러다 보면 그 노인도 우리도 '어디에 계십니까?'라고 외치고 있는 듯했다, 는 그런 내용이다.

베케트의 『고도를 기다리며』와는 또 다르게 어린 시절의 기억 한 조각을 대단한 능청으로 버무려 유토피아에 대한 갈망을 극화하고 있다. 낙동강이 이미 유장하게 흐르고 있는 것처럼 '어디에 계십니까?'라는 갈구가 어린 시절부터 유장하게 흐르고 있는 것이다.

그러나 갈구와 유장함만 있을 텐가. 그것만 있으면 인생살이의 애달픈 재미와 진면목이 빠지는 것이다. 나는 강을 옆에 두고서 속울음을 우는 그를 시에서 읽는다. 슬픔이 강처럼 고요하게 흐르는 시다. '한 마디 말없이 사랑하다가 헤어지자는 말 한 마디 없이 송두리째 헤어지는/ (중략)/ 비명없이/ 찢어지기/ 강은 그렇습니다.'(「강 · 헤어지는 사랑」 중에서) 말없이 흐르는 강처럼 눈물을 흘리고 있는데 '송두리째', '비명', '찢어지기'라는 단어가 아픔의 질은 강도를 드러내고 있다. 나는 그를 만나 기회가 닿으면 물어볼 참이다. "이 시가 품었던 슬픔은 이제 강처럼 다 흘러갔는지요?"

4.

한 번은 서울의 소설가, 부산 시인과 어울려 떠들썩한 자갈치시장의 횟집에 마주 앉았던 그가 말했다. "흙 마당에서 일을 하면서 이마에 땀방울이 맺힐 때 그 땀방울이 시라는 생각이 들 때가 있다." 시를 쓰지 말고 이마에 땀방울만 맺으면 될 일인가. 원고지와 컴퓨터에 쓰는 시가 아니라 이마에 맺히게 하는 시. 그런 지경에 이른 방외(方外)의 도사들은 분명 있을 것이다. 그러나 시인은 방 안(房內)에서 방외를 꿈꾸니 그것은 이율배반이요 있으면서 없는 것을 넘보는 것이다. 그의 말은 시는 언어 너머의 것이며, 언어를 넘어선 최초의 그것인 방외의 것인데 시인은 언어로 그것을 드러내야 하기에 방 안에서 놀아야 한다는 것이다. 그러나 방 안에서 놀지만 방외에서 노는 것이 되어야 한다는 말이다. 말이 어째, 어렵다.

「얼굴」이라는 시다. 어떤 사람들은 처음 보면 얼굴에서 금빛 시간들을 내뿜으며 상대방을 눈부시게 만든다. 그러나 그런 '체'하는 것은 방안에서 어설프게 노는 것이다. 방 안을 벗어나야 하는 법이다. 자 봐라. '취하거나 졸거나 쓰러지거나 아무튼 그가/ 무작정 던져진 순간/ 비로소 그의 얼굴이 보인다'. 다 아는 얘기가 아닌가. 그러나 '무작정 던져진 순간', 그 한 순간이 바로 '이것'이라는 순간이다. 그때 방외가 스친다.

사람의 마지막은 무엇일까. 배우고 때로 익히는 것, 제자 모아 가르치는 것, 벗이 멀리서 찾아오는 것……. 신진은 이 모든 것을 '의심스럽지 아니한가'라고 회의하며 내박친다.

> 십구공탄 구멍마다 살 고운 불 골라 맞추어 놓고
> 허기에 차오르는 밥내 맡으면
> 어느 계곡 물소리가 이에 더 정직하고

어느 법전 말씀이 이에 더 향기로우랴
모진 꼬신내에 박살이 나는
(중략)
만 귀신이 지나도록 밥해 먹는 모습
가로되 색이 당하랴, 혼이 당하랴?
-「밥 해먹기」 중에서

인간이 가장 나중까지 지닌 것은 밥 해 먹는 것이고, 자연을 넘는 자연, 법전을 넘는 법전이 '밥'이라는 얘기다. 이게 '방 안'에 굳이 얽매이는 것은 아닐 테다. 별것 없는 것의 온전한 깊이와 그 완전함! 애고머니, 이게 방외가 아니고 무엇이겠는가.

그때 나는 다음과 같은 말을 부려놓는다. 그는 큰 기교의 시인이다. 그의 시는 알아먹기 쉽다. 그의 시는 '낯선 것들'로 요란하게 치장하지 않고 '익숙한 것'을 전혀 다르게 풀어놓는다. 말을 비틀지 않고 깊이와 높이에 닿으니 그가 빚어내는 '시어의 탄도'는 높지 않지만 '시 자체의 탄도'는 높다. 그는 호활하게 길을 걷는다. 그는 '허허' 하고 사람 좋은 웃음으로 유쾌하게 잘 웃는다.

5.

그는 젊은 시절 그리도 찾았던 유토피아를 찾았을까.

나는 모르겠다. 다만 그의 시에서 그를 스쳐간 징후를 읽을 뿐이다. 두 편만 아쉽게 언급하면 먼저 「노루발자국」이 재미있다.

이장네

밭두렁
노루 발자국

샛별이 흘리고 간
낯선
주소.

초생달의
머리핀.

첫사랑이 깎고 간
발톱.

이승에 내민
저승의
꽃잎.

이상야릇한 착시가 일어난다. '이승에 내민/ 저승의/ 꽃잎'은 노루발자국을 비유한 것인지 초승달을 비유한 것인지 묘하게 중첩되는데 초승달처럼도 여겨지는 것은 초승달이 어둔 밤하늘에서 저승의 꽃잎처럼 미약한 빛의 빗금을 긋고 잇기 때문일 것이다. 여하튼 노루 발자국 하나에 오만 것들이 다 들어 있다.

「수탉소리」는 쉽고 재미있다. 낙동강 변에서 나무 심고 꽃씨 풀면서 사는 그는 스무 해 전에는 '천지가 내 것이나 마찬가지'라고 텅텅 큰소리를 쳤지만 십 년 전에는 '세상천지 내 것 아닌 것이 없으니/ 세상천지 내 것인 것이 없구나'라고 말하는 것으로 바뀌었다. 그리고 지금은

코 고는 소리 커지고
방귀 잦아졌다.
탄산가스 몇 되 보태고 가는
똥자루 하나
노래도 넘고 울음도 건너
꼬끼오—
수탉 소리 따라 해본다.

이 구절들은 코 골고 방귀를 뀌어 봐야 제대로 알 수 있다. 이전의 큰소리가 점점 줄어들더니만 이제는 아무것도 아닌 것이다. 그렇다, 아무것도 아니다. 아무것도 아닌 것이 모든 것이다(Nothing is everything). 코 골고 방귀 뀌는 이곳은 아무것도 아닌 것 같지만 실은 모든 것이 이루어져 있는 곳이다. 그리하여 루카치가 말한 '세계는 넓지만 마치 자기 집과 같은데 영혼 속에서 타오르고 있는 불이 하늘에 떠 있는 별들과 본질적 특성을 같이하는' 그곳이 아닐까. 바로 이 세상에서 유토피아를 보고 싶다는 갈망에 한없이 사로잡힌다. 그래, 허름한 세속의 길을 걷다가 꼬끼오 하는 수탉 소리라도 들리면 거기가 무릉도원인 줄 알아채야겠다. 시인이여, 저는 요즘 여기서 무탈합니다. 꼬끼오—.

꼿꼿한 사대부 자손, '모란'에 이르다

-시인 성선경

1.

성선경 시인은 '총알 탄 시인'(?)이다. 그는 경남 마산(지금 창원시)에 사는데 방학 때 부산에 건너와 지인들과 하루저녁을 술로써 사귀고 마산으로 돌아간다. 대취해서 부산에서 두어 번 잔 적도 있지만 마산으로 돌아갈 때 대개 총알택시를 타고 되돌아가는 것이다. 한 번은 그 총알택시의 사연을 소상히 알고 싶어 그에게 전화를 걸었다. 그는 엉뚱한 전화에 약간 당황한 듯 "총알택시가 아니라 대절 택시를 타고 마산으로 돌아온다"고 답했다('총알'은 여러 명이 합승하는 택시고, '대절'은 혼자서 타고 가는 택시다). 나도 당황했다. 내가 잘못 알고 있었던 것이다. 부산으로 우리를 만나러 올 때 총알처럼 빨리 왔으면 하는 바람이 그가 총알처럼 아쉽게 가버리는 것으로 여겼던 것일까? '유붕자원방래(有朋自遠方來)', 아니 '유시인자원방래(有詩人自遠方來)'의 즐거움과 아쉬움이 섞여 있는 그와의 만남이 '총알' 어쩌고저쩌고 하면서 오발탄(?)을 쏘았던 격이다.

'유시인자원방래'라는 그의 행보는 논어의 가르침을 체화한 것이다. 그는 공자를 '공자님'이라고 적는다. 그 깍듯한 존칭에서 '나는 한 사람의 생애보다 그의 글 한 줄에 졌다'(「여적」)는 그의 시구가 생각난다. 한국일보 신춘문예 2년 선배인 부산의 최영철 시인은 곧잘 그를 '뼈대 있는 창녕 성씨 사대부 자손'이라고 일컫는다. 그는 '생각하면 또 가슴이 아려온다'는, 저 멀리 고려 말 두문동에서 불출(不出)했던 정절공 할아버지의 자손이다. 다소의 깐깐한 반골 기질이 까랑까랑한 경상도 사투리로 이어진 것은 그 피의 유래 같다. 더욱이 그는 그 피를 묵직하게 이어받은 육남매의 맏이, 영락없는 장손인 게다. 그는 어릴 때부터 명절이면 가난한 집의 사랑채에서 할아버지 옆에 앉아 대소의 손님을 치르기도 했다. 피가 흘러와서 흘러간다는 사실을 느끼는 것이, 사람을 유장하는 만든다는 점에서 그는 까랑까랑 유장하다.

중학생 하나가 어머니에게 도시락 반찬 투정을 했다. 어느 날, 도시락 뚜껑을 여니 잘 구워진 갈치 한 토막이 보리밥 위에 있었다. 그것은 10명에 이르는 대식구인 그의 집안에서 오로지 연로한 할아버지만 드시는 반찬이었다. 기특하게도 그 중학생은 울었다. '귀한 갈치 토막을 철부지 장남의 반찬 투정에 식구들 몰래 구워내며 어머니는 얼마나 가슴 조였을 것이며, 얼마나 가슴 아파하셨을까?'(산문 「보리 한 톨」) 그는 너무 부끄러워 갈치 토막을 뼈도 안 추린 채 우걱우걱 씹으며 다시는 반찬 투정을 하지 않겠다고 맹세했다. 긴 보리밭 길을 따라 귀가하면서 내내 울었다고 한다. 이 '시근머리' 멀쩡한 중학생이 성선경이었다. 성선경은 "지금도 보리까시래기, 보리수염 같은 그 갈치 가시를 느끼며 글을 쓴다"고 한다.

내가 많이 부러워한 것은 아무리 바쁜 일이 있어도 일주일에 한 번은 꼭 아들을 목욕탕에 데리고 갔다는 그의 얘기이다. 그것은 '서로의 마음을 몸으로 부딪쳐' 삼강오륜의 부자유친을 행한 것이었다. 그러면서 피가 흘러간다는 것을 느끼는 것이다. 농자천하지대본야(農者天下之大本也), '사람 농사짓는 일'이 그러하지 않던가. 그는 참 뼈대 있는 사대부 '사람 농사꾼'이다. 부산과 마산을 멀지 않게 오가는 이유가 이와 다르지 않다.

2.

싱선경은 불혹에 힘겹게 이르렀다. 그것은 불혹을 불혹답게 맞았으며, 공자의 불혹을 제대로 새겼다는 뜻이다. 내가 시인 성선경을 처음 본 것은 2003년이었다. 그가 불혹을 얼마쯤 지나 세 번째 시집 『서른 살의 박봉 씨』를 냈을 때이다. 최영철 시인이 권유해 출간한 그 시집과, 그 이태 전에 나왔던 두 번째 시집 『옛사랑을 읽다』(2001)는 불혹에 힘겹게 이른 어두운 보고서이다.

『옛 사랑을 읽다』는 참으로 어둡다. '쓸데없이, 쓸데없이 바람이 불고'(25쪽) '나는 겁이 난다'(13쪽). '나는 드디어 말을 잃었네. (중략) 언어의 물길을 잃고 시를 잃었네.'(29쪽) '지금 나는 다리가 꺾인 풍뎅이네/ 머리가 반쯤 비틀린 풍뎅이네'.(42쪽) 좌절, 상실, 체념으로 점철된 캄캄한 어둠이 그때 그의 것이었던 모양이다. 왜 그는 이토록 어두웠던가. '나는 (30대였던) 1990년대를 지나면서 심한 우울증을 앓았다.' '자유로운 개인이 없는 집단은 패거리라고 본다.' '나는 큰 상처를 받았다.' 「나무와 숲」이란 산문에 나오는 구절들인데 '패거리 숲'에 의해 '한 그루 나무'가 질식당한 어떤 일이 있었던 모양이다.

하지만 농밀한 어둠을 뚫고 나오려는 갈망의 빛은 있는 법이다. 가령 '나는 지구를 날 수 있을까요// 우화(寓話), (중략) 풍뎅이같이/ 우화하하하하/ 날개를 다네.'(「날개를 달다」)라든가, '쿵쿵쿵 땅을 울리며 달려가/ 통나무를 받아 넘기는 코뿔소가 될지도 몰라' 같은 구절에서는 겨드랑이가 간지러운 날개, 어디를 들이받고 싶은 뿔, 대지를 울리고 싶은 쿵쿵쿵 발소리가 있다.

「지게목발 혹은,」이란 시도 그렇다. 그 일부다.

나무나 한 짐 하러 가야겠네
세상 사는 일 너무 어렵다 싶을 때
왼통 짜증이 나서 죽겠다 싶을 때
싱싱한 풋솔가지 한 짐 하러 가야겠네
그러면 어쩜 그때처럼 쭉쭉 땀흘리며
퍼떡 나무나 한 짐 해가야지 하고
이렇고 저런 세상사 다 잊을지 모를 일
나무나 한 짐 하러 가야겠네

일하면서 땀 뻘뻘 흘리는 것만큼 삶에서 명쾌한 것은 없다. 눈여겨봐야 할 것은 '나무 한 짐'이다. 그것은 땀 흘리며 세상사 다 잊게 하는 나무 한 짐이기도 하지만, 그가 언젠가 마음먹고 쓰게 될 '시의 한 짐'을 말하는 것이다.

세 번째 시집 『서른 살의 박봉 씨』가 그 한 짐을 부리는 시초였다. 그러니까 삼십 대를 한 짐으로 뭉뚱그려 싸서 보내 버리고 '날개를 달고 우화하하하하하'하면서 사십 대 불혹으로 날아서 넘어간 것이 이 시집이다.

하지만 이 시집 또한 읽기에 서럽다. 마저 알 수 없지만 박봉의 가난이, 그의 말대로 갈치 가시처럼 목에 자꾸 걸려든다. '봉급날이 가까운 하오/ -오랜만이군 친구-' 하고 걸려오는 전화가 두렵고, '찻값을 내어야 할 적당한 시간이 오면/ 종종 구두끈이 풀리고/ 술집을 나설 때쯤이면/ 언제나 오줌이 마려운/ 이런 날의 만남은 두렵다'(42쪽). 봉급날이라 해도 '별수'가 있는 건 아니다. '봉급을 받고 퇴근하는 길/ 딱 한 잔만 하자는/ 동료들의 손을 뿌리치고/ 숨가쁘게 집으로 달려와/ 나는 슬프다/ (중략)/ 아내도 무사하고/ 아이들도 무사하고/ 나도 무사한데/ 누구의 잘못도 없이/ 나는 슬프다/ TV를 보며/ 혹은 신문을 읽으며/ 곰곰이 나는 슬프다.'(60쪽). 곰곰이 슬픈 그 적막한 슬픔이 아득하게 슬프다.

하지만 그 어둠과 슬픔이 이제 조금씩 다른 시로 태어나기 시작한다. 슬픔이 끝없이 맴돌아 슬픔의 모서리가 닳고 닳으면 가락이 된다고 했나. '퇴근길, 책방에 앉아 읽는 農舞/ 잊고 지낸 고향에서 내 혈관 속으로/ 캥마 캥마 캥마쿵 백 리도 더 달려와/ 내 귀에 박히는 풍물 소리여'(48쪽). 꽹과리 소리를 절묘하게 포착한 캥마 캥마 캥마쿵, 그 서러운 신명 소리는 '아버지 어머니 내 고향까지/ 한꺼번에 다 데불고 와서는/ 목숨다운 목숨 가르치는' 소리이다. 나는 이 '캥마 캥마 캥마쿵'이 중학교 때 월사금도 못 내 수업 시간 중간에 쫓겨 왔던 30대 박봉 시인의 맨몸뚱어리 삶이 길어 올린 소리이지 싶다. 어째 카랑카랑한 그의 목소리가 그 소리처럼 들리기도 하니 그를 '캥마 캥마 캥마쿵의 시인'이라고 불러 보는 것이다.

닭의 모가지를 비틀어도 새벽은 온다고 하지 않았던가. 그의 30대를 짓눌렀던 어둠은 닭이 품은 알이었고 40대는 그 알이 부화한 꽃이다. '닭들은 아침이면 늘 알을 낳네/ 꽃이요. 꽃, 꽃, 꽃, 꽃, 꽃./ 참연꽃 한 송이를 툭 내 앞에 던지네'(「화두, 혹은 허생(虛生)」 중에서). 닭 울음소리가 '꽃이요. 꽃, 꽃, 꽃, 꽃, 꽃'이라니! 희한한 닭 울음소리에 따르면 우리 삶을 짓누르는 어둠은 '꽃이요. 꽃, 꽃, 꽃, 꽃, 꽃'이다. 닭이 '꽃이요' 하면서 툭 하고 낳은 알은 '어둠이

꽃'이라는 참연꽃 한 송이 같은 알이다. 누구에게나 독하게 오는 시련, 그것이 꽃이라는 역설과 진실을 품은 게 삶이다. 시는 삶을 따라간다.

3.

성선경은 벗는 걸 좋아한다(?). 목욕탕 가는 걸 좋아한다는 말이다. 우스갯소리를 보태자면 분명 뭔가 보여줄 만한 두둑한 게 있는 모양이다. 그에게 목욕탕은 '삼한의 소도'와 같이 신성한 곳이란다. 불가침의 영역에서 사우나를 핑계 삼아 땀을 흘리며 자유로이 눈물을 흘릴 수 있기 때문이다. 가부장과 반가부장 시대 사이에 낀 세대인 그가 '마음의 나미지'를 찾는 곳이 목욕탕이다.

불혹을 넘기면서 그는 본격적으로 다 벗고 '목욕 선(禪)'에 몰입했다. 김이 부옇게 서려 흐르는 목욕탕은 그에게 몽유도원이다. '간혹 이 새벽은 나 혼자의 것이라 생각합니다./ 몽유도원(夢遊桃園)에 든 것이라 생각합니다./ 눈 감아야 닿을 수 있는 세계를/ 눈 뜨고도가 닿을 수 있다고/ 수건 한 장의 맨몸으로 물 담궈봅니다.'(「몽유도원도-목욕탕 가는 남자」 중에서)

그는 목욕탕 안에서 땀방울을 뚝뚝 흘리면서 이승과 저승이 다른 곳이 아니고, 삶의 아픔과 쓰라림이 삶의 기쁨과 다른 것이 아니며, 흔들리는 삶과 흔들리지 않는 삶이 다르지 않다는 것을 '반가사유'한다.

턱을 괴고
곰곰이 마음의 길을 따라 사유하나니

버린다고 다 아픈 것은 아니다.
내 하나를 버릴 때는 아팠으나
내 둘을 버릴 때까진 아팠으나
이제 다 버리고 돌아앉으니
나는 이제 아프지 않다.
(중략)
내 아래로는 진리의 땀 꽃비같이 흐르겠다.
내 이 찰나에 깨달았으니
내 이제 찰나에 잊겠다.
턱을 괴고
몸 굽히니
순간이 고요히 반가사유.
-「반가사유상-목욕탕 가는 남자」 중에서

옷도 벗고 생각도 벗은 채 삼매에 드는 '목욕 선(禪)'. 세상에나 목욕탕을 이렇게까지 끌어올리다니. 하기야 문 없는 문을 열어젖히는 무문관(無門關)이 '절간 문지방'에만 있고 '목욕탕 문고리'에는 없을 것인가. 훌렁 벗었으니 풍덩 하는 소리가 시원하다. '풍덩 방생으로 놓여나는 한 마리 물고기 같이 (중략) 냉탕의 때아닌 잉어가 되어 푸'. 과연 벗는 것은 무엇이며, 우리는 얼마만큼 벗어야 하는 걸까. 인생의 많은 것들이 그러하듯 시 또한 고약하다. 한 인생 전부, 혹은 그 이상을 던지고 벗어야 조금이라도 이를 수 있는 것이다. 언젠가 그와 같이 목욕탕이라도 한 번 가봤으면, 나도 많은 걸 벗고 몽유도원에 이를 수 있다면.

4.

성선경은 "우리가 이르려고 하는 몽유도원이 이미 있다."고 말한다. 나는 이 말을 믿는다. 우리 모두는 아득한 그리움을 마음속에 품고 살아가기 때문이다.

백화점에 들렀다 복숭아통조림 한 박스를 샀다.
이 복숭아 철에 웬 통조림이냐는 아내의 핀잔을 들으며
내 마음의 무릉도원 한 세트를 들고 신이 났다

아홉 살이던가 열 살
나는 홍역을 앓아 펄펄 열이 끓고
사흘 동안 미음 한 모금 넘기지 못하고
어머니는 설탕물을 끓여 숟가락으로 떠먹이고
먹는 족족 나는 게워내고

할머니 이러다 우리 장손 큰일 나겠다고
쌀됫박을 퍼다주고 사오신 복숭아통조림
나는 꿈결인가 잠결인가 언뜻언뜻 도원(桃園)을 거닐며
따먹은 기억이 생생한 부귀복록의 천도(天桃)복숭아
-「몽유도원을 사다」 중에서

복숭아통조림을 '몽유도원'에 빗대 말할 수 있는 것은 할머니에 대한 기억 때문이다. 꿈결인가 잠결인가에서 거닐었던 도원, 그 도원의 천도복숭아는 어릴 적 홍역을 앓으며 먹은 '할머니 마음 표' 복숭아통조림이다. 안평대군이 꿈속에서 봤다는 몽유도원은 무엇이었을까. 왕이 되는 것이었을까. 아닐 것이다. 몽유도원을 안견이 대신 그려 그것이 오늘에 전하는 것은 그 꿈이 안평의 것이자, 안견의 것이며, 또한 우리 모두의 것이기 때문이다. 누구나 마음속에 지니고 있는 꿈, 성선경의 몽유도원도 그런 것일 터이다. 나는 성선경의 몽유도원을 구경하면서 내가 이 세상에 나서 만난 생불(生佛)이었던, 아흔둘에 돌아가신 내 할머니를 떠올린다. 할머니의 호박나물, 아 눈앞이 흐릿해진다.

몽유도원 연작시는 그에게 이정표가 되었다.

사십 대 초반 그는 몹시 아팠고 피안의 세계를 늘 갈구했다. 그랬던 것이 이제는 삶 속에서 몽유도원을 발견한 것이다. '목욕탕 몽유도원'은 '할머니 몽유도원'을 거쳐 드디어 '고향 몽유도원'에 이르게 된다. 그는 고향에 이르러 몽유도원을 찾았다. 드디어 '만난 것이 핏덩이 내 어린 시절부터 나를 키워 온 청학재였고 그 속에서도 가장 아름다운 모란이었다.'(산문 「모란으로 가는 길」) 고향을 모란처럼 품는다.

그의 고향은 경남 창녕군 고암면 억만리 청학재이다. '청학재라는 재실을 마을 한가운데 두고 (중략) 한 우물을 먹으며 꼭 한집안 같던 곳. 재실을 빙 둘러 산으로 오르면 내게는 그러니까 종증조 되시는 할아버지의 산소가 있고 그 정상에 서면 온 마을이 종달새 집에 든 종달새 알 같던 마을.'(산문 「청학재 가는 길」) 산에서 내려다보면 종다리 알처럼 보이는 아늑한 그 고향 마을이 모란인 것이다. 몽유도원인 것이다.

우리가 잘할 수 있는 것은 다름 아닌 가장 잘 알고 있는 것이며, 내가 살아온 것이 가장 잘 아는 것이고, 그건 또한 내가 나아갈 길이다. 성선경은 '우리는 어디서 왔는가? 우리는 누구인가? 우리는 어디로 갈 것인가?'라는 고갱의 질문을 마주하고 그 답을 고향과 자신의 삶에서 찾은 것이다. 고향을 읊는 그의 시는 묵은 맛으로 구수하고 흥겹다. 또한 해학의 진수를 보여주고 있다. 청학재 연작은 그렇게 쓰였다.

청학재에서는 아이들이 구구단을 외며 보리 베는 어머니를 기다리는 지루한 낮, 마당에서도 닭들이 구구거리면서 구구단을 같이 외고(「구구단」), 봄날에 쑥이 쑥쑥쑥 차오르면 쑥쑥쑥 쑥국을 끓여 먹고(「쑥국」), 느티나무 등걸이 헤 하고 웃으면 나도 동그란 웃음을 푸 하고 날리고 미륵부처 같은 뒷산 큰 소나무는 흐흐 하고 웃는다(「파안」).

왜지름병을 들고 넘던 길. 동생과 같이 먹겠다고 신문지에 싼 박하엿이 합천동이 되어 척척 달라붙던 길. 비린 간갈치 한 마리 없이 넘던 길. 자주 고무신이 찢어지던 청석길. 장동영감이 자주 누워서 넘던 길. 우리집 황소 우진이가 팔려 간 길. 옥희 누나가 시집간 길. 영화 보러 밤 마실가던 길. 머슴 삼식이가 새경 떼먹고 달아난 길. 고개를 넘어가선 아무도 돌아오지 않던 길. 무엇보다도 이 고개만 넘으면 모두 출세할 것 같던 길.

전보처럼 소식이 오던 길.
모든 세상과 통하던 길.

오직 한길.

-「항교 고개」 전문

'모든 세상과 통하던 길./ 오직 한길', 그 옛길을 따라 그는 '우리 삶의 원형이며 우리 인생의 원형'에 이르고자 한다. 그는 말한다. "나는 한 동안 모란의 그늘에 들리라. 모란에게로 가서 모란 속으로 들어가리라."

5.

모란은 짐짓 사대부적 취향의 꽃이다. 모란이 그의 고향만을 상징하는 건 아니다. 그는 번쩍하는 깨우침의 순간을 환하게 핀 모란이라고 생각했다고 한다. 꽃들이 피듯이 상징도 여러 꽃을 피워가는 것이다. '내 슬픈 세계를 한순간에/ 오롯이 확 열어 보일 수 있다면'(「모란을 그리다」)하는 진한 갈망으로 찾는 모란은 '잠깐 꿈속을 거니는 그대 몽유도원에도 있고 내 가슴 아픈 학창시절에도 있다 (중략) 모란은 개미허리같이 가는 월급쟁이의 낡은 지갑에도 있고 (중략) 돼지국밥집에도 있고 (중략) 모란은 내 종아리 종기 자국에도 있고 비워두고 떠나온 고향집 뒤란에도 있고 남녘과 북녘 저 삼팔선에도 있다 모란은 보이지 않지만 모란은 그대 속의 그대같이 있다'(「모란은 있다」 중에서).

그러나 한 가지 모란에 너무 매달리면 안 될 것 같다. '모란이 지고 말면 그뿐 내 한 해는 다 가고 말아'라는 영랑의 구철처럼 깨우침이란 건 덧없기 때문이다. 역시 그는 '고향 모란'을 '삶의 진경 모란'으로 확장시켜 나아간다. 삶의 진경을 말하는 '진경산수' 연작은 그렇게 쓰였다.

등산객들의 노천 막걸리 집에 중년 아저씨 아줌마 한 쌍이 와서 주문을 하고는 아저씨가 저쪽 벚나무 아래 가서 숨은 그림 찾듯 뭘 들여다보고 오더니 아줌마에게 손을 쑥 내민다. '-자 버찌'. 열매 버찌가 '옷 벗지'와 겹친다나. '그러자 가만 부끄러워 옷고름을 푸는 서산 노을'이란다(「진경산수 1」). 여름 계곡에 놀러가니 '-야 계곡이다 계곡'이란 소리가 절로 나온다. 그런데 '얼굴이 거무튀튀한 장정 몇'이 '솥을 걸어놓고 불을 땐다'. '-야 개고기다 개고기'란 소리가 절로 터져 나온다. 그러고 보니 '달팽이 뿔이나/ 염소 뿔이나/ 다 녹는 염천'이다. 그 염천 속에서 계곡이면 어떻고 개고기면 어떤가, 삶의 이런저런 국면들이 한꺼번에 다 녹아버리는 것을.(「진경산수 12」)

사는 일이 영 힘들어 입이 텄다니
옆의 털털 형님 한말씀 하신다.

-야야, 사는 것이라는 건 다 터는 거야

손, 발 같은 것들만 말고
논머리 물꼬도 터야 하고
너나없이 말도 터야 하고
남정네나 여편네
방귀도 터야 하고
사는 것은 다 터는 것이라고

참았던 방귀를 뀌듯 한말씀 걸쭉히 하신다.
나는

-그게 아니잖아요,

그래도
오래된 절굿공이같이
나 이렇게 살았다 보여주는 게
그게 터는 것이라고

쑥 다가오는 투박한 손 하나,
-「진경산수 26」 전문

'진경산수'가 무슨 상차림도 아닐 터인데 짭짤하니 간도 맞고 좋다. 사는 것, 쓰는 것, 무릇 세상의 모든 일은 간을 잘 맞추어야 진경일 수 있다. 나는 처음 그의 이름이 참 좋다고 생각했다. 성선경, 性經, 聖經, 仙景으로 변주되면서 '성스러운 선경(仙景)'이란 의미가 추슬러지니 그것은 다름 아닌 우리 삶의 진경산수를 말하는 것일 터이다.

근년 그의 시는 편해졌다. '어머니 마중가는 길가에서 한들거리는 강아지풀을 무엇보다 좋아했으나 난초를 곁에 두고 자주 물을 주었으며 내 고향의 불알친구를 깊이 사랑했으나 그보다 동료교사와 더 자주 술을 마셨습니다.// 건너야 할 다리가 앞에 있었으나/ 나는 선뜻 건너지 않았고/ 미루다 미루다 여기까지 왔습니다.// 늘

내 속에 있었으나/ 한 번도 괄호 밖으로 나와 보지 못한 이여'(「걸유(乞宥)」 중에서). 이제 한 번도 괄호 밖으로 나와 보지 못한 이들을 불러내기 위해, 삶과 시의 더 큰 문을 열기 위해 유장한 핏줄의 흐름을 빌려 그는 거대하게 닫힌 바위 앞에서 열려라 참깨! 같은 신드바드의 주문을 외고 있다.

'두문杜門은/ 문을 연 것이냐/ 문을 닫은 것이냐/ 내 앞에서/ 열려라 열려라 문'(「두문동」).

빛나는 문장으로
삶과 세계의 미로를
벗어나라

-소설가 정영선

1.

수학 문제를 푸는 소설가. 그는 왜 수학에 이르렀나. 그것은 아마도 흐트러진 것에 질서를 부여하려는 정신적 체조일 것이다. 소설가 정영선은 네 번째 소설 『부끄러움들』(2011)을 내고 소진한 자신을 추스르기 위해 중학교 수학 문제를 한창 풀었다고 한다. 학창 시절, 그렇게 싫어한 수학이었다는데 참 희한한 일이다. 피타고라스학파가 종교적 비의로까지 끌어올렸던 수학은 음악처럼 형식의 아름다움이 매혹적이다. 이 세상과 인간의 삶은 불투명하고, 그 맥을 잡으려는 소설은 또 얼마나 숱한 난맥을 훑어 내리는가. 그 난맥 속에서 '글이 수정처럼 차가운 아름다움에 이를 수 있다면'이라는 자탄이 긴장된 추상으로 이끈 것일까. 기우뚱할지라도 균형을 이루려는 삶의 묘리가 작동한 것일까.

수학은 문제를 푸는 것이다. 어느 날 정영선은 집합 A=1, 2, 집합

B=2, 3, 4, 5, 6, 7일 때 A에서 B를 빼는 문제를 풀면서 감동을 받았다(산문 「수학, 소설가 J를 위로하다」). 집합 A는 별거 없는 자신으로, 집합 B는 한국 문단에서 아주 잘나가는 작가들로 보았다. A에서 B를 빼니 1이 남았다. 자신에게 1이 남아 있다는 사실이 예사롭지 않게 느껴졌다고 한다. 그는 유심히 물었다. '내게도 집합 A처럼 다른 작가에게는 없는 문학적 특별함이 있을까.'

정영선은 이 1을 찾고 있는 작가이다. 아니 이미 찾았을지 모른다.

2013년 초 소설가, 평론가, 기자 등 다섯 명은 부산일보 근처 수정시장의 한 식당에서 막걸리 잔을 마주하고서 앉았다. 소설가 정영선이 2년여 잠시 떠나는 것을 축하하기 위해 모였다. 그는 역사 교사인데 탈북 청소년들을 가르치는 경기도 안성의 하나원에 파견 교사를 지원해 떠날 참이었다. 분단을 주제로 한 소설을 쓰려고 그가 택한 길이다. 그는 남편보다 함께 사는 시어머니가 더 허전해 하신다고 무덤덤하게 말했다. 처음에 후보로 올랐다가 뒤에 기별이 왔는데 아마도 예정돼 있었던 것 같다는 말을 할 때는 약간 흥을 냈다.

서른여섯에 등단한 그는 마흔 즈음에 소설에 빠져 본격적으로 늦바람이 났다. 그때부터 주식 투자도 그만두고 세일 기간마다 쫓아다니곤 했던 백화점도 끊었단다. 늦바람이 난 이후 10년간 소설 네 권을 냈으니 어지간히 쓴 셈이다. 나는 그가 장소를 가리지 않고 집중하면서 쭉 글을 써왔다는 사실을 알고 적이 놀랐다. 장 보러 간 마트나 병원 대기실에서도 영수증이나 이면지에 틈나는 대로 글을 끄적거리고 있는 그의 모습. 소설가 조세희가 『난장이가 쏘아올린 작은 공』을 공원 벤치에 앉아 썼다고 했다. 『난쏘공』의 독특한 문체를 '공원 벤치 문체'라고 한다면 정영선의 날카로운 문체는 '마트 문체', '병원 문체'라고 해야 하나. 역시 바람도 늦바람이 무섭다. 하나원에 지원한 것도 늦바람의 연장이다. 그는 잊혀갈 운명을 예감한다고 엄살 피우지만 소설에 모든 것을 걸었다. 그렇다면 이미 1을 찾은 게 아닌가 하는 것이다.

2.

우리는 그때 부산의 도시철도 동래역 앞에서 만나 경남 진주까지 문상을 갔다. 세 명의 남자가 문단 근황과 싱거운 농담을 섞어가며 정영선이 모는 레저 차량을 아주 편하게 타고 갔다. 우리는 별로 미안한 기분을 느끼지 않았다. 털털한 정영선이 부담을 주지 않았기 때문이다. 하지만 문상을 마친 뒤 그냥 부산으로 올 수는 없는 일이었다. 운전자에 대한 배려를 핑계로 일행은 남강 변의 장어집에 앉았다. 남강에 뛰어든 논개처럼 정영선도 소설에 몸을 던졌으니 소주가 맥주에 뛰어들 수 없을쏜가, 라며 평론가와 기자가 '소맥'을 말아가면서 이런저런 얘기를 꽤 주고받았는데 참 이상하다. 나는 정영선이 한 말이 하나도 기억나지 않는다. 다만 그의 새까만 눈동자가 생각날 뿐이다.

중편 「맹인모상」은 정영선의 첫 번째 소설집 『평행의 아름다움』(2006) 맨 앞에 실려 있다.

가야는 허방, 거대한 코끼리라고 했다. 한 사람은 뒷다리, 한 사람은 코, 다른 사람은 그 발만 보고 가야라고 한다며 사람들이 만진 걸 다 모아보면 그건 코끼리가 아니라 공룡보다 거대한 전설상의 괴물이 될 거라고 했다.

가야사뿐인가. 사랑도 장님이 코끼리 더듬듯 알 수 없는 물건이다. 젊은 여자는 유부남인 '형'을 사랑하지만 군수 영감의 정부 노릇을 하고 있다. '형'은 군수의 정부라는 사실을 알고서도 젊은 여자를 사랑한다. 그런데 정말 허방이 따로 없다. 젊은 여자는 견딜 수 없을 정도로 한 여성에 대한 강한 동성애를 느끼고 있다. 이게 무엇이란 말인가.

이 소설에서 이성애 동성애는 추상적으로, 근친상간은 구체적으로 그려져 있다. 그게 문제적이다. '아버지의 두 손이 내 가슴을 움켜쥐고 까슬한 턱이 내 얼굴을 비볐다.' 엄마가 대빗자루로 아버지의 뒤통수를 갈기고 한 말은 '짐승 같은 인간들'이었다. 딸을 포함한 욕이었다. 여고 2학년 딸은 깨진 거울로 손목을 그었다. 아, 이것은 복잡하다. 어릴 적 그 상처가 뒤틀려 젊은 여자는 늙은 군수 영감의 정부가 된 것이다. 군수 영감도 어린 딸을 잃은 아픈 과거가 있다. 결국 '영감과 내가 즐기는 것은 딸과 닮은 여자, 아버지와 같은 남자와의 근친상간'이라는 것이다. 이 소설의 마지막 문장이다.

> 여자는 없다. 아침 일찍 두 마리의 토끼를 품고 나가 아직 돌아오지 않았다.

이 문장은 가야사 프로젝트를 떠맡기는 군수의 술책을 거부하고 떠났다는 것도 암시하지만, 두 마리 토끼는 모두 암놈으로 젊은 여자가 동성애를 찾아갔다는 것을 상징한다. 내가 보기에 이 소설에

서 동성애는 근친애의 왜곡된 연막 출구일 수 있다. 근친애로 갈 수 없는 한계를 동성애의 그림자로 처리한 게 아닐까 싶은 것이다. 아, 이것은 섣부르고 복잡하다. 그러니 이것은 예정된 실패, 혹은 실패할 수밖에 없는 운명을 말하는 것이다.

어릴 적 정영선의 아버지는 들일을 갔다가 집에 들어서면서 숫기 없는 그를 "오모짜야!"('장난감 인형'의 일본 말) 하고 챙겨 불렀단다. 그러면 그의 까만 눈동자 위로 반가운 빛이 스쳤다. 남강 변 우리와 함께 앉았던 오모짜. 그가 괴물처럼 거대한 세계, 가야사와 사랑을 더듬어 이른 곳은 어디일까. '문학의 가치는 고통을 피하지 않고 마주침으로써 기쁨을 얻는 운명들에 대한 기록이자 고백이라는 데 있을 것이다'(산문 「다시 '시시포스의 신화'를 읽다」). 고통과 기쁨, 그리고 운명의 고백과 기록을 통해 불투명한 삶의 심부에 이르려는 도전, 오모짜의 까만 눈동자 위로 빛이 미끄러진다. 그 빛은 루카치와 칸트가 말한 창공의 별빛과 과연 얼마나 다른 것일까.

3.

나는 정영선의 장편 『실로 만든 달』(2007년)을 읽고 놀랐다. 식민지 도시 부산의 근대가 형성된 모습, 부산의 장소성을 제대로 녹여 쓴 흔치 않은 소설을 발견한 놀라움이었다. 2004년과 1919년의 시간을 오가며 전통의 동래와, 일본에 의해 새롭게 형성되던 오늘의 원도심 '부산'(일본인 전관거류지)을 교차시켜 동래부 동헌, 세병교, 40계단, 소라계단, 용두산공원, 완월동, 부관연락선, 해운대 사창가 '609' 등을 역사성과 함께 실명으로 쓰고 있다. 이런 예는 부산 소설이 '구체성'을 띠고 나아가고 있는, 나아가야 할 모습이랄 것이다.

> 부산진에서 농사를 짓던 할아버지는 (중략) 복병산을 뚫어 지금의 대청로를 낼 때도, 용미산을 헐고 자갈치시장이 들어설 때도 그 현장에 있었다. 왜놈들이 대단하재. 산속에 그런 길이 있고 바다 속에 그런 땅이 있는 줄 우찌 알았겠노. 할아버지의 일본에 대한 감탄은 할머니에게 정반대의 결과를 가져왔다. 할아버지가 손이 부르트고 등짝이 벗겨지도록 번 돈을 미도리마치의 일본 여자들에게 갖다 퍼부은 것이었다. 나중에는 땅까지 잡혀 유곽을 들락거렸다. 아버지가 돈을 벌기 위해 부관연락선을 탄 것은 감천동 갯가의 오두막집으로 이사를 갔을 때였다.(80-81쪽)

부두 선착장. 이키마루호를 기다리는 지게꾼들이 늘어섰다. 배에서 내린 사람들의 짐을 들어 주고 그 삯으로 먹고 사는 사람들이었다. 암남, 부민동 사람들처럼 조선 시대부터 군영의 징세에 시달린 사람들도 있었지만 대부분은 일본으로 가는 도항증을 얻기 위해 전국에서 몰려든 사람들이었다.(93쪽)

부산 근대를 녹여 쓴 이런 문장들을 두고 문학평론가 한수영은, 정영선이 '부산이라는 도시가 지닌 독특한 심상지리'를 밝혀 썼다고 지적했다. 그러고 보니 4편의 청소년 연작 소설인 장편 『부끄러움들』의 공간적 배경도 부산의 장소성이 두드러지는 산복도로이다.

정영선은 등단 직전에 소설가 조갑상을 찾아가 습작을 보였고 '소설을 써보라'는 격려를 받았다고 한다. 조갑상이 일종의 통로였는데 정영선이 부산의 장소성을 소설에 구사한 것은, 소설을 통해 부산을 읽고 또 부산을 소설에 쓰고 있는 조갑상의 영향일 것이다. 거기에는 '부산을 고집한' 소설가 요산 김정한, 향토사에서 일가를 이룬 소설가 최해군의 자장도 포개져 있다. 아일랜드 더블린을 손금 들여다보듯 그려낸 제임스 조이스의 『율리시즈』처럼 부산의 장소성을 녹여 쓴, 아니 새롭게 창조할 수 있는 작품을 향한 길 위에 정영선의 『실로 만든 달』은 비중 있게 놓여 있다.

4.

장편 『실로 만든 달』 작가의 말에 이런 부분이 있다.

여고생 정영선은 1979년 부마민주항쟁 당시 야간 자습을 마친 늦은 밤, 친구와 떡볶이를 사 먹으러 마산 창동에 내렸다가 시위대를 목격했다. 건달들이 많이 섞인 시위대는 독재에 저항하기보다는 돌 던지고 불 지르며 폭력 자체를 즐기는 듯 보였다. 이후 오랫동안 정영선은 유신 독재 붕괴와 그날 밤 시위대를 연결할 수 없어 혼란스러웠단다. '이십 년이 지나서야 나는 그들이 바랄 것도 꿈꿀 것도 없는 서러운 사람들이란 것을 알게 되었다. 그들에 의해 역사의 물줄기가 바뀌는 것을 느낀 순간 내 머릿속에는 무수한 꽃이 피어났다.'

그가 말하는 '꽃'에서 오모짜의 까만 눈동자 위로 미끄러지던 투명한 빛과, 칸트와 루카치가 말한 창공의 별빛이 연상되는 것은 어쩔 수 없다. 역사의 간지, 라고 하지만 그것은 저 서러운 사람들을 거대하게 조정하는 신, 혹은 '역사 이성'을 말하는 것일 테다. 정영선은 그렇게 큰 것이 아니라 '바랄 것도 꿈꿀 것도 없는 서러운 사람들'을 곧바로 불러내고 있다. 그들이 역사의 물줄기를 바꾼다는 것을 느꼈다는 사실은 그가 강을 건넜다는 것을 말한다. 저 서러운 삶의 강을 건너 그들에게 지금 화관을 씌우고 있는 것이다.

장편 『실로 만든 달』에서는 그 서러운 사람들을 여성으로 구체화시키고 있다. 2004년과 1919년을 오가는 이 소설에 등장하는 여성들은 한결같이 수난의 역사를 겹겹으로 혹독하게 치러내고 있다. 2004년의 주인공 정원. 그의 생모는 팔려오다시피 한 불행한 결혼 생활을 견디지 못하고 일찍 죽었다. 정원은 어릴 때 이복 오빠에게 성폭행을 당하고 자살을 시도했으며, 이후 가족과 20년 이상 떨어져 혼자 살았고 변태 행위를 강요하는 남편과의 결혼 생활도 남편의 갑작스러운 죽음과 함께 불행으로 끝났다. 1919년의 주인공인 동래의 관옥은 공부를 계속하고 싶어 하지만 부모의 반대에 부딪혀 좌절하고 만세운동에 가담한 뒤 옥사한 것으로 추정된다. 부산부청 관리의 딸인 일본인 스에코는 그 어머니가 아버지에게 버림받아 아이를 업고 기차에 뛰어들어 자살했는데 그때 사고로 두 다리를 잃었다. 탈출구 없는 현실 속에서 책에 묻혀 사는 스에코는 『인형의 집』 작가 입센의 열렬한 독자다.

조선의 여자는 오래전부터 남자의 식민지였습니다. 남존여비, 오로지 남자와 남자의 집안만을 위해서 살아야만 합니다. 죽어서도 그 집 귀신이 되어야 합니다. 남자의 운명은 하늘에 달려 있고 여자의 운명은 남자에게 달려 있습니다.

식민지 소녀 관옥의 말인데 그것은 일본이라고, 다른 나라라고 다르지 않다. 관옥과 스에코가 주고받는 말이다.

"노라는 집을 나가면서 기적이 일어날 것이라고 했지만 가소로운 일이지. 더 좋은 방법이 있을 것 같은데."

"방법이 있다꼬예?"

(중략)

죽는 것이구나, 나는 스에코의 생각을 짐작하며 입술을 깨물었다.

"여자끼리 살면 될 텐데, 그렇지 않느냐? 하하하."

이것이 정영선 작품에서 반복적으로 발견되는 동성애 코드의 속살 부분이다. '여자끼리 산다'는 그 말에 대한 감도가 다음과 같이 뜨겁게(?) 표현돼 있다. '스에코를 안을 때마다 느꼈던 숨 막힘이 되살아났다. 뜨거운 인두가 지나간 것처럼 온몸이 화끈거렸다.' 뒤에 스에코는 사라진 관옥을 찾으러 동래에 갔다가 관옥이 보이지 않자 그의 엄마처럼 실패할 수밖에 없는 운명의 '여성'으로서 철길 위에 앉아서 자살한다.

남성 중심의 사회는 현대라고 해서 크게 나아지지 않았다. 그래서 소설 속에서 팽나무 안에 살던 관옥과, 그 근처에 이사 온 정원이, 즉 한 많은 두 여자가 만난다. '백 년 가까이 내 속에 갇혀 있던 이야기가 정원의 눈 속으로 옮겨 가는 것을 나는 지켜보고만 있었다.' 관옥은 다음과 같이 말한다.

> "남에게 보여 주고 싶었던 것들이 내 눈을 덮은 거라고. 그것들이 자꾸 겹치다 보니까 거울처럼 된 거야. 그래서 니 눈도 비친 거고. 그것들이 니 눈 속으로 들어가면 내 눈이 나타날 거야."

백 년 전의 관옥과 지금의 정원은 눈과 거울을 통해서 서로를 마주하게 된다. 정원은 생모의 경대 거울 속 자신을 보면서 "나인 것 같기도 하고 아는 사람인 것 같기도 하고"라고 말한다. 소설 속에서는 정원의 눈을 통해 백 년 전 관옥의 일이 그대로 보인다. 정원의 눈이 관옥의 눈이고, 서로가 보이는 그 눈 속에 되풀이되는 여인들의 수난사를 비추는 거울이 있다. 자, 이제 그 눈과 거울을 들여다보는 오모짜의 까만 눈동자가 있다. 오모짜의 눈동자는 무엇을 보는가. '여자들의 고통과 외로움이 다가왔다. 짙은 한숨과 숨죽인 울음소리, 체념들이 갈피마다 느껴졌다. 아주 귀에 익은 소리였다. 어머니, 언니 혹은 내가 숨겼던 바로 그 비명이었다.'(산문 「내 마음속 그 자리, 완월동」) 저 서러운 비명이 강을 넘어오는 것이 보이는가.

5.

글을 날카롭게 쓰는 정영선은 남해 사람이다. 이동면 다정리, '차나무 정자 마을'에서 태어났는데 할아버지가 이 마을 훈장님이어서 책 읽는 분위기 속에서 성장했다. '초등학교 때는 담임선생님이 칭찬을 아끼지 않을 정도로 시도 잘 썼고, 중학교 시절에는 러시아 문학전집을 독파했다. 마산여고 시절에는 교과서 밑에 소설책을 놓고 들키지 않게 읽었고, 부산대학교 시절에는 교지에서 주최하는 효원문학상에 뽑히기도 했다.' (박현주 「'소설은 내가 살아가는 이유' 소설가 정영선」) 어릴 때부터 글을 잘 썼다는 소리이니, 소설에 늦바람이 나기 전에 주식과 부동산 투자로 부자 될 궁리를 하고, 세일 기간마다 백화점을 쫓아다니곤 했다는 것은 일종의 소설가적 너스레다.

정영선 소설의 특징은 분명한 결말보다는 여러 가지 가능성을 중층적으로 암시하는 데 있다. 이것이 정영선 소설의 미로 구조다(구모룡). 이걸 보면 저게 나오고, 저걸 보면 이게 나오는 복잡한 누층 구조. 거울에 내 얼굴이 비치고, 네 눈 속에 내가 들어 있고……. 정영선 소설은 까도 속이 나오지 않는 양파라고 할 만하다. 이게 바로 '맹인모상'의 실체이다. 세계와 삶은 뒤틀려 있고, 우리는 그 거대한 코끼리 혹은 괴물을 더듬고 있다.

정영선은 한 산문에서 '소설은 삶의 의미를 보여주는 것이 아니라 삶의 의미 없음을 보여주어야 한다'고 썼다. 이것은 맞는 말이다.

하지만 이 말은 조심스럽게 다뤄야 하는 물건이다. 삶의 의미 없음을 보여주는 것을 통해 삶의 의미를 찾도록 부추기는 데까지 마저 내달아야 한다는 것이다. 삶의 의미 없음만을 써먹는 것이 아니라 삶의 의미를 찾도록 부추기는 것을 써먹어야 한다는 것일 테다. 정영선의 비유대로 이를테면 세상은 집합 B=2, 3, 4, 5, 6, 7를 이루면서 우리 앞에 무겁고 어둡게 버티고 있다. 우리는 저것을 어쩌지 못한다. 우리가 가진 것이라곤 보잘것없는 집합 A=1, 2 정도뿐이다. 그래, 정영선의 말대로 집합 A에서 집합 B를 빼니까 1이 남는다. 삶이 의미가 없다고 할지라도 우리는 겨우 남아 있는 1을 통해 삶의 의미를 찾아야 한다. 나는 정영선이 분명 이 말을 우리에게 건네고 있다고 생각한다. 그곳이 사람들이 득시글 모이는 정영선 고향 마을의 '차나무 정자'일 것이다.

정영선이 묘사하고 있는 칼에 대한 문장은 거의 시적인 데 이르고 있다.

> 칼은 순수함이다. 얼음처럼 차고 용암처럼 뜨겁다. 칼의 고독은 줄일 수도 늘일 수도 없는 극점이다. 그 끝에 닿으면 칼은 한 번씩 스르륵 소리를 낸다. 절체절명에서 오직 한 가지에만 사로잡혀 있을 때, 하나 외 그 어떤 것도 허용하지 않을 때 사람들은 칼을 잡는다.(중편 「그림자 살인」 중에서)

칼이 차갑고 뜨거운 고독의 극점이라면 글 또한 그러할 것이다. 그는 '세상과 내 몸에 없는 것을 찾아 쓰는 것이 글'(장편 『물의 시간』 52쪽)이라고 했다. 없는 것을 찾아 쓰는 글은 칼처럼 날카로워야 하는 법이다. 세상에 없는 것은 과연 뭘까. 세상이 의미 없다면, 글과 칼은 그 세상에 스르륵 닿아 틈을 벌여 거기서 '무엇'이 나올 수 있도록 해야 한다. 우리는 지금 그 '무엇'을 찾고 있다. 희망과 사랑의 이름으로 세상과 내 몸에 없는 것을 찾아 쓰는 글! 그럴 때 오모짜와 우리의 눈동자 위로 창공의 별빛이 미끄러질 것이다.

6.

수정시장에 앉아 정영선에게 대표작이 뭐냐고 물었더니 그는 장편 『물의 시간』(2010)이라고 답했다. 이 장편은 조선왕조실록의 문장 두 개에서 착안했다. 그 개요는 간단하다. 왕후가 죽었다, 그리고 그 39일 뒤 물시계가 멈추었다. 두 문장에서 정영선은 폐경에 다달았던 왕후의 죽음과, 물시계가 멈추는 '조선의 폐경'을 겹친다. 시대가 한 장을 접는 것을, 몸의 용어를 가져와 '폐경'으로 본 것이다. 물시계는 조선의 시계다. 조선의 시간과 왜에서 들어온 서양의 시간은 사뭇 다르다.

> 조선에서는 해가 진 뒤부터 다음 날 해 뜨기 전, 즉 밤을 5경으로 나누고 각 1경은 다시 5점으로 나누었다. 따라서 밤은 25점이 되는데, 밤이 짧은 하지의 1점은 밤이 긴 동지의 1점보다 훨씬 짧았다. 다시 말해 조선은 해 뜨는 시간에 늘 해가 뜨지만 서양 시간은 일출이 계절마다 달라지는 것이었다.(34쪽)

조선의 시간은 자연의 흐름과 같아서 몸에 새기는 것이라는데 이게 예사롭지 않다. 북을 서른세 번 쳐 날이 밝았음을 알리는 전루군이 있다. 전루군 박봉출은 어릴 때 물이 불어난 산 속의 내 앞에서 발을 동동 구르던 어린 계집애를 업어서 건네준 일을 잊을 수 없다. 그것은 선덕여왕이 지귀의 몸에 황금 팔찌를 올린 것처럼 살갗과 마음의 일이었다. 혼자 아버지 무덤을 찾아왔던 그 아이는 십 년 뒤 왕후가 됐다. 왕후가 되었다는 소식을 들은 날, 봉출은 사흘간 아무 말도 하지 않았다. 지금 전루군 박봉출은 왕후에 대한 그리움을 소리에 실어 북을 치고 있고, 왕후는 북소리를 듣고 수십 년간 아침을 맞으며 그 북소리를 몸에 새기고 있다.

북소리가 서른세 번 울려야 세상과 몸이 깬다. 하지만 왕후가 시해 당하던 날 새벽, 박봉출은 밀어닥친 군사 때문에 북을 서른두 번밖에 치지 못했다. 왜 북이 한 번 더 울리지 않는지 이상하다고 여기는 순간, 왕후는 어린 시절 만난 박봉출이 생생하게 생각났다고 한다. 그때 칼을 든 왜인들이 들이닥친다.

후기에 눈이 먼 박봉출은 2년에 걸쳐 왕후에 대한 기억을 담은 글을 적었다는 내용이 나온다. 그 글은 을미년 그날에 마저 치지 못한 서른세 번째 북소리라고 한다.

『물의 시간』은 어떤 측면에서 장편 『실로 만든 달』의 연장선상에 있는 것처럼 보인다. 『실로 만든 달』에서 되풀이되는 수난을 겪고 있는 숱한 여자들이 나왔다면 『물의 시간』에서는 그 숱한 여자들을 비장하게 시해된 '명성왕후'로 집약해 단순화시켰다. 명성왕후는 한의 여인이다. 어릴 때 부모가 모두 돌아가셨고, 왕비가 되어서 낳은 첫 아이는 태어난 지 7일 만에 죽었다. 궁궐에서는 또 얼마나 큰 침묵 속에서 살았나. 『물의 시간』의 매우 중요한 상징이 소금이다.

물시계에서 왕비들의 울음, 한숨, 불면이 이룬 소금 결정이 나온다는 것이다. 말할 수 없는 큰 한이 응어리진 침묵의 언어가 소금이라는 말이다. 대단한 상징이다. 나는 물시계에서 어떤 결정이 추출되는 줄 알았다. 그러나 이는 소설적 장치일 뿐, 실제 그렇지가 않다.

나는 이 대목에서 많은 생각이 들었다.

이런 것이다. 정영선의 아주 깔끔한 작품인 「평행의 아름다움」 마지막 부분에서 암 투병 중인 연수는 옛 애인 민석에게 '이 편지가 네 손에 닿거든 지금이 마흔이라고 생각하고 내게 와줘'라는 편지를 쓴다. 그 편지가 민석에게 닿을지 여부는 알 수 없다. 하지만 편지는 있다. 그것이 언젠가는 우리에게 건네질 희망이다. 못이 있어야 벽에 옷을 걸 수 있듯이, 소금도 그 편지처럼 미약할지라도 분명한 추출물의 형태로 있어야 한다. 그래야 강한 상징이 될 수 있다. 이를테면 있는지 없는지 알 수 없는 것이 아니라 '내게 와줘'라는 분명한 음성이 담긴, 1이 담겨 있는 그 편지를 받아보고 싶은 것이다. 정영선이 우리에게 그 편지를 곧 띄울 거라고 나는 설레는 마음으로 기대하고 있다. 그때 서른세 번째의 북소리가 울릴 것이다.

합천 황강이 유장하게 흐르는 저 노래들

–시인 박태일

1.

내가 박태일 시인의 이름을 처음 본 것은 문학평론가 김현의 유고(遺稿) 독서 일기인 『행복한 책읽기』(1992)를 통해서였다. 마흔여덟 김현의 때 이른 죽음이 남겨 놓은 독서 궤적을 따라가며 부산 시인 박태일의 이름을 발견한 것은 어떤 허망함을 달래는 느꺼운 사건이었다. 나는 내 짧은 공부를 안타까워하며 박태일이라는 이름을 기억했다. 알고 보니 박태일은 이윤택, 강영환, 엄국현, 강유정과 함께 1980년대를 빛나게 장식했던 부산의 저 유명한 시 동인 '열린시'의 일원이었다.

그러다가 2000년 5월 중순 그를 처음 보았다. 경남대 교수인 그는 『지역문학연구』라는 책을 1997년부터 출간하고 있던 경남지역문학회의 좌장을 맡고 있었다. 그 문학회를 취재하러 창원시 마산에 있는 경남대를 설레는 마음으로 찾아갔다. 문학회 회원 예닐곱

명과 교정에 앉았던 그때는 계절이 왕관을 쓰고서 한창 무르익고 있을 즈음이었다. 연못인 월영지, 붉은 영산홍 철쭉꽃과 함께 내 기억 속에 남아 있는 것은 카리스마 넘치던 박태일의 말하는 분위기다. 그렇게 만나고 싶었던 박태일, 책에서 읽었던 시인을 바로 앞에서 '실물 대조'하는 기쁨이 새로웠다.

당시 부산에 살았던 시인 손택수는 경남대 국문과 출신으로 박태일의 제자이다. 손택수는 "혹독하게 가르친 후 다 큰 새끼를 매정하게 내치는 표범 같은 분이 선생"이라고 박태일의 선비적 면모를 일러주었다. 손택수에게는 매일 도서관을 들락거리면서 『구토』의 로캉탱처럼 한국 현대시의 시집들을 모조리 독파하리라던 절치부심의 야심찬 시절이 있었다. 그는 "독한 공부를 해야 한다는 것을 내 스승(박태일)에게서 배웠다"고 말한 적이 있다.

그날 교정에서 나는 박태일에게 손택수에 대해 물었으나 그는 별다른 말을 하지 않았다. 하기야 스승이 제자를 두고 객에게 이렇다 저렇다 무슨 말을 할 것인가. 하지만 손택수가 2006년 두 번째 시집 『목련전차』를 냈을 때 그는 표사(表辭)를 썼다. '그 집의 지붕 위로 막 터진 별자리 하나가 제 남은 일생을 건다'라며 속이 꽉 찬 제자를 밤하늘에 붙박고서는 시에 일생을 걸라고 북돋웠다.

『행복한 책읽기』에서 김현은 박태일을 두 번 언급했다. 그 가운데 하나는 1989년 6월 16일 자 일기이다. '나로서는 박태일의 시가 비록 백석의 영향인 것 같지만 괜찮아 보인다. 전보다 넉넉하고 차분해졌다. 그의 「김광균과 백석 시에 나타난 친족 체험」도 읽을 만하다.' 밖에서 박태일의 그림만 희붐하게 보여주는 이 짧은 언사를 어쩔 것인가. 그러나 짧지 않은 핵심이 들어 있으니 '백석의 영향'이란 구절이 문제적이다. 박태일은 1983년 백석에 대한 논문을 선구적으로 썼다. 해방 이후 다섯 손가락 안에 꼽힐 정도로 아주 일렀다. 박태일이 백석에 주목한 것은 당시 이 빼어난 시인이 온당한 평가를 받지 못하고 있었기 때문이다. 월북 시인 백석의 시에서 '조선적이며 고전적인 데가 있다'(백철)는 것보다 '한 시대 한 마을의 충실한 재현'이라는 점이 박태일을 더 당겼다고 해야 한다. 백석의 시를 '읽는' 그 각도는 박태일이 시를 '쓰는' 각도이다.

2.

박태일은 경남 합천 황강 변 문림리에서 태어나 10년을 살았다. 그리고 낙동강이 흐르는 도시 부산에서 50년을 살고 있다. 짧은 10년에서 긴 50년이 풀려 나갔다. 그의 고향 문림리는 '맑은 날의 하늘과 푸른 언덕 가까이 한 번의 사랑으로 잃어버린 마음이 그리워 하루 내내 하루 내내 물매암 도는 소금쟁이의 동리'(「문림리」)이다. 박태일의 문림리는 백석의 고향 평북 정주 같은 곳이다.

2001년 그와 함께 부산에서 차를 몰고 그의 고향인 합천 문림리에 간 적이 있다. 가는 길에 나는 놀랐다. '고산자 김정호'를 차에 태우고 있는 것 같았다. 박람강기와 발품. 그는 경남의 구석구석까지 모르는 곳, 안 가본 곳이 없었다. 그는 "장소와 지역은 삶의 문제요, 하늘과 땅의 문제"라고 했다. 그 말은 땅과 장소, 사람살이에 대한 그의 감각을 말하는 것이다. 우리는 드디어 그의 하늘과 땅이 있는 문림리에 이르렀다. 어떻게 이런 지형이 만들어졌을까 싶을 정도로 아름다운 황강이 마을을 동그랗게 감싸면서 흐르고 있었다. 그곳은 '합천의 하회(河回)마을'이었다. 17편의 「황강」 연작에서 황강은

혀를 돌돌 만 서러운 리듬의 노래로 흐르고 있다.

미태산 미타산 한 이름인데

닷 돈 닷 돈 돈 닷 돈
모퉁이마다 버꾸기

길 질다 말다 신반장
물 좋다 말다 적중장

누비질 구름은 구금실 굼실.
-「황강 16」 전문

경상도 리듬을 구사한 박목월의 짧은 시가 연상되는 시이다. 그는 그날 "내 노래의 리듬은 황강에서 왔다"고 했다.

그는 황강 변에서 쌈박질과 달음박질을 배웠고, 강변 '원두막에 숨어들어 설익은 수박을 깨고 겉껍질에다 손톱으로 이름을 찍는 심심한 놀이를 배'우기도 했다. 별이 쏟아지는 밤에 '멱감는 어른들의 말소리 웃음소리가' 자리를 바꿔 가며 들려올 때 그는 '따뜻한 물살에 목을 담그고 앉아 온통 귀 하나로 아득해지곤 했다.' 하지만 홍수가 지면 강은 무서웠다. '세간이 떠내려오고 초가가 떠내려오고 다음날 발가숭이 동무를 굽이진 물밑'(「문림리」)으로 삼켜 버렸던 강이다. 며칠이 지나면 강은 이전처럼 돌아가는데 그러면 사람들은 다시 물속을 뒹굴었다. '어린 시절 강은 그 부드러운 손바닥을 폈다

접었다 하여 삶과 죽음을 함께 보여 준 스승이었다. 나는 그 부드러운 살에 물잠방이 치면서 죽음이 받쳐 주는 따뜻한 삶을 배웠다.' (산문집 『새벽에 서다』 255쪽)

그는 유년시절이 채 끝나기도 전인 열 살 무렵 부산으로 이사 왔다. '목판본 먹빛 글씨로 찍고 흐르는 황강'(「황강 10」)은 그리움으로 자리 잡아 시의 원천이 되었다. 인간은 복잡하지만 단순하고, 단순하지만 복잡하다. 몸은 떠났는데 마음이 더 큰 자리를 잡게 되는 것도 그런 일의 한 가지이다.

그는 부산에서 철이 드는 동안 자주 하단 언저리를 찾았다고 한다. 하마 고향의 물빛을 볼 수 있을까 해서였다. 낙동강이 바다와 만나는 거기는 황강이 흘러 마지막으로 이르는 곳이다. '명지 쪽 저녁 능선을 바라보며 누구에게도 말할 수 없는 목마름을 다스렸다. 고기잡이배들이 드리운 불빛이 물속으로 환한 물기둥을 이루며 스스로 깊어가는 것을 보았다. 손에 잡히지 않는 시를, 사랑을 생각하였다.'(『새벽에 서다』 256쪽) 그의 등단작 「미성년의 강」도 낙동강을 찾았던 당시 경험을 쓴 것이다. 1980년대 후반에는 「명지 물끝」 여덟 편의 연작을 발표했는데 그의 고향 황강이 마침내 도달한 '물끝'이 지금과는 사뭇 다른 정서로 아득하다. 그는 명지에서 전라도의 '땅끝'에 맞먹는 '물끝'의 아련한 정서를 빚었다. 지금도 명지를 물끝으로 생각하는 이는 별로 없다. 그는 한참이나 앞서 있었는데 그것은 직접 밟아본 자만이 이를 수 있는 것이었다.

그는 낙동강을 거슬러 오르면서 천 년도 앞서 흘러간 '잃어버린 역사' 가야도 만난다. 여덟 편의 「가락기」 연작은 가야 유적이 채 발굴도 되기 전인 1980년대 초에 이미 썼다. 아득한 낙동강 하구 일대의 느낌과 정서를 슬픈 역사를 남긴 옛 가야에 의탁해 써 내렸다.

그는 부산으로 이사 올 때 몇 시간을 꼬박 버스에 앉아 황강 물줄기가 고령으로 내려와 낙동강과 합류하고 창녕을 지나 남쪽으로 굽이를 트는 것을 분명히 지켜보았다고 한다. 이제는 어릴 적 보았던 그 물길을 거슬러 오르며 숱한 삶과 곳곳의 사연을 읽어내고 있으니 그것은 곧 황강이 유유히 흐르는 것과 같다. 박태일은 황강이 낳은 시인이다.

3.

박태일의 시는 지명 교과서이며 인문 지리지이다. 구천동, 오산, 영덕, 오십천, 축산항, 문림리, 백석리, 원평리, 제내리, 서해, 마량, 연산동, 선동, 수영강, 대암산, 처용암, 구강포. 첫 시집 『그리운 주막』(1984)의 시 제목에서부터 보이는 이런 빈도의 지명이 이후 모든 시집에 똑같이 나온다. 그의 시 속에서 지명은 살아 숨 쉰다. 시의 뿌리가 지명이다.

그것은 유능한 지리 교사였던 아버지의 영향이었다. 아버지 덕분에 그는 어릴 때부터 내셔널 지오그래픽과 일어판 세계지도 같은 것을 보면서 지지(地誌)에 대한 감각을 익혔다고 한다. '유능한 지리교사로서 시골 합천중학교에서 부산고등학교 교사로 한참에 뽑혀 나가신 아버지셨다.'(산문집 『시는 달린다』 217쪽)

하지만 그의 아버지는 일찍 세상을 떴다. '분필가루 담뱃가루 까맣게 꽃핀 폐' 때문에 '정년 석 달 앞두고 돌아가신 아버지 사십 년 교직이 원수다'(「아버지 목마르시다」). 애달프고 안타까운 것에 어찌 말이 이를 수 있으랴. '아버지 이승에 누우시고/ 아버지 저승길

가신다 흰 두루막/ 어느 저잣거리 갑신 숨을 고르시며/ 아버지 즐기시던 돼지국밥 말고 계시는지'(「아버지 누우시다」). 그의 시에 나오는 숱한 지명들은 어느 저잣거리 갑신 숨을 고르시는 아버지에게 가닿는 길이라 할 것이다.

아버지에게 가닿는 지명은 장소이면서 정신이다. '장소는 그 장소를 친밀 영역으로 아끼고 사랑하는 이들의 정신까지 담아낸다. 이런 까닭에 장소는 정신의 징표다.'(산문집 『시는 달린다』 28쪽) 박태일을 온통 꿰뚫고 있는 단어가 정신의 징표로서 이 '장소'이다. 그가 백석과 긴밀하게 닿는 부분이 바로 장소이며, '장소 사랑'이다. 그의 장소와 지명은 거창한 곳이 아니라 구체적인 삶이 살아 있는 작은 곳이다. '학교에서 가르치는 역사책, 지리책에서는 나올 리가 없는 곳'으로 이를테면 '시누이동세들이 욱적하니 홍성거리는 부엌으론 샛문틈으로 장지문틈으로 무이징게국을끄리는 맛있는 내음새가 올라오도록잔다'는 백석의 「여우난곬족」 같은 곳이다.

박태일은 1990년대 중반 한센병 환자 집단수용소인 소록도와 부산 용호농장을 찾아 연작시를 썼다. 여기에 고향의 옛 기억이 작용하고 있다. '고향 옛 강가 문촌 열두 집/ 우는 아이 집난 아이 손톱 발톱을 뽑고/ 술을 담가 그믐밤 약으로 마신다는 사람들/ 곳간 흙담 밑에 묻혔을 술독을 생각하며/ 멀리 논둑길 돌아 지났던/ 종종걸음발 그 어린 날도 흘러가고'(「사슴섬 2」)라는 옛 사연이, 황강이 흘러 낙동강에 이르듯 소록도와 부산 용호농장에 닿은 것이다.

지금은 콘크리트 아파트 숲속으로 사라져 버린 부산 용호농장을 쓴 「용호농장」 연작 네 편은 그 누구도 쉬 쓰리라고 생각하지 못한 수준 있고 귀한 유물 같은 시이다.

기차로 배로 묶여온 뒤 마흔 해
곡상이는 곡상이를 낳지 않는다며
칼날 바닷돌에 얼굴을 닦고
돼지우리에서 닭장으로 일도 세월을 따랐다만

지난날들은 무슨 업장으로 새삼스러운가
눈 들면 하늘 멀리
꼬막손 토막손 붉은 손바닥 펴보이며
구름 밥상에 둘러앉은 옛 식구들

오냐 오냐 울음에도 가락 있음을 내 어찌 잊으랴
세월의 달팽이관 힘껏 돌아서
밥과 숨의 궁상각치우
삶과 꿈의 음아어이오

-「용호농장 2- 다락밭을 올라」 중에서

그들의 서러운 삶이 리듬에 이르고 있다. 용호농장 근처 바다가 바라보이는 언덕에 천주교 묘지가 있다. '자갈돌 험한 묘자리나마 상기 더 누웠노라면 어느 겨를 해 달 또 구르고 미끄러져 흘러 오륙도 앞바다 살결 고운 감싱이로 함께 떠돌 날 있겠지 생각하고 생각해도 죽어 설움 살아 걱정'(「용호농장 1-김아내지묘」 중에서). 그러고 보니 발레리의 유명한 시가 연상되는 해변의 묘지가 용호농장 근처에 있다는 사실을 나는 박태일에게서 처음 들었다. 부산에 해

변의 묘지가 있다니, 나는 전율했다.

시「연화동 블루스」는 지금은 그 이름이 없어진 부산 동구 초량동에 있던 자연마을 연화동을 노래한 것이다. '바둑판 돌 듯 골목골목을 싸다녀도/ 여름은 쉬 지나지 않았다 더 위쪽 사람들은/ 비만 오면 똥오줌 슬쩍슬쩍 퍼다 붓기도' 했던 곳이 연화동이다. 지금 부산고교 자리에 있던 큰 연꽃 연못에서 유래한 마을 이름인 '연화동'은 박태일의 가족이 부산에 이사 와 처음 자리를 잡은 곳이다. 참 희한한 것은 나중에 '열린시' 동인으로 만나게 될 이윤택도 이 동네에서 자랐다는 사실이다. 물론 그때 둘은 서로를 몰랐다.

4.

박태일이 장소를 말하는 것은 결국 사라져 없어질 사람의 삶과, 쓰이지 않는 이야기를 쓰겠다는 것이다. 막막한 시간 속에서 삶의 구 할 이상은 쓰이지 않고 가뭇없이 사라지는 법이다. 아, 그러나 과연 '일 할'이라도 제대로 기억되는 것일까. 그것도 장담하여 알 수 없는 일이다. 그 알 수 없는 일에 박태일의 시는 육박하는 것이다.

합천에 살았던 가령영감이 누구인지 아무도 모를 것이다. 그의 시를 통해 '가령영감'을 처음 만나 입에서 귀로만 전해진 희미한 그의 말을 들을 수 있다. '가령'이란 말을 즐겨 사용해 가령영감으로 불렸던 그는 '가령말이사바른말이지 사람사는일이 제길제터공들여닦는것아닝가 제길우기면 남에터짓밟는일되능긴께'(「남들은 가령영감이라 했다지만」)를 신조로 살았던 박태일의 증조부다. 그 증조부는 어린 딸을 먼저 저세상으로 보내고 희한하게 '그 무덤 아래 당신 무덤 쓸 일 미리 당부하셨다'. 이유는 이러하다. '가령내밥이사 너희들이두고두고챙길마련이지만 홀로간저자식 밥상제대로받것나 가령 내묻혀먼뒷날에도 내밥상챙길때잊지말고 밥한그릇더얹어다오'. 박태일은 시를 빌려 가령영감과 딸 잃은 아버지의 애틋한 사연을 남긴다. 시 한 줄로 가령영감은 불멸할 수 있을까. 아니다. 그건 보장할 수 없다. 다만 가령영감은 당분간 쉬 사라지지는 않을 것이다. 그 정도면 충분하다. 지상의 삶을 누렸던 가령영감은 이제 글 속에서 또 다른 길고 짧은 삶을 누리게 될 것이다.

시 「앵두의 이름」을 쓸 당시 하동읍 이옥기 할머니는 일흔둘이었다. "시골 할머니들의 투박한 말투는 그대로 시가 될 수 있다"는 게 박태일의 지론인데 이 시에서 할머니의 말은 리듬을 입고 시가 되어 생생하게 살아 있다.

> 이옥기야요 연안 이가 황해도 연백에서 피란 왔지요 여기 와서 기옥이라 올렸지만 호적 이름은 옥기 일흔둘이야요 연백군에서 팔천 명 배 타고 내려올 때 딸 하나 데리고 여수에 내렸지요 내려와서 아들딸 다섯 둔 홀아비와 등 대고 살려고 그런데 꼬박 오 년을 살고 그 사람이 새 여자를 보아 그저 쫓겨났단 얘기지요 시방 이 마을 저 아래 같이 살고 있어 그 이야긴 더 할 건 없고 아까 뭐 물어본 것 그래 업은 남쪽에선 모시지 않아요
>
> -「앵두의 이름」 중에서

이옥기 할머니는 평생 읽어 온 딱지본 소설 『보심록』의 교훈대로 살고자 했다고 한다. '선한 일을 베풀면 꼭 선한 일이 되돌아온다고 이때꺼징 이 책대로만 살려고'. 책대로 살려고 했던 그 할머니의 인

생은 박복했다. 그것을 누가 위로할 것인가. 위로를 입에 올리는 것도 섣부르다. 원체 삐걱거리고 어긋나는 것이 삶이며, 그것이 새콤달콤한 앵두의 사연이라고 입막음할 수밖에 없다.

「니나노 금정산」이라는 시에는 골계의 뼈가 들어 있다. 이 시에는 요산 김정한, 향파 이주홍, 박태일의 은사로 부산대 국문과 교수였던 태야 최동원, 박태일의 동학 김창식이 나온다. 이들은 모두 작고했다.

소설에 평론에 아득한 십년 대학 강사 김창식과 앉아
개고기 뜯다 고개 들면 등신 거튼 놈들
이름 모를 꽃가지 너머로 금정산은 붉은 구름장을 띄우고
어디선가 향파 이주홍 선생까지 넘어와 자지를 꺼내든다

요즘 그 일 잘 되나 태야
요산과 낙산 사이에서.

개고기를 즐겼던 요산은 '제자들이 이름 모를 꽃이라 더듬거리면/ 등신 거튼 놈들 한마디를' 내뱉었단다. 박태일은 김창식과 개고기를 뜯다가 '등신 거튼 놈들'이란 옛 소리가 들리는 듯한데 마침 그 옛 소리와 짝을 이루는 '이름 모를 꽃'이 눈에 들어온다고 너스레를 떠는 것이다. 개고기를 먹으면 남자들이 힘을 좀 쓴다나. '요산과 낙산 사이에서 요즘 그 일 잘 되나'라며 향파가 요산의 호를 비틀어 태야한테 하는 농담이 그 너스레와 어울려 당대 사람들 사이의 정서적 풍경을 그리며 우리를 이리저리 웃긴다. 향파와 박태일

은 경남 합천 동향이라고 했겠다.

의령댁, 당목 할매, 비둘기호 기차간에서 '사람사는일을우째 눈으로만 보능가' 했던 그 사람, 폐왕인 가야 구형왕과 고려 의종, 생비량 근처 집현산 보현사에 몸을 누인 김교수 창식 영가, 수정동 산번지에 살며 넘쳐나는 여름 똥물에 자주 버선 적시던 어머니, 김해 주촌면 내삼 관동댁…… 숱한 삶과 사연들이 그의 시를 빌려 전해지고 있다.

그는 말한다. "사람은 죽는다. 문학은 바로 죽음, 의식의 소멸에 맞서려는 의지이다. 소멸과 맞서기 위한 집짓기 또는 흘러 흘러가는 의식의 우울한 묘비명이 시이다." 그러면 시는 대단한 것인가. 그렇기도 하고 그렇지 않기도 하다. 그가 비유적으로 쓴 구절이다. '팔월 바닷가에서 땀 흘리며 열심히 모래집을 다 만든 아이가 먼 물금을 흡족하게 바라본 뒤, 조용히 그러나 단호하게 그것을 짓밟아 버리고 돌아서듯. 그렇다, 이제 시는 허무에 휘둘리지 않으면서 제 몫의 사랑과 겸손, 신생을 가르쳐 주는 작은 교실.'(『시는 달린다』 54쪽) 결국 우리는 죽을 것이다. 그러나 우리는 그 죽음의 큰 주둥이를 알고서 지켜보고 있다. 그걸 응시하면서 여기서 할 수 있는 일을 할 뿐이다. 나는 그 '작은 교실'에 겸손하게 앉아 그의 시를 읽으면서 이 땅의 우리 삶은 아무것도 아니지 않다는 것, 우리가 살아가는 지상의 이 일은 때론 정말로 깊은 것이라는 점을 소스라치게 실감한다.

5.

사라지는 것을, 쓰이지 않은 것을 쓰겠다는 시적 태도는 여러 가지로 번져 갔다. 지역 문학사 연구자로서 박태일은 쉬 넘보지 못할 많은 일을 했다. 잊힌 이름을 복원한 그의 작업은 잊히지 않을 것이다. 한국과 거창 문학의 우뚝한 '느낌표'였으나 월북해 잊힌 김상훈(1919-1987)을 복원한 『김상훈 시 전집』(2003), '즐겨 지방에 묻혀 전력하는 인민의 시인'으로 불리며 해방 이후 부산 경남 문단을 이끌었던 정진업(1916-1983)을 부활시킨 『정진업 전집(1) 시』(2005), 서부 경남의 토속적 풍토 위에서 시대의 긴장과 맞닥뜨려 강렬한 열정과 섬세한 고뇌를 남긴 허민(1914-1943)을 되찾은 『허민 전집』(2009)은 그의 뱃심을 능히 짐작하고도 남는 성과이다. 그들이 배제와 망각, 허무의 늪으로 밀려나는 것을 그는 건져 올렸다. "그동안 우리 근대문학 연구는 지식을 통제하는 권력의 함구령에 묶여 명망가 중심의 학습과 명성 재생산에만 매몰돼 왔다"는 그의 말이 '우물 안 인습'의 정수리를 서늘하게 겨눈다.

나아가 그는 지역문학사와 관련해 그가 생각하기에 잊혀서는 안 되는 것들에 대한 문제 제기를 했다. 요산 김정한의 희곡 「인가지」 논쟁을 비롯해 유치환, 이원수의 부왜문학(친일문학) 작품과 그 행적을 드러냈다. 물론 그의 문제 제기는 많은 논란을 낳았다. 그는 「이원수의 부왜문학 연구」라는 글의 말미에 이런 말을 썼다. '근대문학에 대한 우리 사회의 추억과 사랑은 더 가혹하게 단련되어야 하리라.'

사라지는 것을 밝혀 쓰겠다는 그의 의지는 우리말로 향하고 있다. 그는 생각의 거푸집인 언어, 특히 '배달말'(우리말)을 각별하게 찾아 쓴다. 어느 자리에서 그에게 "시가 좀 어렵다"고 푸념한 적이 있다. 그는 "내 시는 때론 사전을 찾으면서 읽어야 하는 시"라며 "이런 시도 누군가는 써야 한다"고 했다. 사라지고 희미해지는 어휘를 찾아서 쓰니까 읽는 이는 사전을 뒤적거려야 하는 것이다. 물낯(수면), 아적(아침) 새첩다(맵시 있다) 물밥(물에 말아 귀신에게 던지는 밥) 등 숱하다. 그는 '이곶저곶'을 '이저곶', '이리저리'를 '이저리'라고 쓴다. 사전에 없는 온갖 의성 의태어를 구사하면서 시를 노래로 만드는 그의 감각은 뛰어나다. 그는 한국사 시기 구분도 네나라시대, 나라잃은시대(왜로부역시대), 광복기, 경인전쟁기, 대한민국시대로 쓰고, 경부선도 '서울부산철길'로 고쳐 쓰고 있다. '말에 지면 생각에 지고 생각에 지면 제 몸 제 나라 지킬 힘을 잃는 법이다.'

경남 의령 두실 출신의 '잊힌 한글학자' 고루 이극로(1893-1978)를 노래한 시 「두실」에 우리말에 대한 그의 생각이 고루 깃들어 있다. 그 시 전문이다.

나라 사람 고루 잘살게 하는 일에 온 힘 바치겠노라
고루라 새 이름 붙였던 이극로 나신 두실 가는 길
땅길도 물길도 고루고루 흙먼지 속에 누워 있다
애기마름에 세모고랭이 흐린 물풀 위로 주시경 김두봉
고루 이름을 붙여보아도 고루 밟을 자리가 없다
고루는 고루 세상에 이름을 남기지 못하고 오늘은 내가
고루댁 담장에 서서 탑도 없는 건너 탑골을 바라본다
울산 최현배는 집안이 벌고 김해 이윤재는 그 삶 또한 그득했으나
고루 살아 나오는 길에 기쁜 일 크게 없어
고루고루 눈 내리는 겨울밤 고루는 지나 나라 어디서
흰소머리산이며 소머리강을 생각했을까

배달겨레 배달말이 떳떳하고 마땅하다며 배달노래 지어 불렀던
고루를 만나러 가는 봄도 오월
고루 옛 마을 땅콩잎은 파랗게
닿소리 또 홀소리 낙동강 물소리로 귀를 열고.

고루는 세상에 이름을 고루 남기지 못하였지만 배달겨레에게 배달말은 떳떳하고 마땅하다며 배달노래 지어 불렀던 고루의 생각은 고루 널리 펼쳐져야 한다는 것이다. 낙동강, 황강 물소리가 닿소리 또 홀소리로 흐르고 있음에랴.

제문도 노래이다. 박태일은 한자투성이 제문(祭文)도 한글로 지어야 한다며 본을 보이고 있다. '『배달말제문집』(여지환 펴냄, 진주 제일인쇄소, 1990) 백열일곱 쪽을 받들 기회가 있었기로, 두렵고 기뻐서 앉아 읽고 서서 읽는다.' 전통 리듬이 구수하게 흐르는 우리말로 쓴 박태일의 제문 시 「어린 소녀 왔습니다」와 「박복한 이 아낙은 네 번 절하고」를 읽고서 이를 흉내 내 나도 언젠가 우리말 제문을 지어보리라 마음먹고 있다.

시인 황동규는 박태일 시의 뿌리를 노래라고 했다. '벼포기 벼벼 벼벼 속삭인다'는 절묘한 표현도 있지만 박태일은 삶의 곡절이 리듬으로 묻어나는 우리 전통 말글 양식(노래)을 많이 되살려 쓴다. 우리말 제문도 이와 크게 다르지 않다. 그는 이런 말을 했다. "나는 나 자신이라고 믿고 있는 이 캄캄하고 암담한 혼돈의 밑바닥을 믿을 수 없다. 그런 것들에 질서를 주고 싶다." 그래서 '포갬에 따른 자발적 다다름'인 가락에 기우는 것이다. 이럴 때 쓸데없는 말을, 보태는 것이 아니라 자꾸 덜어내게 된다. 그것이 노래이다. 그래서 노

래는 단단하다. '그 가장 먼 자리에 민요와 같은 상태가 있었다.' 그 민요와 노래, 우리 전통 말글 양식은 생각해 보니 굽이굽이 흐르면서 어릴 때 그에게 삶과 죽음을 가르쳐 주었던 황강에서 온 것이다. 그 노래는 박태일의 시를 넘어 황강이 흐르는 한 끝나지 않을 것이다.

제국익문사로
80년대 뛰어넘는
손도장 찍다

-소설가 강동수

1.

내가 소설가 강동수를 보는 데는 약간의 혼란과 착종이 있다. 그는 기자다. 나도 기자다. 기자와 기자는 가깝고도 멀다. 하지만 그는 기자이면서 소설가다. 내가 그를 만났던 과정은 이 둘을 포개 알아가는 과정이었다. 강동수도 이 둘의 거리를 좁히고 일치시키면서 자신의 글쓰기를 밀고 나왔을 것이다. 이를테면 한때 그는 소설가의 길을 가기 위해 과연 기자 일을 접을 것인가에 대해 심각하게 고민한 적이 있었다.

내가 그를 처음 만난 곳은 부산 양정동의 한 주점이었다. 2000년대 초반, 당시 부산 문단에는 아는 사람들은 아는 양정파가 있었다. 양정파는 양정시장과 양정 네거리 근처의 이러저러한 술집에 자주 모이던 문인들을 두고 하는 말이다. 양정파의 모임은 많게는 십여 명, 적게는 네댓 명 수준이었다. 물론 기자들도 자연스레 끼었다.

당시 양정동에는 허철주, 최영철 시인이 살았는데 종종 그들의 이름을 빌려 양정파의 철주계, 영철계를 칭하면서 비가 오면 비가 오는 대로, 바람이 불면 바람이 부는 대로 삼삼오오 모였다. 양정파의 회합에서는 원고지 위에서 홀로 고투하는 이들이 원고지 밖에서 홀로가 아니라는 것을 확인하면서 정말 숨 쉬며 사는 것처럼 한껏 웃으며 술을 마셨다. 그때 나는 문학 담당 기자였는데 어느 날 상대 신문사의 문화부장인 강동수를 처음 보게 된 것이다. '잇바디'(그가 소설에서 많이 구사하는 단어다)가 하얗게 드러나는 시원한 웃음, 그 잇바디를 입술로 약간 오므릴 때 그의 얼굴에 떠오르는 고졸한 미소, 그리고 서글서글한 눈매가 인상적인 강동수였다.

내가 지면을 통해 익히 알고 있었던 그는 '말'을 거느리고 있었다. 그의 말투는 어눌한 듯하지만 대부분 사안의 정곡을 찌르고, 때로는 사람의 의표를 찌른다. 나서지 않으나 다른 사람들이 필요 이상으로 나서는 것을 두고 보지 않고 바로 제압하기도 한다. 그것을 항간에서는 '기자 정신' 혹은 '기자 성깔'이라고 하는데 여하튼 그는 말로써 은근하게 좌중을 휘어잡는 편이었다. 하지만 이런저런 자리에서 그가 부리는 말은, 그가 지면과 작품을 통해 부린 언어의 우수리에 불과할 정도이다. 그의 말은 방대하다는 말이 맞겠다.

그는 어느 시기부터 신문 지면에 기자와 소설가를 겹친 아주 독특하고 광범위한 글쓰기를 선보였다. 그 둘을 아우르는 어떤 지평인 것도 같았다. 1999년 6개월여 그의 신문에 연재했던 「한국사 시간여행」을 보면서 나는 그가 조선왕조실록을 독하게 공부하고 있구나 하는 것을 느꼈다. 조선시대와 현재의 '사회적 사실'을 서로 매끄럽게 연락 닿게 하는 그 비판적인 글들은 조선왕조실록을 '공부하고 있구나'가 아니라 '공부했구나'로 비로소 설명될 수 있는 것이었다. 그의 해박함에 나는 혀를 내둘렀다.

하지만 그건 약과였다. 그가 2004년 논설위원이 되자마자 시작해 그의 신문에 1년 9개월간 매주 연재한 「강동수의 세사만필」과, 2007년 대선 정국 때 11회에 걸쳐 쓴 「강동수의 그리스로마신화로 푸는 대권 2007」은 비유와 해학으로 동서고금을 현란하게 희롱하는 글이었다. 당시 대통령 선거 후보의 이름을 비튼 '명바기우스', '동영아폴론', '회창세우스' 등의 조어력은 머리를 띵하게 할 정도였고 오늘과 옛날, 대양의 동서를 휜칠하게 넘나드는 그 글의 골과 마루는 휘황찬란하였다. 그가 저장하고 있는 말이 이렇게 방대하다는 말인가. 나는 숨이 막혔다. 양정파의 회합에서는 "강동수의 해박한 글을 보고 신문 독자들은 대개 그가 환갑을 넘은 줄 안대. 흐흐. 40대 기자라는 걸 알고는 기겁을 한다나"라는 말이 오갔다. 그 무렵 나는 어느 술집에서 마주 앉은 한 소설가에게서 "강동수처럼 글을 쓸 수 있겠느냐"는 말을 들은 적이 있다. 그 말을 일침과 비아냥거림, 그 어름쯤으로 받아들인 나는 그날 술이 크게 취했다.

강동수는 「세사만필」을 셰익스피어 『맥베스』의 일절로 마무리했다. '인생이란 걸어가는 그림자. 자기가 맡은 시간에 장한 듯이 무대 위에서 떠들지만 그때가 지나면 잊히는 가련한 배우일 뿐, 인생이란 바보가 지껄이는 이야기, 소음과 광포함으로 가득하지만 아무것도 의미 없는 이야기.'(『가납사니의 따따부따』 374쪽) 그 말은 이 세상과 당대의 주연배우임을 자임하는 권력자와 엘리트들에게 던지는 일침이었다. 그들에게 항상 성찰하면서 겸손하라는 말이었다. 그러나 그것을 훨씬 뛰어넘는 일구이니 그 말의 허한 의미를 허하지 않게 제대로 새기는 것은 누구나 지난할 터이다.

2.

내가 강동수라는 이름을 처음 들은 것은 1990년대 중반께였다. 소설가로 등단한 기자가 있다는 것을 풍문으로 들었다. 그러다가 출판 기자를 하던 1997년 그의 첫 소설집 『몽유 시인을 위한 변명』의 출간을 접했다. 물론 그를 직접 만나보기 전이었다.

등단작인 그 표제작은 부산의 한 기인 시인과 자신의 일화를 버무려 쓴 것이다. 그 작품에는 '뜨거운' 장면이 있다. 과거의 아픔을 묻은 채 위악적으로 사는 몽유 시인이 능멸을 당하다가 '자신의 손을 한창 고기가 지글지글 타고 있는 불판 위에 갖다 눌렀다'는 충격적 장면이다. 이 장면은 시와 문학을 빌려 헛된 이름이나 탐하는 이들을 대신해 손바닥에 스스로 단죄와 속죄의 화인을 찍는 무서운 장면으로 읽힌다. 몽유 시인은 불판 위에 눌렀던 '그 손을 사람들의 얼굴 앞에 흔들어댔다. 그의 손은 시커멓게 그을려 있었고 군데군데 껍질이 떨어져나가 벌건 속살이 드러났다.' 그는 자신을 '사람이 아니고 개나 똑같은 놈'이라고 모멸한 이들에게 그 모멸을 돌려준다. "이 자식들아, 어디 이걸 먹어봐! 잘난 네놈들이 이 개고기를 한번 먹어보란 말야!" 몽유 시인은 개처럼 컹컹 짖으며 운명과 불화하는 '개 같은 세상'(?)을 한바탕 꿈을 꾸며 통과하는 것이다. 소설 속에서 그 몽유 시인은 예정된 운명처럼 쓸쓸하고 허망하게 동사한다. '나는 항상 그곳으로 달려가는 꿈을 꾸지. 그런데 내게는 길이 없다네.' 이뤄질 수 없는 그 꿈이 절명한 것이다.

그것은 삶의 한 장을 접는 것을 의미한다. 하지만 꿈의 종말이

아니라 다른 꿈의 시작이다. 강동수는 '뜨거운 연대'인 1980년 대학에 입학해 운동권 학생이 되었다. 대학 4학년 때 도서관 난관에 올라가 시위 주동을 하다가 잡혀 제적을 당했고 감옥살이를 했다. 이후 공장에서 잠시 일하기도 하다가 우여곡절 끝에 복학해 대학을 졸업했다. 이를테면 그는 시대를 고민한 80년대의 뜨거운 아들이었다.

두 권의 소설집에 실린 각 작품에는 시대와 맞선 당시의 경험들이 이러저러하게 나온다. 고교 3년 때 벌써 부마민주항쟁 시위를 아슬아슬하게 경험했고(「청라언덕 흰 나리」), 험악했던 1980년 5월 대학 기숙사에서는 진압 군인에게서 대검으로 위협당하며 공포와 수치를 쓰라리게 체험했고(「태풍」), 한창 학생운동을 하던 시절에 수배망을 피해 '도바리'를 놓았고 그 후 감옥살이를 했다는 것(「금발의 제니」) 등이 들어 있다.

그러나 단편 「은전과 칼날」은 다른 측면에서 문제적이다. 학생운동을 하던 시절, 프락치를 풀어줬다가 어처구니없게도 '무고한 소년을 무차별 감금 폭행했다'는 올가미에 되레 쓰여 체포되는데 구타와 고문을 못 이겨 동지와 친구의 소재지를 불어버리는 뼈아픈 배신의 추억이 나온다. 이 일이 뭉뚱그려 '9년 전 그 치욕스런 사건'으로 칭해져 있다.

> 스물네 살 젊은 시절 일어난 그 사건은 또 무엇이었을까. 어리석었다는 죄, 헛된 감상에 빠졌다는 죄, 그리고 비겁했다는 죄…… 그 죄가 그리도 컸단 말인가. 마치 유다처럼 친구를, 젊은 한 시절을 팔아넘기고 얻은 은전 서른 냥으로 산 평화로운 일상은 따지고 보면

칼날 위의 광대 춤이었단 말인가.

그 이후 「은전과 칼날」의 주인공 '그'에게 '남아 있는 것은 더듬이를 잃어버린 풍뎅이와 같은 일상뿐이었다.' 시대와 동지들로부터 내팽개쳐진 모습이랄까. 이게 「몽유 시인을 위한 변명」에서는, 화자가 느끼는 '세상이 모두 돌아앉은 듯한 무력감', '내가 끼어들 곳은 아무 데도 없다는 감당할 수 없는 모멸감'으로 표현돼 있다. 몽유 시인이 누구였던가. 그는 '짧은 삶에 점철된 좌절과 분노, 고독, 그리고 구겨지고 찢어진 영혼과 육신'을 지탱했던 이다. 좌절과 분노, 고독, 구겨짐과 찢어짐은 그 누구도 피할 수 없는 삶의 몫이다. 몽유 시인의 죽음과 더불어 화자와 작가는 죽음과도 같았던 그 시절의 기억을 떠나보내며 이제 무력감과 모멸감을 넘어서야 한다고 마음먹는 것이다. '내가 이 도시를 떠날 때가 왔다는 생각을 했다.' 그것은 새 출발을 말한다.

나는 강동수의 「몽유 시인을 위한 변명」이 새로운 연대를 기약하는 강동수의 작가적 출사표라는 생각이 불현듯 들었다. 불 위에 손바닥으로 화인을 찍는다는 것은 그만큼 큰 마음의 상처를 말하는 것이고, 이제 삶의 새로운 장에 분명한 손바닥을 찍겠다는 자기 독백 혹은 자기 다짐인 것이다. 그렇게 그는 한 시대, 그의 시대를 통과할 수 있었던 것은 아닐까.

3.

2010년에 두 권으로 출간한 첫 장편 『제국익문사』는 강동수의 노작이다. 작가로서 분명한 '손바닥'을 찍은 작품이다. 이 장편에서 강동수는 학생운동에 몸담으면서 내면화한 시대 의식으로 조선 개화기와 만났다. 아니 대결했다.

> 19세기 말, 20세기 초 세계를 휩쓴 제국주의의 물결 앞에서 허무하게 무너진 우리의 아픈 역사를 객관적으로 들여다보려는 노력이 필요하다고 믿었기 때문이다. 당대 개화당과 수구당의 세계관적 대립, 외세의 한반도 침투 과정, 그리고 정변으로 점철된 정치적 혼란을 소설이란 형식으로 정리해보고 싶은 욕심이 컸다.(작가의 말 중에서)

아, 이 욕심은 크고도 큰 것이다. 그는 이 소설을 통해 좌절한 개화기 조선이라는 어마어마한 덩치의 괴물과 한판 싸움을 펼친다. 이렇게 큰 틀을 지닌 작품은 부산 소설에서 드물다. 조선 개화기는 혁명과 반혁명, 공화정과 왕정, 수구 쇄국과 개화 등 온갖 세계관과 정치적 입장이, 민주화의 격변기였던 한국의 1980년대 상황만큼 복잡하게 건곤일척의 쟁투를 벌인 민감한 문제적 시기였다. 생각하기에, 똑같이 혁명을 말했던 두 시대를 놓고 작가는 한 시대를 내파하면서 다른 시대를 넘어설 수 있는 근거를 마련하고자 했던 게 아닌가 싶다.

『제국익문사』의 씨앗은 일찍이 보인다. 1997년 출간한 첫 소설집에 실린 단편 8편 중 하나인 「탈」에 노출돼 있다. 여기에 '민비를 암살한 한 암살범의 내면을 다루려고 하는 이 장편 역사소설은 삼 년이 넘은 지금에도 여전히 초입에서 서성거리고 있을 뿐'이라는 언급이 있다. 그것이 십수 년 후 『제국익문사』로 태어난 것이다. 그는 다른 자리에서 3년간 이 장편을 썼다고 명시적으로 말한 적은 있다. 그러나 길게 보자면 『제국익문사』는 15년에 가까운 발효 숙성 기간을 거친 작품인 셈이다. 그를 그토록 오랫동안 사로잡았던 문제의식은 뭘까.

그것은 우범선이라는 간단하지 않은 코드이다.

일본을 거들어 명성황후를 시해한 우범선은 세계적 육종학자인 우장춘의 아버지이다. 아버지는 국모를 죽인 친일 매국노이고, 아들은 고국에 헌신한 대단한 애국자이다. 아버지와 아들, 매국과 애국 사이의 이 널따란 간극과 괴리는 과연 무엇인가. 우장춘은 어린 시절, 일본인 어머니에게서 "너는 조선 혁명가의 아들"이라는 소리를 듣고 자랐다. 똑같은 인물에 '혁명가 아버지'와, '국모를 시해한 친일 국사범'의 전혀 다른 이미지가 착종돼 있는 것은 도대체 무슨 영문일까. 그야말로 우범선에게는 온갖 코드가 다 들어 있다. 더욱이 이 소설에서 우범선은 개화를 육화하고 있는 인물로 나온다. '우범선의 변명'을 들어보지 않을 수 없다.

> 국적이 되는 운명을 벗어날 수 없다면, 그리하여 마침내 그 천추의 오명을 자청한 바라면 대적이 되어야 할 것이었다. 왕비의 길과 나의 길이 달랐다는 것. 그것은 왕비의 잘못도, 나의 죄도 아니었다. 왕비의 길과 나의 길이 달랐다는 것은 우연이기도 하고 운명이기도 했다. 하지만 두 운명이 날카롭게 부딪칠 때는 서로가 다른 쪽의 운명을 쳐내야 하는 것이다.(2권 29쪽)

우연과 운명이 첨예하게 부딪치는 그 너머를 향해 알 수 없는 또 다른 운명을 밀고 나아갈 수밖에 없는 것. 결국 우범선은 단순한 국모 시해범이 아니라는 말이다. 이게 역사와 삶의 심층이다. 어느 인터뷰에서 강동수는 "우범선을 통해 애국에서 출발했으나 결과적으로는 매국에 귀착해 버린 당대 지식인들의 비극적 운명을 그리고 싶었다."고 말했다. 그리고 그것은 지금 여기의 문제라고 했다.

이것이 강동수의 가장 민감한 문제의식 같다. 나는 그에게서 『제국익문사』와 관련해서 직접 들은 얘기는 전혀 없다. 다만 '지식인들의 비극적 운명'에 시대를 통과하면서 교란되었던, 예컨대 '9년 전 그 치욕스런 사건' 같은 강동수 자신의 구체적 문제가 들어 있지 않을까 하고 짐작해 보는 것이다. 빛이 공기를 통과하더라도 굴절되기 마련이다. 하물며 시대를 통과하는 사람의 삶과 생각을 말해서 무엇하랴. 굴절된 삶과 생각에 복잡다단한 우리 삶의 진수가 있다. 삶은 좌절과 치욕으로 점철돼 있다. 그것을 견뎌내는 과정이다. 조선의 개화기, 명성황후와 우범선, 그리고 지금 여기 너와 나가 다 그러할 것이다. 「몽유 시인을 위한 변명」과 '우범선을 위한 변명'은 결국 치욕을 새기고 견디는 우리 삶을 옹호하고 위로하는 것은 아닐는지.

치욕의 그 삶이 결국 실패할 수도 있을 것이다. 실패가 운명이라면 실패해도 상관없다. 하지만 실패를 통해서라도 그 운명은 드러날 것이다. 소설에서는 모두 다 실패하고 죽는다. 후반부에서 제국익문사의 장동화가 총에 맞아 죽어가는 우범선에게 말한다.

> "자넨…… 생각을 잘못했어. 자네의 길은 옳은 길이 아니었어. 일찍이 고균(김옥균)의 뜻은 장했으나 갑신년의 거사가 오히려 나라

의 화를 자초했던 것처럼 자네의 길은…… 조선의 망국을 앞당기는 길일 뿐이었네. 자네는…… 그렇다면 내가 가는 길이 과연 조선의 국체를 보존할 수 있겠느냐고 반문할 테지. 그건 나도 모르겠네. 자네가 실패했던 것처럼…… 아마…… 나도 실패하겠지. 하지만…… 자네는 최악의 길을 선택했네. 자네는…… 자네의 죄를…… 스스로 짊어지고 가야 하네."(2권 280쪽)

"나도 실패하겠지." 장동화도 그의 운명을 알고 있었다. '개화의 길'을 상징하는 우범선이 실패하여 죽는 것처럼 '근황(勤皇)의 길'을 상징하는 장동화 또한 총에 맞아 죽는다. 지난날 갑신정변에 함께 가담했던 친구 사이인 둘은 어느 시기부터 상반된 길을 걷게 됐고, 결국 개화기 조선의 국운처럼 나란히 죽었던 것이다. 그것이 찢어진 시대를 사는 인간의 운명이다.

4.

『제국익문사』는 다양하고 복잡한 켜와 층을 지닌 작품이다. 강동수의 문제의식이 익어 소설에서는 다양한 것들이 제 살림을 넉넉하게 살고 있다. 당대 한국과 일본, 중국의 풍속과 문화를 복원한 작가의 공부 양은 엄청나다. 잡스러운 그것들, 아 그게 이 소설의 진정한 과육이자 속살이다. 일본에 망명해 있던 우범선과 박영효가 일본 사회주의자들과 신흥종교 집단, 그리고 조선의 구 개화당과 지방 반란 세력 등과 연계해 공화주의 혁명을 도모하고 있다는 음모의 설정은 거대하다. 이런 설정은 작가가 그 시대를 꿰어 한 손에 거머쥐고 있다는 소리다. 그는 글을 쓰면서 분명 그 시대 속에 살았을 것이다.

강동수가 제국익문사를 가져온 것은 절묘하다. 제국익문사는 1902년에 만들어진 대한제국 고종 황제의 직속 비밀 정보기관으로, 그런 게 있었나 싶을 정도로 상당한 호기심을 자극하는 전혀 새로운 소재이다. 그의 작품 출간으로 제국익문사가 비로소 대중적으로 알려지게 됐는데 거기서 우리는 소설의 힘을 전망한다. 첩보기관 얘기이니까 장편 『제국익문사』는 추리 기법을 활용한 첩보 활극의 양상을 띤다. 은자 백만 냥을 둘러싼 제물포 총기 살인 사건이 매개가 된다. 1905년 시점에서 1903년에 죽은 우범선도 살려내고 사실과 허구를 결합한 팩션 형태를 취하는데 팩션은 부산 소설에서 첫 시도라 할 수 있다. 나는 이 소설을 읽으면서 '영화'를 느꼈다. 후반부 상하이 오송항의 한 하역 창고에 주요 등장인물들이 총출동해 대규모 총싸움을 벌이면서 죽고 죽이는 장면은 영판 영화다. 작가가 영화를 염두에 두고서 쓴 장면 같다. 아무튼 이런 구성은 엄중한 주제의 무거움을 가볍게 덜어내고 있는 듯하다.

장편 『제국익문사』가 내고 있는 출구는 무엇인가. 개화의 길과 근황의 길은 실패했고, 그 이후 다양한 길이 펼쳐져 있다. 개화에 좌절한 뒤 일제에 협력하는 박영효의 길도 있고, 다른 외세에 또 한 번 국운을 걸어보려는 '비상한' 근황의 길이 있고, 만주와 연해주에서 총칼을 들고 싸우는 무장독립투쟁의 길이 있다.

> 그래. 무엇이 잘못됐는지는 이제부터 알아봐야 하겠지. 해삼위든, 북간도든 10년, 20년 차가운 눈바람을 맞아보면 알게 되겠지. 그래, 나는 이제부터 그걸 알아봐야겠어.(2권 317쪽)

그렇게 결심한 소설 주인공 이인경은 1913년 중국 대련의 한 반점에서 이토와 더불어 일본 근대의 토대를 놓은 오쿠마를 저격한다. 그는 무장투쟁의 길을 택한 것이다. 그도 실패한다. 공개재판도 받지 못하고 이듬해 사형을 당하게 된다. 실패하고 좌절한 길, 죽음의 길, 그 이후에 또 다른 길이 있기는 한 걸까. 소설의 마지막 부분에서 열 살짜리 아이와 엄마가 대화를 나누고 있다. 그 아이는 무장투쟁을 하다가 사형 당한 이인경의 아이다.

"근데 우리 아빠는 어떤 사람이야?"

"또 묻는다. 엄마가 아빠는 훌륭하신 분이라고 했잖니? 아빠는 조선의 혁명가란다. 지금 어디선가 조선의 독립을 위해 열심히 일하고 계실 거야."

"혁명가란 게 뭐야?"

"응, 혁명가란 말야, 세상을 더 살기 좋도록 바꾸는 사람들이지."

"그럼 좋은 사람이구나."

"그러엄!"

"근데 나는 혁명가보다는 꽃 키우는 걸 공부하는 사람이 될래."

"그래. 우리 아들은 공부도 잘하고 꽃도 좋아하니까 나중에 훌륭한 농학자나 식물학자가 될 거야."(2권 329쪽)

많은 길이 모두 실패한 뒤 새로운 희망의 길은 무엇인가. 아이에게서 희망을 내다본다. 그것이 우장춘의 길이다. 우장춘의 길은 시대와 삶의 치욕을 견뎌내고 있는 너와 나, 우리 모두가 끊임없이 걸어 나아가야 할 그 길이다. 내일을 향한 우리의 그 길이다.

5.

강동수는 다양한 작품을 썼고, 쓰고 있다. 첫 소설집 『몽유 시인을 위한 변명』의 작품들은 낭만주의 세계관을 토대로 문체 실험이 도드라지고 강동수를 이뤘던 성장사를 여기저기 담고 있다. 나는 단편 「그 여름, 유리의 성에서」를 이 소설집에서 가장 아름다운 문체의 작품으로 읽었다. 시인의 꿈을 지닌 아파트 모델 하우스 야간 경비원이 유명 시를 흘레붙이는 시에 대한 복수를 한다는 내용이 나온다. 그 경비원은 죽은 바보 거지 계집애가 자신의 빈곤한 영상을 비추는 거울이었다는 것을 깨닫고 언덕에 서서 자신의 시작 노트를 한 장씩 찢어 바람에 날린다. 말들을 가두고 있던 그 종잇장들이 바닷바람을 타고 만장처럼 눈부시게 비상한다는 마지막 장면은 눈부시다. 과거를 날려 보내고 새로운 출발을 한다는 이 모티브는 「몽유 시인을 위한 변명」의 그것과 어느 정도 겹쳐 있다.

인간의 외로움이 어떤 행동을 하게 한다는 것도 첫 소설집의 주요 모티브다. '그렇다. 녀석은 외로웠던 것이다. 외로워서 자신을 구박했던 의부와 함께 살았고, 외로워서 포르노 장사를 했으며, 외로워서 가발을 쓰고 카페에서 노래를 불렀고, 그리고 외로워서 10층 옥상에서 떨어져 죽었던 것이었다.'(「청라언덕 흰 나리」)

강동수는 문체에 공을 들인 첫 소설집(1997)과 달리 장편 『제국익문사』(2010)와 두 번째 소설집 『금발의 제니』(2011)에 와서는 주제나 줄거리가 선명한 쪽으로 기울고 있다. 그는 분명 바뀌었다. 10여 년을 헤아리는 그 사이에 만약 공백이 있었다면 그 공백을 그는 그렇게 건넜던 것 같다. 물론 그 공백에서 그는 기자적 글쓰기와 작가적 글쓰기를 통합시키기 위해 애썼을 것인데 그 결과가 아닌가 싶기도 하다. 아니 난마처럼 얽힌 숱한 얘기를 굵직한 서사로 풀어낸 『제국익문사』를 쓰면서 문체를 살린 문장보다는 '정확하고 간결한 문장' 쪽으로 경사한 것이 아닌가 싶기도 하다.

『금발의 제니』에 실린 단편 「수도원 부근」은 간결한 문장으로 쓰인 여운이 긴 작품이다. '아름다운 것은 멀리 있다'는 칸트의 일구가 수면 위에서 노는 윤슬처럼 아스라하게 빛난다. 어릴 적 친구 세 명 사이에 그려진 마음의 삼각 구도에 대한 회상과, 수도원 근처에 재벌 기업의 대규모 레저타운 건설을 반대하는 수도사들의 싸움이 나오는데 칸트의 일구처럼 빛나는 구절이 있다. 나는 그 구절에 감전되었다.

'아마 안드레아는 승리하지 못할 것이다.'

재벌에 맞선 수도사들의 싸움이 패배할 거라는 말이다. 이게 뭔가. '섭리가 있을 것이라 믿을 수밖에 없을 터였다.' 실패하는 것이 섭리라는 말인가. 아니다. 섭리는 승리와 실패, 그 어느 편도 아니다. 그 모두에 깃들어 있다. 실패와 승리가 일어나는 현실에서 섭리는 단순한 공식처럼 드러나지 않는다. 그렇다면 뭔가. 잡힐 듯 잡히지 않는 섭리, 그 간극을 메우는 것은 현실의 실패와 승리가 아니라 뚜벅뚜벅 걸어 나아가야 할 우리의 삶이다. 꺼지지 않는 신앙심이라고 해도 무방하다. 칸트가 말하지 않았는가. '아름다운 것은 멀리 있다.' 섭리도 그렇게 멀리 있을 것이다. 삶은 멀리 있는 아름다움과 섭리를 추억하고 내다보면서 견뎌가는 것이다. 그때 섭리가 어느새 코앞에 와 있을 수도 있을 것이다. 나로서는 견디면서 밀고 나아가는 그 자체가 섭리가 아닐까 싶다. 거기서 삶의 아름다움이 완성될 터이다. '하고 보면, 인생이란 우연과도 같은 것. 아니면 농담과도 같은 것.'(「창조문학회 일본 방문기」) 우연과 농담과 같은 것을 견뎌내야 하는 것이 삶이다. 우리가 지치지 않고 방대한 말을 부리는 이유는 그 때문이다. 이것이 정한 이치이자 섭리이다. '아마 안드레아는 승리하지 못할 것이다.' 승리하지 못해도 좋다. 우리의 삶은 승리, 실패를 넘어선 곳을 향하여 이어지고 있는 것이다. 이것이 우리의 엄숙한 삶이다.

단편 「금발의 제니」에 재미있는 대목이 있다. 친구 둘이 삼십 년 만에 옛 학교를 찾았다. 학교를 둘러보는데 교실 안에 삼십 년 전의 친구와 내가 나란히 앉아 있는 것이다. 이게 무슨 영문인가. 다음 물음을 던지기 위해서이고 그 물음이 오래도록 우리들을 채근할 것이다. 옛 아이가 이렇게 당신에게 묻는다.

"오랜만이야. 그동안 뭘 하고 살았니?"

3부

빛나고 가파른 정신과 언어의 환희

눈 시린 감성과 문장들, 야수를 찾아서

-소설가 정태규

1.

귀신이 있기는 있는 모양이다. 소설가 정태규의 두 번째 소설집 『길 위에서』를 읽다가 뭔가 당겨서 페이스북에 들어갔는데 첫 화면에 금방 읽던 소설집의 표지 사진이 떡하니 떠 있는 것이다. 누가 '이쪽'과 '저쪽'을 미리 알고 있었는지 적이 놀라지 않을 수 없었다. 이걸 인간의 모자라는 언어로는 '우연'이라 하는데 억지 우격다짐으로 '우연'이라는 단어에 쑤셔 넣어 잘려나갈 저 많은 감(感)들을 어찌할 것인가. '부족하다'는 신음을 터트리는 그 순간, 그래서 귀신이 있다질 않는가라고 저쪽의 소리가 음음하게 들리는 것이다. 작가는 이 널려 있는 우연들을 연결 짓고 맥이 닿게 하는 필연 혹은 개연성의 다리를 놓는 자들이 아니겠는가, 하여 작가에게는 귀기 같은 것이 있어야 하지 않겠는가라는 생각이 드는 것이다. 그래, 나는 정태규를 떠올릴 때 그의 귀기 어린 모습을 맨 처음으로 기억한다.

온 천지가 비릿한 밤꽃 냄새에 알알하게 홀려 있던 그해 6월, 부산작가회의(당시 회장 조갑상)와 부산소설가협회(당시 회장 김성종)가 공동으로 1박 2일간 지리산 문학기행을 경남 하동 쌍계사 계곡으로 갔다. 그때 참여한 30여 명 대부분은 단체 버스를 타고 갔는데 차창 밖으로 스치는 푸른 풍경이 어찌나 좋던지 이내 버스 안에서는 일회용 컵의 술잔이 돌기 시작했다. 콩 심은 데 콩 난다는 이치대로 곧이어 오줌통이 차게 된 이들은 '제발 버스 좀 세워 달라'고 애원했다. 국도변에 겨우 버스를 대자 남정네들은 밤꽃 냄새가 가득한 들판의 애꿎은 공중을 향해 오줌 포를 쏘아 올렸다. 그렇게 우리가 쌍계사 계곡으로 홍청망청 흥겹게 스며들었을 때 정태규는 일군의 제자를 거느리고 검은 선글라스를 쓴 채 주인공처럼 뒤에 나타났다. 아, 저 겉멋. 그러나 검은 선글라스 너머의 눈동자와 그가 씩 하고 웃을 때 드러난 이에서 날카로운 빛이 째—앵 하는 소리를 내기까지 하면서 발산하였다.

그날 공식 행사와 뒤풀이 뒤, 밤 12시가 훨씬 넘었을 즈음 그와 그의 제자들은 근처 모텔의 지하 노래방으로 향했다. 나는 순전히 정태규 때문에 따라갔다. 그 노래방에서 나는 사람을 온통 사로잡아버리는 그의 무섭고 생생한 에너지와 카리스마, 광기에 매우 놀랐다. 정태규는 의자 위는 물론이고 탁자 위를 종횡무진하면서 루비콘 강을 건너는 황제 카이사르처럼 군사들이여, 앞으로 전진하라고 외치면서 열창했고 흥을 돋우었다. 예닐곱 명은 그가 내뿜는 귀기에 꼼짝없이 사로잡혀 문자 그대로 쉼 없이 열정적으로 놀았다. 아, 우리는 정말 미친 듯이 놀았다. 노래방을 나오니 새하얀 날

소설가
정태규

이 밝아오고 있었다. 광란의 그 하룻밤이 단꿈 같았다. 검은 나뭇가지 사이로 보이던 그 하얗고 푸르스름한, 신선하고 서늘한 새벽이 선명하게 기억난다. 나는 날밤을 하얗게 샜던 그날 귀기 어린 야수, 은빛 늑대 한 마리를 보았던 것이다. 정태규가 한 산문에 쓴 것처럼 '머리로서가 아니라 온몸으로 우리 인생의 기미를 알아채려는 원시적 감수성으로 충만한 늑대 한 마리'(산문집 『꿈을 굽다』 30쪽) 말이다. '저 창백한 이성과 관념의 숲에서 우리가 잃어버린 은빛 늑대 한 마리를.'

2.

서늘했던 그날 새벽의 기운처럼 정태규의 소설 문장은 참으로 서늘하다. 문장을 그 극한의 지경까지 밀고 나갔던 그의 고통스런 울부짖음과 빛나는 희열을 느낄 때 나는 그의 소설 문장들을 두고 '이건 시'라고 딴소리를 해댄다. 절정의 문장들이 느낌의 살점을 날카롭게 발라내며 오르가슴으로 농락할 때 미세한 전율이 싹 스치는 것이다. 이것들이 도대체 어디에서 왔는지 나는 넋을 놓다가 '소설은 좋은 문장, 이것 하나만으로도 충분하다'는 은밀한 지론이 튀어나오기도 한다.

> 천씨는 성한 한 손으로 도끼를 치켜든 채 약간 지루하다 싶으리만치, 본능적인 공포로 뒤룩이는 돼지의 눈을 오래 노려보는 묘한 버릇이 있었다. (중략) 그때의 천씨의 눈에서는 차갑게 타오르는 불꽃 같은, 어린 영혼의 요량으로는 쉽게 이름 붙일 수 없는 써늘하고 안타깝고 거의 감동에 가까운 어떤 기운이 뿜어져 나오고 있었다.

(중략) 기합소리와 함께 한 번 꿈틀했는가 하면 그의 도끼머리는 이미 돼지의 정수리 한복판에 깊숙이 박혀 있었다.(단편 「유형의 섬」 중에서)

우리의 정수리 한복판에 깊숙이 박히는 그의 문장들은 우리를 꿈꾸게 하기에 충분하다. 이곳의 우리 삶이 힘들지라도, 생의 어떤 큰 비밀을 움켜쥔 듯 삶은 살 만하고 아름답다는 희한한 착각까지 하게 하는 것이다.

나는 여기서 역설을 느낀다. 그날의 '미친 카이사르'의 광기는 어디 가고 어떻게 이런 아름다운 문장들만 남았단 말인가. 광기의 극점이 아름다움이란 말인가. 좀체 이 간극을 메울 수가 없다. 그가 나에게 어떤 힌트라도 주었다면 좋으련만 역시나 그는 소설이 어떻고 하는 말을 나에게 한 적이 거의 없다. 루카치의 소설 이론, 레제와 루오의 그림, 별과 우주의 탄생과 신비, 인류의 사회경제사, 광주 민주화 투쟁과 월남전이 이러저러하다느니, 또 경주 계림의 몇 백 살 먹은 고목에서 '사르트르의 구토'를 느꼈다느니 따위의 말을 일체 한 적이 없다. 하지만 그것들은 소설 속에 삶의 우화로 절묘하게 짜여, 잘 익어 벌어진 석류의 씨앗처럼 터질 듯 알알이 담겨 있다.

그는 작가가 글을 쓰면 그뿐이지 말로 구구하게 사족을 달 필요가 뭐 있냐는 투다. 그게 나는 아쉽고 괘씸하다. 아, 그와 함께했던 많은 술자리……, 자리가 흥으로 격해질 때면 그가 크게 내 이름을 부르던 소리가 귀에 쟁쟁하다. 서면 골목 안의 그 술집에서도 그는 바로 내 앞에 앉아 있었는데 왜 그렇게 크게 불러댔는지 모르겠다.

나는 어쩔 수 없이 그가 후광처럼 거느리고 있는 깊은 침묵을 느낀다. 그래, 정말 어쩔 수 없이 그가 나에게 소설에 대해서 한 말이 있기는 하다. 2001년 여름 그와 나는 취재를 일삼아 해거름의 산록에 숨어 있던 금정산성의 서문을 서성거렸다. 당시 근처 만덕동에 살았던 그는 서문에 자주 간다고 했다. 그때 그는 "소설은 온갖 것들을 다 집어넣을 수 있는 아주 잡스러운 것이며 나는 소설을 전적으로 신뢰하고 있다"는 평범한(?) 말을 했다. 그가 말하는 '소설'에 '인간'이 겹친다고 나는 그럴듯하게 생각했다. 그렇다면 그가 전적으로 신뢰한다는 이 인간이란 도대체 무엇이란 말인가. 아, 이 문제는 골치 아픈 것이다. 생을 다 걸더라도, 알 것 같으면서도 영 모를 수 있고, 모를 것 같으나 알 수 있는 것이 이 인간이다.

"그래, 태규 형 도대체 인간이란 뭐요?"

이런 질문에 그는 아마도 "쓸데없이 지껄이지 마라"라고 말할 것 같다. "시끄럽다. 조용히 해라"며 그는 한 산문에서 이렇게 쓴 적이 있다.

> 골짜기에 고여 있는 어둠의 깊이를 재어보고 있다. 그러노라면 어쩔 수 없이 외로움이 오딧물처럼 가슴으로 스며든다. (중략) 이렇게 외로움이 쌓이다 보면 내일이라도 작품을 쓰게 될 수 있을까. 그러나, 지금 내가 느끼는 외로움은 가짜다. (중략) 그런 외로움에 기대어 써낸 작품도 가짜이기 십상일 것이다. 진정한 소설쓰기에 필요한 것은 진정한 외로움이다. 저 세상의 부조리와, 우리 인생의 부조리와, 저 우주의 부조리에 당당하게 홀로 대면하고 선 자의 외로움, 그런 외로움이 진정한 소설을 낳는 것일 게다.(산문집 『꿈을 굽다』 21-22쪽)

나는 이 문장들을 읽다가 내 속의 가짜 외로움과 가식 때문에 한 이틀간 멍해졌다. 조금은 나아진 뒤 그 멍해진 것도 실은 가짜 감상이라는 걸 또다시 느끼고야 말았는데 어쨌든 속물을 괴롭히는 이 지독한 문장들을 어찌할 것인가. 생각건대 그가 얼비추고 있는 것은 '말하는 척'이 아니라 '진정 사는 것'으로 인간과 세계에 대한 질문과 제각각의 답에 이를 수 있다는 것이다. 그러니 그것이 무엇이란 말인가. 다시 묻는다. 인간이란 무엇인가.

3.

정태규는 인간에 대해서 끊임없이 회의한다. 그가 보기에 우리가 짊어진 회의의 짐은 무겁고, 그걸 이겨내는 우리의 힘은 미약하다. 인간이란 그런 존재이다. 팔 할의 바람이 우리를 키웠다고? 아니 팔 할을 넘어서는 회의가 우리 삶을 짓누르고 있을지 모른다. 그는 '인간의 늪'을 말한다. 인간의 늪은 '인간의 이성과 선의와 화목의 또 다른 밑바닥에 끈적이며 고여 있'다. 그것은 언제나 늪처럼 고여 끈적이다가 스스로 제어하기 힘든 격류처럼 용솟음쳐 올라 우리를 집어삼키는 원죄이자 파괴적인 욕정의 검은 피다.

예컨대 전쟁 때 받은 훈장이라는 쇳조각은 뭔가. 대규모 살인의 범죄 행위에 얼마나 광분했느냐 하는 것을 보여주는 표식에 불과하다. '죄의 표식. 그것은 최초의 늪에서 나왔다. 인간의 늪에서…. 덧난 상처 같은 늪.'(단편 「인간의 늪」 중에서) 주인공의 부대는 베트남 전쟁 때 어느 마을에서 총격전을 벌인 후 '인간의 검은 늪'에 빠져 한 처녀를 집단 겁탈한다. 그 처녀는 "죽일 테야"라고 악귀처럼 울부짖으며 결사코 반항하다가는 어느 순간 히쭉 웃으며 늪 속으로 걸어 들어가 사라져 버렸다. 부대원들은 그걸 비밀로 부치고 모두들 훈장을 탔다. '적은 바로 어두운 저 늪과 같이 자신 속에 숨어 있었다. 자신 속에 숨어서 또 다른 전쟁을 기다리고 있었다.' 그것이 인간의 늪이다. 다만 희망이 있다면 그 처녀의 광기 어린 과거의 외침을 떨쳐버리지 못하는 주인공이 '늪에서 나온 것은 늪으로'라며 집 주변의 늪 속에 훈장을 던져 버렸다는 데 있다. 아, 그러나 그것은 참으로 보잘것없는 대안이고 미약한 상징이다. 인간이 붙잡을 수 있는 것은 고작 이 정도이다.

어린 딸을 유괴범에 의해 잃은 한 남자는 밤하늘의 별자리를 탐한다. '별자리는 별들의 질서가 아니라 인간 마음의 질서라 할 수 있지요. 그건 또한 고래로부터 밤하늘을 바라보는 인간들의 쓸쓸함의 표현이오. 이 무한광대한 우주에 인간만이 버려져 있다는 쓸쓸함을 달래기 위해서 인간은 별자리를 고안한 것이지요.'(단편 「겨울에서 봄으로」 중에서) 지상의 고통을 밤하늘의 아름다움에 투영하지만 결국 밤하늘의 아름다움마저 인간 존재의 쓸쓸함으로 귀결되는 대목이다. "신은 있지만 이제 신은 더 이상 인간에게 관심이 없소. 신은 인간을 만들어 놓고 버렸소……." 그 남자는 쓸쓸함의 극인 별자리에 닿기 위해 아파트 옥상에서 뛰어내려 별빛처럼 산산이 부서졌다. 과연 우리는 이 땅에 살아가면서는 별빛이 될 수 없는 것일까.

정태규는 경주의 계림에 갔다가 새벽안개 속에서 괴물 같은 둥치를 드러내고 있는 몇 백 년 묵은 갯버들나무를 보았다. 이리저리 고통스럽게 꿈틀거리고 있는, 퇴적된 지층 같은 그 고목이 '시간의 향기'라는 이름으로 정태규에게 왔다. 사람은 사라진다. '세월이 한참 흐르고 나면 살아 있는 사람의 마음속에서 망자의 기억은 마멸되어 갈 것이다. 그리고 마침내 망자는 잊혀질 것이다. 그래도 망자의 마음은 알게 모르게 살아 있는 사람의 마음에 지층처럼 쌓여 산 자의 마음을 이루고 그 산 자의 마음은 그 다음 사람의 마음에 다시 쌓여질 것이다. 저 아득한 옛날로부터 그렇게 쌓여온 마음들이 지금 이 시간을 살고 있는 우리네 마음을 이루고 있는 것이나 아닐는지.'(단편 「시간의 향기」 중에서) 이 정도만 되어도 좋다. 죽어서 완벽한 무(無)로 절멸하는 것이 아니라 다음 세대로 마음의 한 자락이나마 알게 모르게 이어져 가기 때문이다. 우리는 사라지는 것이 아니라 조금이나마 남아 있는 것이다. 그러나 정태규는 이걸 그렇게 믿지 않는다. 팔 할이 넘는 회의는 늘 출렁거린다. '그는 두려워진다. 언젠가 그의 마음속에서 아내가 까마득히 잊혀질 그 시간이. 그리고 또 언젠가 그의 마음도 까맣게 닫혀버릴 그 시간이. (중략) 시간이 쏴쏴 하는 바람 소리를 내며 들판을 가로질러 흘러가는 것이 보인다.'

이런 것이 생과 인간의 최대한이다. 원죄의 늪을 지닌 인간은 이 우주에서 신을 잃고 버려진 쓸쓸한 존재이며, 또한 쏴쏴 소리를 내며 흐르는 시간 속에 꽃이 지듯이 언젠가는 깨끗하게 사라질 것이다. 우리는 그것을 지금 뚫어지게 보고 있다. 우리는 이 헐벗은 데서 시작할 수밖에 없다. 번뇌가 있어 해탈이 가능한 것처럼 인간의 늪이 있기에 인간은 비로소 인간이다. 울부짖고 괴로워하고 번민하는 한계가 그 한계를 넘어설 수 있게 하는 인간의 비참하고 행복한 조건인 것이다. 정태규가 말하는 세상과 인생과 저 우주의 부조리 그 자체는 바로 우리가 세계와 삶을 통찰하고 갱신할 수 있게 하는 필요조건인 것이다. 인간은 비참하고 행복하다. 아니, 비참하여 행복하다.

그런데 우리는 이것을 과연 견딜 수 있는가, 라고 정태규는 말없이 묻고 있다. 그래 우리도 얄궂은 이 질문을 정태규에게 되던지고 싶을 따름이다. '그것은 슬픔 같기도 하고 미세한 아픔 같기도 하고 자신의 벌거벗은 몸을 오래 내려다보고 있을 때 생겨나는 외로움 같기도 한'(단편 「감춰진 머리」 중에서).

4.

정태규를 생각할 때 안타까운 것은 그가 한때 소설에 덜 몰두했다는 점이다. 교사를 하면서 박사학위를 따 대학으로 적을 옮기려고 엔간히도 힘들게 공부할 때 우리는 "엉뚱한 짓으로 제발 아까운 재주 썩히지 말고 소설이나 열심히 써라. 그게 남는 거다"라고 노래를 했다. 그 노래에 그는 "맞다"고만 장단을 맞췄다. 그는 "소설을 퍽 고통스럽게 쓴다"고 했지만 우리는 "참 아까운 재주를 지녔다"고 그를 아까워하면서 아꼈다. 부산 문단의 알 만한 이들이 다 그 소리를 했다. 그는 선배들을 제치고 1996년 제1회 부산소설문학상을 거머쥔 괘씸하고 잘나가는 소설가였다. 그 상을 받은 작품을 표제로 내세운 그의 두 번째 소설집 『길 위에서』는 2008년 이주홍문학상도 받았다. 12년 만에 문학상을 받은 것을 두고 우리는 그가 새로운 길 위에 있다는 사실에 기뻐했고, 시상식 날 그와 우리들의 아지트인 사직동 '사랑방'에서 모두들 대취했다. 지금 그 '사랑방'은 문을 닫고 없어졌다. 과연 우리한테 남은 것은 무엇일까. 정태규를 축하했던 떠들썩한 그날 밤이 저 멀리 아득하다. 정태규가 보여주려 하고 추구한 것은 무엇일까.

정태규의 소설에서 계속 반복적으로 변주돼 나오는 인물이 있다. 그 인물은 합천 고향 마을의 실재 인물이다. '대낮에도 주막거리의 한 모퉁이에 쓰러져 있거나, 저녁 무렵 뜻 모를 소리를 질러대며 마을의 고샅길을 흐느적거리며 들어서'(산문집 『꿈을 굽다』 27쪽)던, 자기 삶과 타협하지 못했던 아저씨뻘 되는 술꾼이었다. 나중에 그 집 아주머니는 아이 둘을 두고 도망가 버렸고, 그 아저씨도 아이들을 정태규 집안에 맡기고 외지를 떠돌다 종적이 묘연해졌다고 한다.

각 세대는 그 세대의 사회적 경험을 지니고 있으며, 그것이 문학적 영감의 출처가 된다. 정태규가 인간이란 무엇인가를 끊임없이 묻는 작가라고 할 때, 그 질문은 그 세대의 사회적 경험과 연관돼 있다는 것이다. 부산대 국어교육과 77학번인 그의 젊음은 넓게는 1970년에서 1990년대에 걸쳐 있는데, 정태규는 그의 세대가 품은 거의 모든 문제를 참으로 성실하게 아우르고 있다. 한국전쟁과 빨치산의 좌우 이념 대립, 베트남 전쟁, 80년 광주 문제, 12 · 12 쿠데타 등에 이르기까지 그가 살았던 시대의 뜨거운 정치 사회적 문제가 그의 작품에는 녹아 있다. 그런데 그것은 날것 그대로 들어 있지 않고, 작품의 지류인 듯 본류인 듯 작은 불로 서서히 우려내지고 있다. 거기에 삶과 맞닿은 소설의 구체성이 있는데 다름 아닌 그 술꾼 아저씨가 역사의 수레바퀴 자국을 등짝에 짊어진 여러 인간형의 모델로 자리 잡고 있는 것이다.

1990년 등단작 「청학에서 세석까지」에서는 삽화적 인물로 잠시 나오는, 한국전쟁 때 다리 하나를 잃고 정신적 파행을 일삼던 숨진 상이용사 장인으로, 단편 「유형의 섬」에서는 빨갱이 전력의 외팔이 술주정뱅이 천 씨로, 단편 「육교를 건너서」에서는 감옥살이를 하면서 전향서도 쓰지 않았다는 전력으로 유리걸식하다가 나중에 동사하는 간첩 거지 추팔기 노인으로 각각 모습을 바꿔 나오고 있다. 그리고 「길 위에서」에서는 고엽제 때문인지 베트콩에게 포로로 잡혔던 후유증 때문인지 심한 '월남병'을 앓는 아버지로 등장하고 있다. 아버지로 등장했다는 것은 육친의 아픔을 드러내는 인물에까지 이르렀다는 말이다. 마을 고샅길을 헤매던 그 아저씨가 역사의 고샅길에서 넘어지고 자빠지는 다종한 인물로 화한 것이다.

'다 누구나 한 가지씩은 한이 있고 벵이 있는 기제. 그 사람도 지가 글카고 싶어서 글카겠나. 우짜겠노. 그걸 다 끌어안고 다독기리며 사는 기제. 그기 우리 인생살이 아이겠나.'(「길 위에서」 중에서) 삶이 백 번 천 번 그렇다고 해도 이대로 가만히 수긍할 수는 없는 일이다. 거기서 정태규는 늑대 이미지로 나아간다. 우우우우……. 그 울음은 바위산 전체를, 그리고 상대의 '가슴 밑바닥까지 흔들'고, 또 '달빛마저 흔들며 황야로 길게 퍼져 나'가는 소리이다. 그 눈빛은 '고독하고 냉연한 야성과, 사막처럼 텅 빈 듯하면서도 그 너머에 무언가를 향하여 타오르는 영혼의 불꽃을 느끼게' 번득인다. '상대방을 꿰뚫고 상대방 너머의 어떤 점을 응시하'는 눈이다.

「길 위에서」에서 이런 대화가 나온다.

"무서워요."

"뭐가?"

"이렇게 산다는 게."

산다는 것이 무섭기 때문에 정태규는 그것에 맞설 무서운 늑대를 키우겠다는 것이다. 정태규가 보여주려 하는 것은 원시적 감수성으로 충만한 늑대 한 마리이다. 인간은 무엇이고 삶은 또 무엇인가, 라는 물음에 대해 그는 선부른 답을 하기보다는 늑대 한 마리를 풀어놓는다. 이것이 그의 방식이고 상징이다. 그런 의미에서 정태규는 시적(詩的)이다. 늑대는 단편 「구글 어스」에서는 고독한 킬리만자로의 표범으로, 단편 「정글 게임」에서는 강철 같은 눈빛의 검은 퓨마로 바뀌어 나오고 있다. 지리산 밑에서 밤새워 미친 듯이 놀면서 광기를 뿜어냈던 정태규의 모습이 눈에 선하다.

5.

정태규의 빼어난 작품 중에서 짝을 이루는 것으로 나는 「누가 용을 보았는가」와 「집이 있는 유년풍경」을 꼽는다. 「누가 용을 보았는가」는 인류 사회사를 우화적이고 시적으로 응축한 정태규의 아름다운 역작 단편이다. 해질녘에 그 광경이 이 세상 아름다움의 극치에 이르는 '파나류'라는 호수 주변에서 '아이사타' 사람들은 잡은 고기를 나누며 부족함 없이 공평한 유토피아의 삶을 살고 있다. 그러나 전설의 용이 나타났다는 소문에 사람들은 패를 나눠 용을 경쟁적으로 찾아 나서고, 그 과정에서 서로 다투고 죽이면서 유토피아의 삶은 깨져 나간다. 극악한 한 패거리에게 잡혀 혀를 뽑힌 아이사타의 진정한 시인은 '말과 노래를 잃음으로 해서 명상의 심도가 훨씬 깊어'지고 마침내 명상이 극에 달한 어느 날 거짓말처럼 공중

부양해 물속으로 사라진다.

> 물결의 한점 흔들림도 없이 파나류의 한가운데 수면에서 금빛 찬란한 용이 서서히 떠올라 하늘로 올라가는 것을. 달빛을 받아 은빛으로 빛나는 비늘과 형형한 눈빛과 펄럭이는 지느러미와 우뚝한 용의 뿔을 소년은 생생히 보았다. 아아, 그 장대하고 아름다운 용의 등에 시인이 앉아 있었다. 시인의 몸은 조금 전의 그 막처럼 투명해져 있었다. 입은 옷도 달빛처럼 투명했다. 용은 시인을 태운 채 파나류 주변을 크게 한 바퀴 돈 뒤에 달을 향하여 아득히 날아 올랐다.

그리고 말라붙은 파나류 호수의 바닥에는 한 마리의 아름다운 용 대신에 썩어 나자빠진 배 한 척이 발견된다. 우리는 여기서 그만 까마득해진다.

정태규는 그렇게 찾던 용은 없고 썩은 배만 있는 우리의 생을 '지독한 허무'라고 했다. 이것이 까발려진 인간의 조건이다. '용은 없다'가 아니라 역설적으로 썩어 나자빠진 배의 잔해에서 우리는 용을 찾아내야 한다는 것이다. 날카로운 첫 키스의 추억처럼 하늘을 빗긴 아름다운 용의 궤적을, 우리가 견뎌야 하는 이 지독한 허무에서 그려내야 한다는 것이다. 그게 무슨 말인가. '용은 각자의 마음속에 있다는' 것이다. 나는 정태규가 이 일을 하고 있다고 생각한다. 용과 썩은 배는 같은 것이다. 이것이 가감 없는 인간의 조건이다. 형편없이 미약한 조건 말이다. 우리는 이 미약한 조건에서 용을 끝없이 찾아야 하는 도저한 부조리와 역설, 그리고 진상을 살고 있는 것이다. 이 점을 무턱대고 일깨우겠다는 것이 기다림에 대한 그의 시적 아포리즘이다.

그리하여 늙은 오후가 당도하면 어디쯤 오고 있을지 모를 그대 가슴을 향해 툭하는 소리로 풋감 하나 떨구어 보내겠다. 내 이 가난한 신호를 그대 우연히라도 주워주기만 한다면. (중략) 나는 마당을 들어서는 그대 발자국 소리를 기다리며 여기 오래 서 있겠다.(산문집 『꿈을 굽다』 227-228쪽)

그의 빼어난 다른 단편 「집이 있는 유년풍경」은 어릴 적 동네 뒤편 산자락에 계절을 바꿔가며 아이들과 집을 지었던 찬란한 기억과, 그 집을 지키기 위해 혈투를 벌이고, 결국 그 집을 지키는 것이 참으로 지난하다는 것, 그러니까 '세계'를 제대로 체험한 과정을 담은 것이다. 여기에는 닫히는 것이 곧 열리는 것이라는, 부서지는 것이 세워지는 것이라는, 삶의 역설을 일깨우는 구절이 있다.

어쩌면 우리는 그때, 우리들의 벽이 무너짐을 보며 오히려 세상에는 무너뜨리기 어려운 너무도 견고한 벽이 존재한다는 사실을 깨달았고 우리들의 문이 부서져 닫힘을 보면서 오히려 이 세상을 바라보는 새로운(그러나 부정적인) 시각의 문을 열었고, 우리들의 기둥이 부러짐을 보며 오히려 새로운 기둥에 대한 새로운 욕망을 느꼈고, 불타는 우리들의 지붕을 보며 오히려 냉철한 이성에 눈뜨고 있었는지도 모른다.

그래 도처가, 아니 모든 곳이 부서지면서 세워지는 우리 삶의 출발점이다. '집'을 갈무리하는 정태규의 솜씨는 참으로 놀랍다.

> 그것은 하나의 사회일 수 있고 하나의 나라일 수 있고 하나의 국가라고 해도 좋다. (중략) 희망으로 살아 있고, 우리들 호흡 속에 살아 있고, 때로는 바람과 새와 나무가 함께 사는 무한한 상상력으로 충만된 그러한 형태의 것이라면……. (중략) 그 집을 짓는 일이 불가능하지만은 않으리라고 나는 생각한다. 그것은 유년 시절 우리들의 그 집이 불타고 남은 재 속에서 우리가 나누어 가졌던 그 불씨가 아직도 우리들 가슴에 빠알갛게 살아 있다고 믿기 때문이다.

저기 한 마리의 야수가 먹이를 노리며 웅크리고 있다. 곧 터질 듯 폭발할 듯하다. "태규 형, 표범도 좋고 늑대도 괜찮고 퓨마도 무방하다고 작품에 썼다 아이가. 야수가 되고 싶다고 했다 아이가. 야수 한 마리 키우자. 아니 저 먼 날의 야수가 되어 보자." 나는 그의 손목을 잡는다. '위대한 배경'을 하나 지니고 싶은 것이다. 그는 빼어난 소설가임에 틀림없다. 그러나 나는 그가 위대한 소설가가 되기를 고대하는 것이다.

6.

정태규는 2013년 부산일보 신춘문예 시상식장에 그때 막 나온 산문집 『꿈을 굽다』를 들고 나타났다. '2013. 1. 16 정태규 드림'. 그 글씨는 반듯하게 앉아 있지만 획은 많이 흔들려 있다. 우리는 당혹스럽다. 2012년 연말에 그가 루게릭병 진단을 받은 것이다. 칠팔 개월 전부터 디스크 증상인지 팔과 손에 마비 증상이 온다고 했었다.

'온몸의 근육이 조금씩 위축되고 마비되어 마침내 죽음에 이르는 끔찍한 병이지만 현재로서는 마땅한 치료법이 없다고 한다. 십만 명당 한두 명이 걸리는 그 병이 하필 내게…. 아직 혼란스럽고 절망적이다. 사실을 받아들이기가 힘들다.'(『꿈을 굽다』 머리말) 우리도 이 사실을 받아들이기 힘들다. 이 곤란하고 난처한 일을 어쩌지 못하겠다. 연말의 부산소설가협회 송년회 때 나는 먼저 자리를 떴다. 그런데 술을 마시던 자리는, 그때까지 눌러 놓았던 정태규의 얘기가 튀어 나와 몇몇 소설가가 울고 갑자기 숙연한 분위기로 바뀌었다고 한다. 묵묵한 만형 조갑상도 고개를 숙인 채 구두코 위에 눈물방울을 떨어뜨리는 것을 옆자리의 누가 봤다고 한다.

정태규가 탐했던 별의별 구절이 다 걸린다. 「길 위에서」에서 등장인물이 자신의 맨몸을 내려다보는 장면이 있다. 그때 '아주 낯설고 출처를 알 수 없는 슬픔'을 느낀다는 대목이 있다. '그의 남성은 쓸모없는 물건처럼 축 처진 채 매달려 있었다. 그렇게 한참 동안 자신의 몸을 내려다보고 있자 몸의 저 깊숙한 곳에서 슬픔이 안개처럼 스멀스멀 피어났다.' 우리의 몸은 참으로 슬픈 것이다. 어디인지 모를 곳에서 깊은 슬픔이 번져온다. 정태규가 좋아하는 돈 맥클린의 노래 「빈센트」의 구절이 흐른다. '……이제 알 것 같아요. 당신이 내게 무엇을 말하려 했는지. 당신의 영혼이 얼마나 고통스러워했는지. 또 얼마나 자유로워지고 싶어 했는지. 사람들은 알지도 듣지도 못했지만 언젠가는 알게 되겠지요…….' 그래 우리는 언젠가는 알게 될 것이다. 삶의 이름으로 쓰인 그 비망록을.

그가 쓴 사부곡이 있다. 「아버지의 가을」이라는 단편이다. 가두시위로 잡혀가 유치장에서 풀려나온 아들에게 '역사란 별것 아니다. 그건 그것대로 흘러가도록 내버려 두어라'라고 말했던 아버지는 어느 해 가을, 눈에 띄는 행동을 한다. 아버지는 마루 끝에서 앉아 텅 빈 들판을 하염없이 내려다보고, 달빛 속에서 오두마니 앉아 있고, 산속의 너럭바위 위에 앉아 숲속으로 시선을 아득하게 풀어 놓고는 했다. 그해 아들은 군대에 갔는데 아버지는 뇌출혈로 쓰러져 소생 가능성 없이 식물인간이 되었다. 그 일 년 뒤 가을에 한마디 작별 인사도 없이 아버지는 그렇게 가셨다. '시골 초등학교의 선생으로서 지극히 곤궁하게 지극히 통속적으로 한 번도 이날이야 싶은 날 없이 쫓기며 현대사의 험한 세월을 견뎌온 아버지의 삶. 이름 붙여 줄 아무런 꽃잎 하나 피워 올리지 못한 범박한 풀꽃 같은 아버지의 삶.' 아, 삶은 무엇인가. 온몸을 다해 묵묵히 살아가는 것, 견디는 것, 그것밖에 없다. 그것이 온전히 이루는 것이다. 천상천하 유아독존의 우리 삶은 그 어떤 삶이든지 길 없는 길을 가야 하는 것이다. '자신 앞에 놓인 운명을 자기 것으로 만드는 힘'. 빼어난 또 다른 단편 「지하철 순환선에서」처럼 피 한 방울 섞이지 않은 여자가 기어코 어머니 자리에 고스란히 들어설 수 있는 세월과 시간, 마음의 품이 우리에게는 허락돼 있다. 우리는 그것을 능히 알고 있고 할 수 있다. 운명이 우리 삶을 쥐락펴락하지만 그 운명을 쥐락펴락하는 것이 또한 우리 삶이다. 그래 우리는 역사의 수레바퀴도 좋고, 삶의 희한한 운명도 좋고, 뭐든 다 짊어질 것이다. 이 보잘것없는 몸뚱어리가 품고 있는, 쉬 해명되지 않는 인간, 그 불굴의 이름이 뭔지를 기필코 보여주어야 한다.

아, 그러나 슬픈 것은 어쩔 수 없다. 태규 형의 표현대로 우리는 '살아있는 허무'를 느낀다. 우리의 눈동자에 촉촉하게 묻어나는, 가

습께를 살짝 누르기만 해도 새나오는, 비 오는 날이면 여지없이 괴어드는 '알지 못할 이름', 이걸 감당해야 하는 것이 우리 삶이다. 나는 태규 형에게서 CD 한 장을 선물로 받은 적이 있다. 그걸 오래도록 그냥 두었다가 뒤늦게 보게 되었다. 구로사와 아키라의 영화 「꿈」이었다. 태규 형은 그 영화를 처음 보고 흥분할 정도로 좋아 자기처럼 좋아할 것 같은 여섯 명에게 나눠 주었다고 한다. 그 처음 여섯 명 중에 내가 들어 있었는지는 모르겠다. 나는 옴니버스식의 이 영화를 보고 사로잡혔다. 제3편 '눈보라'에는 인간을 저버리지 않는 어머니 자연과 폭설 속에서도 끝까지 희망을 잃지 않는 불굴의 인간이 나오는데 그게 태규 형이 우리에게 전하려는 메시지일 것이다. 제5편 '까마귀 혹은 고흐'에서는 배경 음악인 쇼팽의 빗방울전주곡이 우리 삶을 어루만지고 있다. 아련하게 퍼지다가는 운명을 노크하듯 두들겨 대는 저 피아노 음, 그 음들이 어디에까지 가 닿을는지……. 그 음 속으로 박목월의 시 구절이 툭 하고 떨어진다. '여기는 열매가 떨어지면 툭 하고 소리가 들리는 세상'. 태규 형! 바람이 분다. 살아봐야겠다.

비닐하우스의 상상력이 직조하는 낯선 언어

-시인 조말선

1.

시인 조말선에게 전화를 걸어 "문학의 샘터가 어디냐"라고 물어보니 "경남 김해 대동면의 고향 마을"이라고 했다. 낙동강 변의 대동면은 온갖 작물과 화훼를 재배하는 비닐하우스가 천지인 동네다. 그럼 그곳에 같이 가자고 청했더니 그는 "고향 마을의 비닐하우스까지 가는 것은 힘들 것 같다"고 딱지를 놓았다. 그게 10여 년 전의 일이다.

며칠 후 동행 취재하기로 한 그날은 먹구름이 하늘을 잔뜩 뒤덮고 있었다. 고향 마을까지 가는 게 힘들다는 그 말이 나를 먹구름처럼 뒤덮고 있었다. 그러나 조금의 희망은 있었다. 그가 힘들다고 했을 때 "그럼 말선 시인, 어떡하죠?"라고 되묻자 그는 "고향 마을로 넘어가는 낙동강의 구포다리 근처까지는 갈 수 있을 것 같다."고 했던 터였다. 나는 좋다고 했다.

취재 당일 내가 차를 직접 몰고서 그를 태우고 갔다. 그는 검은 원피스 차림에 머리를 뒤로 묶은 단아한 모습이었다. 그런데 우리는 구포까지 가서 아무것도 아닌 것처럼, 거짓말처럼 구포대교를 그냥 넘어 버렸다. 그리고 어느새 경남 김해 대동면 조말선의 고향 마을 들판에 이르러 있었다. 신기하고 절묘했다. 조말선은 "이렇게 올 수 있을지 몰랐는데……"라며 스스로 놀라는 척했다. 대동면 들판은 비에 싱싱하게 젖어 있었으며 저 멀리 검은 구름들 사이로는 하얀 하늘이 드러나 있었다.

그날의 일은 마치 그의 시적 전략을 닮은 것 같다. 그의 시는 속내를 드러내 놓고 말하는 것도 아니고, 그렇다고 드러내 놓지 않은 것도 아니다. 말하기는 그렇고, 그렇다고 말하지 않는 것도 아닌 시들이다. 그러면서 어느새 이르러 있는 시들이다. '감추면서 드러내기'(김현), 또는 '방법적 드러냄'(오규원)이 조말선의 주요한 시적 전략의 하나인 것이다.

> 오전 여덟시에 나는 길이었고, 집으로 가는 중이었고, 아우성이었고, 법이었고, 꽃이었고,
>
> 정오 열두시에 나는 사막이었고, 상영 금지된 영화였고, 부러진 꽃이었고, 겨울이었고, 실연이었고, 그래도 법이었고, 집으로 가는 중이었고, 길이었고,
>
> -「가변차선」 전문

나는 이 시를 왠지 그의 상처를 말하는 것으로 읽고는 한다. 집

으로 가는 길에서 무슨 일이 벌어진 것 같다. ‘상영 금지된 영화’, ‘부러진 꽃’이 그 무슨 일을 말하는 것 같다. 시 제목은 「가변차선」이다. 어떤 일에 의해 가변적으로 오락가락하는 삶처럼 이 시의 의미도 오락가락 가변적이다. 이를테면 누이가 없는데 죽은 누이를 애절하게 노래하는 초기 고은의 ‘누이 콤플렉스’의 능청처럼 자신의 상처, 사유를 하나의 사건처럼 아리송하게 꾸며대는 것도 가능한 것이다. 무슨 말인가. 모종의 사건은 일어났던가. 그럴 수도 있고 아닐 수도 있다. 가변적인 것이 조말선의 시적 전략이니까 나도 그것을 흉내 내 ‘가변적인 능청’을 떨어보는 것이다. 한 번은 조말선에게 「가변차선」이 신경 쓰이는 시라며 시에 대한 약간의 힌트를 달라고 청했다. “이 시는 제가 개인적으로 아끼는 시예요. 말 그대로 가변차선이지요. 우리 삶도 또한 앞으로 진행한다고 생각했는데 퇴행하고 있는 게 아닌가라는 뜻이라면 힌트가 될까요.” 그의 세계관의 일단이 드러나지만 역시 답은 재미없다. 다만 나는 계속 속 시원하게 말해주지 않는 그의 능청이 대단하다고 생각하는 것이다.

2.

1999년 내가 문학기자가 되었을 때 조말선 시인은 문학 판에서 ‘가장 많이’ 거론되는 이름의 하나였다. ‘가장 많이’는 ‘가장 유망하게’와 정확히 같은 말은 아니다. 단지 가능성만 품었을 뿐, 그 정도다. 그런데 그는 2001년 제7회 현대시동인상을 수상하게 된다. ‘많이’를 ‘유망하게’로 맞바꾸며 이른바 시의 나래를 펼쳤다. 이 상은 한국 시단 중진 11명으로 이뤄진 현대시동인이 매년 재능과 가능성을 보인 등단 5년 이하의 신인에게 주는 상이다. 현대시동인상은 부

산 시단과 인연이 많아 1999년부터 2003년까지 김참, 조말선, 손택수가 격년으로 받았는데 그중 조말선이 중간점을 찍었다. 당시 부산 시단은 성과 면에서 쏠쏠한 재미를 보고 있었으며 문학기자인 나도 덩달아 신이 났다.

그날은 토요일 이른 오후였다. 부산대 앞의 한 2층 카페에서 조말선을 만나 현대시동인상 수상 인터뷰를 했다. 그는 토마토주스를 앞에 놓고 야무딱진 어조로 말했다. "내 시는 경계에 서 있어요." 서정시를 쓰다가 모더니즘 시로 넘어왔고, 앞으로 또 어떤 경계를 넘어설지 지금으로서는 알 수 없다고 했다. 기억나는 장면은 잠시 후, 5월 중순의 땡볕 밑에 얼기설기한 흰 모자를 쓰고 회색 도시의 가로 위에 서 있던 조말선의 모습이다. 햇빛이 따가웠으며 그는 길의 경계인 횡단보도 앞에 섰고 나는 신문에 게재할 인물 사진을 찍기 위해 디지털 카메라를 꺼냈다. 티끌 하나 없는 쨍쨍하고 뜨거운 한낮의 햇빛으로 인해 알제리 해변에서 총알을 발사한 뫼르소가 떠올랐다. 나는 카메라 셔터를 눌렀고 그는 방아쇠를 당겼다. 조말선의 총알은 시의 과녁을 향해 끊임없이 날아갔다. 그때 사진을 찍고는 곧바로 그와 아주 심심하게 헤어졌던 것 같다. 그것은 따가운 햇빛 때문이었을 것이다.

오븐의 채널이 정각에서 멎는다
늦은 아침이 다 구워졌다
꽃나무 밑에서 놀던 적막은 바싹 익었다
밀가루에 버무려진 세상이 거짓말같이 부풀어오르는 시각
우체부가

벌겋게 달아오른 우체통을 열고
뜨거운 편지를 꺼낸다
삼십 분 전에 넣은 편지가 벌써 익다니!
생의 한나절을 다 읽기도 전에
나는 또 숙성되었다
-「정오」 전문

구워진 아침, 바싹 익은 적막, 부풀어 오른 세상, 벌겋게 달아오른 편지통, 익은 편지, 저 인공적 표현으로 정오의 느낌은 확연해진다. 이렇게 정오를 오븐에 넣어 잘 익히고 있으니……. '조말선이 50년에 걸친 부산 모더니즘 시사에서 가장 중요한 여성 시인이라는 점에 이의를 제기할 사람은 없을 것이다.'(김참, 「부산 모더니즘 시의 기원과 계보」) 이 평가의 옳고 그름을 떠나 나는 차라리 여기서 조말선의 절치부심, 고독, 절망을 느낀다. 그는 분명 그가 자처한 백척간두에 줄곧 서 있었으리라. 그는 오븐에 들어가 익혀졌을 것이다. '고진감래(苦盡甘來)'라고 하지만 그 '고(苦)'를 달게 삼킬 자는 이 세상에 흔치 않다. 그게 인지상정이다. '감(甘)'이라 하지만 그건 마냥 단 채로 머물지 않고, 밑도 끝도 없이 고로 탈바꿈하는 법이다. 그게 만물의 '그럴 연(然)'이다. 한 산문에서 조말선은 '시에 모든 에너지를 몰아가기 위해 스스로 동선을 줄이고 좁은 장소에 가두고 살아왔다'고 쓴 적이 있다. 그러니까 조말선은 장소의 경계 안에서 시의 경계를 넘어서기 위해 인지상정의 굴곡과 만물의 '그럴 연(然)'에 쓰라리게, 많이도 육박했을 것이었다.

3.

조말선이 육박한 그곳에, 그가 가기 힘들다고 했던 비닐하우스가 있다. 비닐하우스는 아버지가 평생을 바쳐 묵묵하고 고단하게 일하는 곳으로 아버지 고생의 상징이다. 그런데 이게 간단치가 않다.

구겨진 콘돔이 하얗게 부풀었다
독한 가난을 피임하는
막막한 터널
얇은 막이 터지도록 땀을 쏟았다
땀방울마다 해 하나씩 갇혀
시퍼런 욕망을 속성 재배하였다
근심은 뜯어낼수록 수북이 자랐다
산고가 식는 저물녘
문이 열리고
허리 굽은 아버지가 태어났다
-「비닐하우스」 전문

비닐하우스가 콘돔 같다는 이 방자하고 독한 상상력! 비닐하우스를 콘돔이라고 한 것은 그가 처음이지 싶다. 그 '막막한 터널' 속을 '얇은 막이 터지도록 땀을 쏟'으며 왔다 갔다 한다는 것은 흡사 성행위 같은데 조말선은 아버지의 노동을 그렇게 불손하게 표현하고 있다. 비닐하우스의 '산고'가 식는 저물녘, 비닐하우스에서 하루 종일 땀 흘리며 일하던 '허리 굽은 아버지'가 나온다. '허리 굽은 아버지'는 힘이 빠져 늘어진 남성을 연상시킨다.

이 시는 아버지에게 바치는 시라고 한다. '아버지는 말이 없고, 농부였고, 권력이 없고, 명예도 없고 (중략) 있는 듯 없고, 없는 듯 있고, 새벽에 밭에 나갔나 싶으면 금세 헛간에서 나오시고 (중략) 물 같은 아버지, 바람 같은 아버지, 비 같은 아버지'(시집 『둥근 발작』 중 시인의 말에서)이다.

그런 무명의 아버지에게 바치는 시 치고는 좀 특이하다. 하기야 자식에게 아버지처럼 복잡하고 미묘한 애증의 존재가 어디에 있을까. 조말선에게 '너무 조이는 구두였'던 아버지는 구속과 금기의 상징이다. '아버지의 생애는/ 내가 부수어야 할 문'(「구두」)이다. '나는 얼음의 집에서 태어났다 태어나자마자 흘러가는 나에게 함부로 흐르지 마!라고 경고하는 집이었다'(「마비」). 그래서 '나는 아버지의 법 안에서 안간힘을' 쓰고 '아버지를 거절'하고 심지어 상징적이지만 오만불손하게 '아버지의 따귀를 찰싹 갈'(「테니스」)기는 것이다. 이것이 조말선이 권력도 없고 명예도 없는 아버지를 호명하는 이중적 방식이다. 살부(殺父)를 통해 애부(愛父)에 이르는, 자식이 아버지를 승화시켜 새로 품는 방식은 복잡하고 미묘하다. 이렇게 이율배반적인 것들이 뒤엉켜 있는 것이 간단치 않은 우리 삶의 본색이다.

그렇다고 해도 비닐하우스까지 가는 것이 그렇게 힘든 것일까. 그건 알 수 없다. 나는 그를 이런저런 기회에 만나면서 그의 시를 바로 파고들었던 적이 별로 없었다. 허만하 시인이 사는 광안리 근처의 주점들에서, 김형술 시인 주도로 도시철도 동래역 인근 주점들에서 모더니즘 시를 쓰는 시인들이 가끔 모였을 때, 그리고 또 다른 기회에 만나서도 그를 겉핥기식으로 보기만 했던 것 같다. 그러니까 광안리 동래 남포동 등지의 주점을 헤맸을 뿐 '김해 비닐하우스' 근처에는 제대로 육박하지 못한 셈이다. 햐—, 그래 나는 신통찮은 문학기자였던가 보다.

4.

부산은 얼룩지고 변화무쌍한 근대 도시이다. 그래서 모더니즘이 도시 성정에 들어맞는다는 얘기가 있다. 부산의 모더니즘 시인 예닐곱 명이 '우리 여기 있소'라며 작당한 것이 '세드나(Sedna)'이다. 허만하 시인이 지은 그 이름은 태양계 바깥의 규명되지 않은 신비한 천체의 이름이란다. 그게 책 이름인지, 모임 이름인지 아리송하지만, 아무튼 부산 말로 시가 힘이 세드나, 뭐 그런 물음과 다짐이 들어 있다. 2010년 첫 호를 낼 때 조말선이 '나는 늘 어리둥절해 있다'라는 제목으로 서문을 썼다. '(사물의) '안'은 통용되는 '의미'로 꽉 채워져 있기 때문에 내가 들어설 자리가 없어 보인다.' 그래서 그는 사물의 '낯선 밖', 그 현상에 집중한다. 그것과 아무것도 걸치지 않고 원시적으로 만난다. 언어를 처음 발생한 당시의 신선한 상태, 낯선 상태로 돌리겠다는 것이다. 말이 좀 어렵다. 미끄러지는 말놀이를 하겠다는 것인데 이 말도 어렵기는 마찬가지다.

달맞이꽃은 달밤에 핀다고 달맞이꽃이다. 그런데 여자의 달거리도 달맞이다. 꽃에서 생리로 미끄러지는 방식, 그게 말놀이다. '나는 치마를 활짝 걷어올리고 검은 도둑을 맞는다/ 사정하는 새벽이슬을 맞는다'. 이건 달맞이꽃의 얘기 같지만 '사정하는 새벽이슬' 덕에 분위기가 묘하다. 그런데 낮에 갑자기 달거리가 찾아온다. 치마를 움켜잡는데 이런, 낮달이 떠 있다. '나는 벌어진 치마를 한 손에 비틀어 쥐고/ 벌건 대낮까지 쫓아온 달을 막는다// 그러니 니가 달맞이할래?'(「달맞이꽃」)

모종컵은 비닐하우스를 상징한다. 이 컵이 희한하다. '밑으로 통하고 위로 통하는 컵'이고 '이제는 더이상 컵이 아닌 컵'이지만 '컵이라는 이름을 뗄 수 없는 컵'이다. 컵이 아닌 것도, 컵인 것도 아닌 것이 모종컵이다. 그걸 '두 개의 가랑이 사이에서 펄럭'이는 막(처녀막)과 겹쳐 행간과 의미, 기억과 아픔의 진폭을 확대한다. '이따위 막은 찢어버려!/ 막을 찢고 말을 통한 컵/ 더이상 깨질까 염려 없는 컵'. 균열을 드러내고 있는 시행이다. '마음먹으면 일년에 새끼 여럿 낳는 컵/ 아버지 당신께 꼭 맞는 컵'(「모종컵」). 말놀이도 그냥 미끄러지기만 하면 별로 재미없다. 어떤 아픔, 구체적 경험과 얽혀 있어야 시인의 옷자락이라도 잡는 재미가 있다.

왜 어긋나는 말놀이인가. 가위처럼 어긋나야 뭘 싹둑싹둑 자를 수 있기 때문이다. 머리털도, 치맛단도, 색종이도, 구운 삼겹살도, 뜰에 핀 장미꽃도 가윗날이 어긋나야 자를 수 있다. 이를테면 '내가 내 증명사진을 오릴 때/ 가족사진에서 나를 오려낼 때'처럼 '나는 나를 만나기 위해 어긋났'고 또 '어긋날 것이다'(「가위」).

그는 뱀도 들이댄다. 뱀은 '사족'이 없다. '사족이 없으므로 손쉽게 가져다 썼다/ 뱀 같은 년, 사악한 년, 뱀처럼 차가운 년/ 고스란히 내 허물을 뒤집어썼다'. 몸통이 언어인 뱀은 '사족이 없는 언어가 바닥에서/ 사족을 못 쓰며 꿈틀댔다/ 몸으로 말을 했다/ 몸으로 글을 썼다/ (중략)/ 시작부터 마지막까지 능욕이 훑고 지나갔다/ (중략)/ 시작부터 마지막까지 욕망이 훑고 지나갔다'. '뱀처럼 차가운 년'이라는 소리를 들어도, 능욕이든지 욕망이든지 간에 온몸으로 꿈틀거리는 글을 쓰겠다는 소리인 것이니, 이건 뱀처럼 꿈틀거리는 시에 대한 욕망이다.

벽에 부딪친다
높고 단단하다
(중략)
어떡하든 요리해야 한다
벽 요리는 전문가가 없다
부딪치자마자 실습이다
(중략)
벽에 기댄다
벽난로, 벽시계, 벽장, 벽지, 벽걸이 TV
(중략)
나는 처음으로 벽을 더듬는다
어둠 속에서도 벽은 더듬기 좋다
벽이 사라지고 벽을 안는다
벽 속에서 말랑말랑한 구름들이 떠다닌다
스위치를 누른다
–「벽이라는 기의에 대한 벽이라는 기표」 중에서

시와 삶은 벽에 부딪치기 일쑤다. 연습이 없고 항상 실습이다. 어떻게 살아갈 것인지 저마다 모색이 필요하지만 결국 벽을 안아야 한다. '스위치를 누른다'. 벽 속에 말랑말랑한 구름들이 떠다닐 것이다. 이 스위치를 찾아야 한다. 스위치를 눌러 불을 켜는 그때 언어의 틈이 벌어지면서 존재가 하품하는 것이다. 속이 들여다보이고 꽃이 핀다는 그 순간이다.

5.

조말선은 비닐하우스에서 터득한 것이 있다. 그것은 중첩된 이식의 방법이다. 미끄러지는 말놀이도 이식의 방법이다. 토마토 모종을 자꾸 옮겨 심다 보면 나중에는 애초의 토마토 씨와는 아주 동떨어진 것이 된다. 이식의 방법은 토마토가 최초의 토마토 씨를 망각하듯 애초의 슬픔과 고통을 잊게 하는 묘한 방법이다. 어떻게 이런 상상력의 연결이 가능한지, 엉뚱하고 희한해서 경이롭다. 하지만 여기서 고도한 추상이 개입된 것 같다. 그것은 시의 길일까, 사유의 길일까.

도대체 어떤 슬픔과 고통이기에 중첩된 이식의 방법을 통해 잊으려고, 또 그 아픔을 희미하게 하려는 것일까. 어쩔 수 없이 내가 읽어내는 시의 폭은 좁다. 「이식」이란 시에 이런 구절이 있다. '가랑이가 찢어진 겨드랑이가 찢어진 그날 아침' 혹은 '심장이 쪼개진 간격이 벌어진 그날 아침'에 '아버지는 주저 앉았다'. 이게 뭔가를 말하는 것 같다.

김해 대동 들판을 다녀온 직후 그는 나에게 메일을 보내왔다. '심장을 빨아들일 만한 사유를 거친 뒤에는 껍데기만 가지고도 심장을 노래할 수 있다.' 그래, 껍데기만 가지고 노래할 수 있다는 '심장', 그것은 무엇이란 말인가. 과연 이식의 방법을 통해 애초의 슬픔과 고통을 잊을 수 있다는 말인가. 나는 모르겠다. 하지만 그 슬픔과 고통이 크다는 것은 알겠다. 드러내는 고통과 드러내지 않는 고통,

드러내는 듯 감추는 고통, 그것이 조성하는 묘한 긴장 위에 조말선의 시는 있다.

찢어지는 고통은 고통인가 쾌락인가 환희인가
찢어지는 고통의 기억은 능지처참의 기억인가
책이 찢긴 기억인가
셔츠가 찢긴 기억인가
그것은 경쾌한 소리의 기억인가
그것은 이 악다문 통증의 기억인가
이 대담한 수식어는 나에게 경험적인가
이 끔찍한 수식어는 나에게 선험적인가
이렇게 무모하게 사용할 만큼
나는 끔찍한 지경에 이르렀던가
찢어지는 고통은 왜 현재형인가
찢어지는 고통은 왜 과거완료형이 아닌가
찢어진 사람, 찢어진 책, 찢어진 셔츠는
말할 수 없는 입
가슴이 찢어진 사람은 말하지 않는 입
찢어지는 고통은 왜 현재형인가
찢어진 고통은 말할 수 없는 고통
찢어지는 고통은 내가 함부로 쓰는 내 것이 아닌 고통
–「찢어지는 고통」 전문

책이 찢기고 셔츠가 찢긴, 말할 수 없는 고통이 있었다고 이 시는 말하고 있는 것 같다. 현재형으로 '찢어지는 고통'이 어떻고 하는 것은 지금 함부로 지껄이는 별거 아닌 고통이다. 그러나 과거완료형의 '찢어진 고통'은 악다문, 끔찍한, 가슴이 찢어진 사람은 정말 말할 수 없는 고통이라는 것이다. 그것을 말할 수 없다면서 말하고 있는 것이 이 시다. 내 생각으로는 이 '찢어진 고통'이 조말선의 슬픔과 고통, 그 심장인 것 같다.

그는 이윽고 「조말선」이라는 시를 썼다. '나는 혼자 조말선에 손가락으로 구멍을 파고 놀고 있다 (중략) 나를 후벼 파다 보면 내가 내 무덤을 파고 있다는 것을 무서워하는 게 재미있어진다'. 나는 조말선이 보여주는 틈과 구멍에 이것저것 들이대 본다. 하지만 조말선은 아니라며 텅 비우기에 매달린다. '그는 혀를 차며 조말선에 난 구멍에 이것저것 갖다 댄다 나는 필사적으로 텅 비우기에 매진한다'. 텅 비우기는 아무것도 없다, 진실은 없다, 사물도 없고 있는 것은 오직 관계뿐이다, 로 나아간다. 그런데 텅 비우기가 어엿한 집을 짓게 되니, 즉 자신을 응시하면서 찢어진 고통에서 하나의 시론을 세우니 과연 그것은 놀라울 따름이다.

그는 「몇 가지 징후들」이란 산문에 쓰고 있다. '무엇이 진실인지 모른다. 하나의 사물은 그것이다, 라고 규정되어서는 안 되는 것이다. 예리한 칼 같은 징후가 있다. 그것은 스윽 내 심장 근처를 불길하게 지나가는 것이다. 아무것도 없다는 사실은 나를 시 쓰게 한다.' 이것이 감추는, 아니 감추면서 드러내는 조말선의 시론이다.

'지금 나는 오해하기 위하여 글을 쓰고 있다/ 착각하기 위하여 읽어주면 좋겠다/ (중략)/ 나는 앞으로 착각으로 오해로/ 글을 쓸 수 있을 것이다'(「물심양면」 중에서). 그리하여 우리는 '감출 것이 아무것도 없다'는 그 말의 표면에서 슬쩍 혹은 꽈당 미끄러지면서(미끄러지는 척하면서) 놀면 되는 것이다.

6.

조말선은 부산 금정구 구서동에서 17년 동안 살았다. 그가 이제껏 시를 쓴 것은 이 동네에서였다. 그러다가 몇 년 전 낙동강 옆의 부산 북구 화명동으로 이사를 했다. 이게 신기하다. 그가 가기 힘들다고 했던 '비닐하우스의 고향'이 바로 낙동강 건너편에 있기 때문이다. 세상에나! 이것도 어느새 이르러 있는 그의 시적 전략을 빼닮았다고 해야 하나. 구서동에서 산(금정산) 넘고, 물(낙동강) 건너면 그의 고향인데, 그는 이제 산을 넘은 것이다.

2012년에 나온 세 번째 시집 『재스민 향기는 어두운 두 개의 콧구멍을 지나서 탄생했다』는 이를테면 산을 넘은 것이다. 그의 시는 이전과 조금 달라졌다. 재스민 향기가 탄생했다는 말은 뭔가 촉촉해졌다는 말이다. '명쾌한 명사는 점점 수식어가 많아졌다/ 당신의 아름다운 눈을 찾기 위해 수식어를 헤치고 나아갔다'. 과연 그는 노을이 '핑크로 옐로로 바이올렛으로 사라'(「노을」)진다며 색색의 수식어를 구사하고 있다. 이전의 구서동이 산으로 둘러싸인 분지라면 지금 그가 사는 화명동은 툭 트인 전망 속에서 강과 지는 해를 바라볼 수 있는 곳이다. 그 넓은 공간 속에 얼마나 많은 빛깔이 명멸하겠는가. '전망 좋은 방에 의자를 놓습니다/ 전망이 의자를 넘어갑니다/ 오전 내내 의자에 앉아서 너머를 바라봅니다'(「집의 위치」). 아름다운 '나무, 꽃, 노을, 강변, 하얀, 집'을 보면서 그는 전망을 얻은 것인데 그것은 시와 삶의 전망이 될 것이다.

시집이 나온 얼마 후 만난 조말선은 강변을 매일 한 시간 십 분씩 걷는다고 했다. '당신이라는 장소에 도달하기 위해/ 손에서 발까지 걸어갔어요'(「손에서 발까지」). 강변에서 손을 흔들며 빠르게 걸었다는 말이다. '배에서 등까지 걸어갔어요'는 허기지도록 걸었다는 것이다. 걷는 것은 좋은 것이다. 그를 상승시킨다. '나는 여기에 있어 거기가 그립다'(「거기」). '당신이라는 장소에 도달하'고 싶다. 거기가 그립고 당신에게 도달하고 싶다는 것은 그냥 하는 말이 아니다. '간절하다'는 말이다. 조말선은 "낙동강 변에 살면서 간절하다는 말을 기쁘고 황홀하게 발견했다"고 말했다.

나는 그가 강에 이르렀다는 생각이 든다. 그게 웬만한 강인가. 유장한 낙동강이다. 그 강이 그에게 전망도 주고, 아름다움도 안겨주고, 그리하여 고향으로 헤엄쳐 오르게 할 것 같다. 시 「나무」는 아주 인상적이다.

나는 최초의 나로부터 도주하고 있다
최초의 나를 연장하기 위해
나는 최초의 나의 의심에 의심을 달고 있다
환멸에 환멸을 더하고
눈물에 눈물을 더하고
깔깔깔 웃음에 웃음을 더하면
뻔한 정오가 천 개의 빛으로 넘쳤다
했던 말을 반복하고 반복하는 것이
최초의 나를 연장하기 위해서라면
최초의 나를 지지하기 위해서라면

맨 처음 가계도를 그리던 날부터
나는 까마득히 도주하는 삶을
살고 있다는 것을
도주하는 것이 이토록 아름답다는 것을
연장하는 것이 이토록 감동이라는 것을
알기는 알았을 테지만
모르고도 나는 도주를 수단으로 살아왔다
치를 떨 때마다
내게 매달린 잎사귀들이 새파랗게 질리고
치를 떨 때마다 나를 배반했지만
나는 미덕의 반대편을 선호했으니
그것이 내 도주로의 필수코스였으니
최초의 나로 무성하기 위해
나는 최후의 나를 지연시키고 있다
-「나무」 전문

'조말선 나무'는 처음에는 의심, 환멸, 눈물, 그리고 웃음을 달았고, 정오에는 천 개의 빛으로 넘치기도 했단다. 이 시는 나무의 성장에 자신의 시적, 정신적 이력을 겹쳐 노래한 것이다. 나무가 항상 성장하는 것처럼 조말선도 초심으로 뭉쳐 계속 뻗어오를 것이라고 한다. 그리하여 낙동강처럼 흐를 것이다. '최초의 나로 무성'할 것이라는 말은 결국 고향과 근원에 이르게 될 거라는 말이다. 세계와 고투를 벌이는 우리 삶은 어디에서 와서, 어디를 거쳐, 어디에 이르는가를 우리는 여기서 읽는다. 과연 어떻게 살아야 하는가.

놀랍다. 고향의 비닐하우스에서 모종컵에 갇혀 아야—, 아야— 하면서 물조리로 물을 받아먹던 모종이 잎들로 무성한 나무로 크기 위해 유장한 강물에 뿌리를 적시고 있다. 바야흐로 조말선은 낙동강 변에 서서 고향을 바라보고 있다.

사무치게 고마운 삶과 시

-시인 박권숙

1.

생은 참으로 알 수 없는 것이다. 알 수 없는 이 생은 과연 우리에게 무엇일까. 어떤 이는 부자로, 어떤 이는 가난뱅이로 태어나는, 혹은 어떤 이는 건강하게, 어떤 이는 아픈 몸으로 살아가는 고르지 않은 이 생은 무엇일까. 그 비밀은 무엇일까. 또 부자로 건강하게 태어난다고 꼭 행복한 것은 아니고, 가난하고 아프게 태어난다고 꼭 슬픈 것도 아닌 이 생은 과연 어떤 것일까. 생은 과연 무엇을 향해 불타오르는 맹목인가. 무엇을 향한 거룩하고 비참한 이름인가. 시조시인 박권숙을 생각하면 그런 상념이 스친다.

나는 박권숙의 이름을 평론가 구모룡에게서 처음 들었다. 한 번 듣는다고 그 이름이 머릿속에 박히는 것도 아니지만 그렇다고 흔적 없이 사라지는 것도 아니다. 2001년 문학기자로 있을 때 그에게 시조 한 편을 청탁한 적이 있었다. 전화기 너머로 얼굴도 모르는 그와 나의 대화가 어중간하게 오고갔을 것이다. 당시 그가 보내온 시조는 「대릉원에서」였다. 그 일부다. '찬물처럼 반짝이는 아침햇살 한 자락/ 어둠에 눈이 부신 이승의 먼 안부는/ 명부의 물굽이까지/ 환히 닿아 있을라'. 시간과 생사의 경계를 넘어서 있는 아득한 상상력이다.

그 이후 박권숙을 만나기까지는 몇 년 걸렸다. 그것은 그의 특별한 사정 때문이었다. 나는 그를 생각하면 내 방식대로 여러 가지 생각이 스친다. 그의 육신이 많이 아파 애처롭고, 아픈 만큼 그의 시가 삶의 심부에 에두르지 않고 제대로 육박하고 있어 부럽다. 나에게 짧은 편지를 보내온 적이 있으나 답장을 보내지 못하였으니 그 일은 미안한 것이다. 이것은 그때 미처 보내지 못한 답장 같은 글이기도 하다.

나는 이제껏 그를 딱 두 번 만났다. 두 번째는 만난 것도 아니고 그냥 스친 정도에 불과했다. 하지만 첫 번째 만났을 때도 놀랐고 두 번째 보았을 때도 놀랐다.

그를 두 번째로 본 것은 그가 2009년 최계락문학상을 수상할 때였다. 시상식이 끝났을 때 그의 얼굴을 보러 행사장 앞쪽으로 갔는데 그는 내 이름을 기억하고 있었지만 나를 알아볼 수 없는 상태였다. "병세가 악화돼 잘 안 보인다."라고 옆에 서 있던 그의 친구가 말해주었다. 나는 반갑고 축하한다는 말밖에 더 할 말이 없었다. 그렇게 그와의 두 번째 만남은 스쳐 지나갔다. 몇 년 사이에 표가 나도록 세상의 빛을 잃어버린 그의 모습이 내내 잊히지 않는다.

내가 그를 처음 만난 것은 그 4년 전인 2005년의 초여름이었다. 그때 그의 제4시집 『홀씨들의 먼길』이 출간됐다. 그는 이미 시조시인으로 주목을 받고 있는 터였다. 취재를 하기 위해 그의 집 근처에 있는 부산 금강공원에서 그를 만났다. 그 초여름에 그의 얼굴빛이 파리했다는 걸 기억한다. '얇은사(紗) 하이얀 고깔은 고이접어서 나빌레라 파르라니 깎은머리 박사(薄紗) 고깔에 감추오고 두 볼에 흐르는 빛이 정작으로 고와서 서러워라.' 얼토당토않게 조지훈의 「승무」, 그 느낌이 떠오른 것이다. 파르라니, 그 말의 어감이 어쩐지 푸른 소나무 밑에 서 있는 그녀를 휩싸고 있었다.

2.

고통은 절망을 낳으며 절망은 죽음 쪽으로 자꾸 내달았다. 1987년 당시 고교 교사이던 스물다섯 살의 박권숙에게 느닷없이 찾아온 병마는 혹독했다. 만성신부전증, 그 병이 어디서 왔는지 알 수 없는 일이었다. 신장이식 수술을 했는데 3년 만에 거부 반응이 나타났다. 투병 생활에 지친 1990년 그는 삶의 희망을 거의 다 놓아 버렸으며 다가온 죽음 앞에서 종부성사(終傅聖事)까지 받았다. 죽음에 임박한 이들이 받는 종부성사의 어감이 사뭇 비장하다. 그것을 받은 이후에는 삶과 죽음을 넘어설 수 있는 것일까.

그러나 삶은 알 수 없는 일투성이다. 그 즈음 그의 어머니가 읽어주는 신문의 시조 한 편이 누워 있던 그의 귀에 꽂혔다. 그는 "빨리 죽고 싶었다. 그런데 시조의 절제된 형식이 나의 아픈 현실에 와 닿았다."고 금강공원의 소나무 밑에 앉아서 말했다. 환한 역광 속에서 하나의 부드러운 홀씨가 파란 생명체 위에 살포시 내려앉은 것이었다. 그것을 비유컨대 생의 빛이라고 하자. 전무후무하게 한 생(生)을 점화시키는 빛, 살아왔던 삶과, 삶의 저 너머까지를 보게 하는 내면의 빛이 그에게 가닿은 것이었다. 초설(初雪)처럼 빛이 그에게 내렸다. 이듬해인 1991년 그는 시조시인이 되었다. 등단작은 「초설(初雪)」이었다. 강원도 인제 한계령 그쯤에서 눈부신 순백의 초설이 국경을 뒤덮고 있는 모습을 그린 시조이다.

인제를 넘어 북쪽 한계령 고개턱에서
보았다. 국경으로 몰리어가는 눈, 눈, 눈
순백의 고요한 화해 그 눈부심을 보았다

바위는 바위끼리 나무는 나무끼리
서로의 가슴으로 서로를 묻으며
우리의 동토를 향해 소리 없이 전진했다

용서하라, 끝없이 이어지는 흰 깃발의 행렬
살과 살이 서로 부딪고 뼈와 뼈가 서로 부딪쳐
힘없이 허물어지는 저 국경을 넘어서

달려왔다. 나부꼈다. 그리고 조용히
얼어붙은 우리의 냉기를 어루만졌다
숨겨진 불씨가 일 듯 환한 세상이 열리고

이 땅에 빛나는 모든 것이 한데 어울려
싱싱한 화해의 꽃송이로 춤출 때
우리도 하나가 되어 희디 희게 쌓여갔다
–「초설」 전문

삶과 죽음의 경계에서 그는 국경으로 가서 흩날리는 눈이 뭇 경계를 지우고 있는 것을 보았다. 흰 눈이 용서하라면서 흰 깃발처럼 달려왔고 나부꼈다. 맑고 투명하게 응축된 언어들이 사각사각 소리를 내고 있는 이 시조는 '처음의 언어'들이 곧 시조의 밭에 차근차근 내릴 것을 예고하는 것이었다.

금강공원에서 만났던 그날 그는 "오랜만의 외출"이라고 했다. 두 번의 신장이식 수술을 받았는데 건강이 썩 좋지 않다고 했다. 두 번째는 아버지에게서 신장을 이식 받았으며 그게 몸에 잘 들러붙지 않아 아버지에게 미안하다고 했다. 장기 이식을 받은 이들은 면역억제제를 먹어야 한다. 면역이 있어야 사는데 면역을 억제해야 살 수 있으니 그 묘한 중간점을 잘 찾아야 할 수밖에, 그러나 그게 쉬운 일이 아닌 것 같다는 말을 했다. 파리한 얼굴빛은 그 때문이었다.

그는 "내게 등단은 새로운 인생의 시작이었다"라고 했으나 "특별히 이 생에 연연해 할 필요는 없다"라고도 했다. 그러나 그녀는 썼다. '아미동 저문 능선 폭설이 내리고/ 평화로운 아침 모든 것은 덮여서/ 가슴 속 은밀히 찍힌 긴 병고의 발자국// 울지마라, 눈부신 은닉의 흰 산 아래/ 침엽의 정신들이 푸른 가시를 세우듯/ 묵묵히 겨울을 나는 저 깨끗한 눈물'(「폭설주의보」 중에서). 힘든 투병으로 병원을 오가면서 '다시는 이렇게 돌아갈 수/ 없을지도 모른다'라고 집으로 향하던 길에서 눈 내리는 아미동 능선의 소나무를 본 것이다. 그는 "폭설이 내리던 부산 아미동의 한 능선에서 묵묵히 겨울을 나고 있는 소나무의 침엽을 보고서 부끄러웠고 살아야겠다는 생각을 했다"라고 기억했다. 부산에 폭설은 잘 오지 않는데 글쎄 소나무가 침엽의 정신으로 생을 충격해 시가 되려고 그때 폭설이 온 모양이다.

그러고 보니 등단작 「초설」과 이 「폭설주의보」에서 그에게 생의 의지를 매개하고 있는 것은 눈이다. '복 복 복 새벽하늘에 흰 옷고름 북천 연다/ 호명된 울음들이 나비로 날아간 뒤/ 겨우내 눈이 내렸다 할머니 환한 앞섶'(「나비」 전문). 나비의 날갯짓 흔적으로 할머니 환한 앞섶을 드러내는 그 눈은 '할머니 마흔 두 해 전/ 찌고 가신 그 눈발'(「하얀 안부」 중에서)이기도 하다. 복 복 복, 희한한 소리로 눈발이 날린다.

3.

나는 박권숙을 생각하면 배롱나무와 천마도가 떠오른다.

배롱나무!

한 번은 전라도 백양사에서 무차선법회(無遮禪法會)가 열렸다. 대선사가 야단법석에서 횡설수설하는 듯했다. 좌중에서 눈 밝은 처사가 일어나서 그 대선사와 선문답을 주고받았다. 그러다가 그 처사가 스님에게 단도직입적으로 물었다.

"스님의 진면목이 무엇입니까?"

"하지와 동지 사이가 백중이니라."

"스님 뒤 대웅전 옆에 있는 배롱나무가 아름답습니다."

"악!"

그리고는 끝이었다. 외마디를 내지른 선사의 깊은 뜻은 알 수 없고 처사가 "배롱나무가 아름답다"고 한 것은 '스님의 갈지자 법문은 아름다운 배롱나무에 비할 바가 못 되오.'라는 뜻이었다. 그러니

하지와 동지 사이가 백중이라 하더라도 우리가 어떻게 배롱나무의 아름다움을 마저 알 것인가.

박권숙은 봄, 여름, 가을, 겨울이 바뀌는 경주 대릉원에서 배롱나무를 보았다고 한다. 배롱나무의 화석처럼 단단한 줄기와 초록 잎, 생경한 빨간 꽃 사이의 그 먼 거리가 참으로 신기했다고 한다. 화석에서 초록 잎과 빨간 꽃이 생기다니, 그것은 죽음에서 생명이 일어서는 것과 흡사하다. '내 생애 속살 깊이 멍울진 눈물 같은/ 배롱나무 꽃들이 붉은 입술을 열어'(「천마총 8」 중에서) 그에게 말을 건넨 것이다. 박권숙은 언어를 배롱나무에게서 얻었다. 꽃들이 붉은 입술을 열어 부르는, 불러주는 이름이었다.

천마도 또한 박권숙을 얘기할 때 빼놓을 수 없다.

그는 1996년 한여름 경주의 천마총에 갔다가 천마도를 보고 충격을 받았다고 한다. '절명의 저 낭자한 매미소리'가 울음을 울던 그 여름, 그는 천마총에서 죽음 위로 훨훨 승천하고 있는 천마의 상징에 감전되었다. "그 어두운 죽음의 공간에서 비상하는 천마의 꿈이 내게로 왔다. 그 속에 잠자는 천오백 년 전 사람의 잠이 아무리 깊어도, 우리 삶이 아무리 아프고 캄캄해도 날아오르는 천마가 있는데 무엇이 문제이겠는가. 죽음 자체에 연연하지 않는 옛 사람들의 지혜를 배웠다. 그러니 삶과 죽음은 이제 아무것도 아닌 것처럼 여겨졌다."라고 그는 말했다. 그는 10여 차례 천마총을 찾았고, 15편의 「천마총」 연작이 태어났다.

자작나무 껍질로 싼 밀봉의 울음들이
진흙 깊이 숨겨진 왕의 잠에 닿았을 때

내 마음 깊은 벼랑을 날아오르는 백마 본다

-「천마총 1」 중에서

천마의 울음이 깊은 잠을 자고 있는 왕에게 닿는 그 순간은 벼랑 위의 박권숙에게 그 울음이 닿는 순간이었다. 생사를 오락가락하는 병고에 그 천마의 꿈 한 점이 닿은 것이다. '가슴 깊이 잠자던 어둠의 덫을 열고/ 날개를 다친 빛이 몸을 일으켰을 때/ 내 안의 골짜기들이 갑자기 환해졌다'(「천마총 13」 중에서).

그런데 천마도와 배롱나무는 초록 동색이다. 천오백 년 전 무덤을 박차고 오르는 천마의 꿈은, 화석 같이 단단한 줄기에서 피어오르는 배롱나무 붉은 꽃과 다르지 않다. 죽음과 무덤을 딛고 일어서는 생명의 상징이 그것이다. 우리는 박권숙을 통해 배롱나무 속에서 날개 펼치며 날아오르는 천오백 년 전의 천마를 보는 것이다.

"큰스님, 배롱나무가 과연 아름답기는 한 것 같습니다."

4.

박권숙의 시는 팽팽하다. 압축, 절제, 정제, 긴장, 여운의 미. 박권숙의 삶이 그렇다. '생을 바라보고 희구하는 간절한 서정이 절제되고 정제된 형태로 형상화되어 있다'(최계락문학상 심사평). '원래 우리 어머니는/ 무사의 후예였다// 매복의 작은 횃불로/ 들을 환히 태우다가// 머리가/ 하얗게 세면/ 달을 향해 활을 쏜다'(「민들레꽃」 전문). 민들레의 갓털 달린 씨앗이 다름 아닌 달을 향해 쏘는 화살이란다. 시위를 당기는 듯 팽팽한 그의 시는 작은 것 속에 만물의 응축된 의지를 쟁이고 있으며, 그것은 곧 삶을 곧추세우려는 직립의 의지, 생의 의지를 함축하고 있다. 아마도 민들레 씨앗이 날아가 앉는 곳뿐 아니라 민들레 화살을 맞는 달도 큐피드의 화살을 맞은 듯 사랑에 빠질 것이다. '시인은 천지 사이의 많은 것들을 이미 다 알고 있다'는 프로이트의 말이 연상되는 대목이다.

하지만 시를 쓰는 것은 사는 것처럼 힘들고 고독한 것이다. '시가 찾아오기를 백 년쯤 기다리다/ 학이 되어 버린 내가 긴 목을 뽑았을 때/ 바람의/ 손가락 사이로/ 백 년이 지나갔다'(「연」 전문). 길고 긴 고독이 어른거린다.

신라 향가 「헌화가」를 연상케 하는 시조 「첫발자국-절벽」의 보폭에는 삐침 같은 높고 찬란한, 서늘한 빛이 깃들어 있다. '서라벌 그 붉은 헌화가 꺾어들면/ 허공에 빛나고 있는 직립의 비애 본다// (중략)// 내가 다시 피어난 진달래 벼랑일 때/ 당신의 첫발자국은 초승달로 찍히리/ 외롭고 까마득한 빛 그 맑은 발자국'. 신라 허공의 절벽에서 빛나는 꽃을 직립의 비애라고 했으니 그게 찬란한 고독이 아니고 무엇이겠는가. 그 찬란한 고독의 꽃으로 피어나는 것이 시이다. 그러니까 아슬아슬한 진달래 벼랑에서 직립의 비애로 빛나고 있는 것은 꽃이요, 시이다. 여기까지만 해도 충분히 아름다운데, 그것에 이르기 위해 벼랑을 오르는 첫발자국이 마치 밤하늘에 빗금처럼 찍혀 있는 초승달 같다는 것이다. 그 초승달이 이미 꽃이자 시가 아닐까. '외롭고 까마득한 빛 그 맑은 발자국'은 초승달이면서 또한 꽃이요 시일 것이다. 이미지가 중첩되는 아름다움이 그윽하다.

그 맑은 첫발자국의 초승달 같은 노래가 '즈믄 강'에 비쳐 드리워지니 그것이 천 개의 강에 달빛을 찍는 아, 월인천강지곡(月印千

江之曲)이다. '해운대 달맞이길 육신을 묻어놓고/ (중략)// 묻어놓은 육신이 승천의 흰옷 입고'. 그는 해운대 달맞이길 위에서 검은 바다 위에 산산이 부서지고 있는 달빛을 본 것일까. '만발한 웃음소리가 아, 만발한 눈물방울이/ 적멸의 표정을 열고 수천의 당신이 되는/ 나 그런 거울 하나만 가졌으면 싶어라'(「월인천강지곡」 중에서). 문득 밤하늘을 보니 달빛이 곱게 흐르고 있다. 밤하늘에 맑은 발자국이 찍힌 것이다. 박권숙의 시조가 저 달빛처럼 서늘한 자국을 천 개의 강 같은 우리들 저마다의 마음속에 찍기를.

5.

박권숙에게 신장 한 쪽을 내준 아버지는 몇 해 전에 작고했다. 그는 이렇게 썼다. '시간의 비정한 칼이 또 한 번 나를 찌른다. 나는 아버지의 슬픈 유품 하나로 남았다. 아직 내 몸속에는 아버지의 몸을 떠나 내게로 온 신장 한 쪽이 숨 쉬고 있다.' 육친이라는 말의 실감이 그녀 몸속에 그대로 살아서 들어 있다. 아버지의 말도 생생하게 살아 있다. 아버지는 생전에 딸에게 "살아만 있다면 누구든 무한한 가능성 앞에 서 있다."고 했다. 아버지는 무한한 가능성을 딸에게 주고 저 너머로 가신 것이다.

두꺼운 외투 같은 어둠을 껴입고
내과 중환자실 불빛 속을 날아올라
마지막 눈발이 멎듯 지워지는 사람들
이승의 창밖에 떨군 어린 풀씨 같은 내 손
바람 같은 손길로 한 번 꽉 잡아 주고

아버지 환히 불 켜진 별에 탑승하셨다

-「하늘 간이역」 전문

'여섯 식구 등에 얹고' 평생 고생하신 아버지였다. '나는 아버지가 생애의 벼랑에서/ 눈물로 길어 올린 세 번째 별이었다/ 조각 꿈 맞추어 올린 애절한 탑이었다'(「딸」 중에서). 아버지는 허허로운 손길로 딸의 손을 한 번 꽉 잡아 주고 가셨다. 그리고 '쟁쟁한 침묵이 되어 산천에 가 누우셨다'. 침묵이 쟁쟁하다고 했으니 어찌 아버지를 잊을 수 있을까. 잊지 못하는 아버지를 향한 가슴 아픈 사랑으로 딸의 목소리는 떨린다. '이번이 마지막일지 모른다고 생각하면서 벌써 다섯 번째 시집을 내게 되었다.' 다섯 번째 시조집 『그리운 간이역』의 앞쪽에 적은 말이다. '마지막일지 모른다'라는 말이 너무나 비감하다. '이젠 누구보다 기뻐해 주실 아버지가 계시지 않는다'는 대목에서는 울 수밖에 없다. 그래, 세상의 이별이란 다 그런 것이다. 사람의 뜻과 마음을 넘어서서 세상은 저 가는 대로 흘러가면서 우리 생을 휩쓸어가는 것이다. 우리는 속절없이 그것을 겪을 수밖에 없다. 그것이 인생이다. 이런 인생 앞에 우리는 때론 울기도 하는 것이다.

아버지가 딸의 손을 한 번 꽉 잡아 주신 손의 그 촉감은 이제 다르게 딸에게 다가서고 있다. 딸은 아지랑이 너머에서 아버지 모습을 본다. '옹관이 어둠을 삭여/ 고요의 뼈를 담듯// 아버지 푸른 항아리/ 봉분 한 채 지어 놓고// 뽀오얀/ 입김을 풀어/ 닦고 계신 환한 몸'(「아지랑이 화신」 중에서). 아버지 무덤가에 피어 있는 냉이 꽃은 무엇인가. '냉이 꽃이 돌아왔다/ 끝 간 데까지 가서/ 뒷모습 물끄러미 눈이 젖어 바라보던/ 한 번 더 부르지 못한 아픈 혀가 있었다/ 생각날 듯/ 생각날 듯/ 끝내 생각나지 않는/ 희고 부드럽고 반짝이는 한 마디/ 냉이꽃 뿌리를 열고 누군가 돌아왔다'(「선묘에 와서」 전문). 냉이 꽃과 함께 돌아온 아버지가 건네는 한마디이다.

그래 딸아, 애비 여기 있으니 삶과 죽음이 멀다 가깝다 하지 말고 네가 가야 할 생의 멀고 짧은 길을 계속 걸어가거라. 그 가능성을 향해 계속 나아가거라. 시를 쓰라. 삶을 누려라. 그 생이 참으로 사무치게 고마운 것이다.

말빨로
글빨에 이르는
소설의 실험

-소설가 이상섭

1.

소설가 이상섭은 부산 문단에서 알아주는 구라다. 유려한 '말빨'을 갖춘 그는 이른바 '사회주의자'(?)다. 툭하면 이런저런 행사의 '사회'를 맡는다. 칠팔 년 전의 일이었던가. 신춘문예 시상식을 마치고 신문사 인근 식당에서 뒤풀이를 하는데 첫낯의 당선자들을 비롯해 수십 명의 참석자들이 서로를 알 수 있도록 간략한 소개를 해야겠다는 생각이 들었다. '옳거니, 이상섭 형이 있다.' 과연 역시였다. 이후 그는 해마다 부산일보 신춘문예 뒤풀이 사회를 맡고 있다. 그는 재치와 임기응변으로 사람들의 특징을 속속들이 훑고는 한다.

이런 일도 있었다. 2012년 지리산 쌍계사 계곡에서 1박 2일간 열렸던 부산소설가협회의 여름소설학교를 마치고 부산으로 돌아오는 버스 안에서 이상섭은 1시간 넘게 혼자 마이크를 잡고 사람들을 들었다 놓았다 했다. 그때 정태규 회장이 집안일로 진주 근처에서 먼저 내리자 사무국장은 행사의 클로징 멘트를 일찌감치 날렸다. 뭔가 섭섭했던 그는 부회장은 회장 대행이라며 나와서 "사무국장은 학교로 치면 교무주임인데 교무주임은 교장이 공석이면 교감이 교장 대행을 하는 것도 모르냐."라고 너스레를 떨며, 마이크를 잡았다. '머라캐샀노', '터진 입이라고 도나캐나 씨버리고 있어', '고마 가마이 있으라카이' 따위의 대사를 치며 이어지는 그의 우스갯소리에 사람들은 배꼽을 잡지 않고 배길 재간이 없다.

너무 많아 일일이 기억할 수 없을 정도로 그는 음담패설에서도 풍성한 일가를 이루고 있는데 그것 또한 사람들을 자지러지게 하기에 충분하다. 중편 「그곳에는 눈물들이 모인다」의 한 대목을 슬쩍 보면, 그의 '설(舌)'은 이런 식이다. 자갈치시장 아지매가 좌판을 걷어치우는 단속반에 맞서 '이게 여덟 자식 밥그릇이나 마찬가진데 못하게 하면 그럼 너그가 책임질 거냐며 단속반 불알을 잡고 매달린 것이다.' 이후 그 아지매는 '불알아지매', 세월이 흘러서는 '불알할매'로 불렸다고. 단속반이 '불알할매'하고 부르면 그 할매의 대꾸가 걸작이다. "불알 겉은 소리 하고 자빠졌네. 없는 불알을 어디다 갖다 붙여. 공알할매면 몰라도." 이상섭의 걸쭉한 말과 질펀한 소설 대목을 그대로 옮기려면 웬만한 자기 검열을 넘어서야 하는데 이게 쉬운 건 아니다. 아니 말의 세계와 글의 세계는 길항하면서 따로 가는 것이어서, 글의 세계는 생생하게 웃기며 요동치는 말의 세계를 제대로 담을 수 없는 게 아닌가 하는 생각이 들 때도 있다.

이상섭의 말솜씨는 그의 어머니에게서 유래한 것이라고 한다. 아버지는 살아 있는 부처님처럼 웬만한 일에는 꿈쩍도 않지만 어머니는 대조적으로 농담도 잘하고 입말이 아주 세다고 한다. '모국어'는 '어머니 말(mother tongue)'인데 이를테면 이런 것이다. 어느 문학 행사 때 부산에 온 재일교포 2세 김이박 시조시인이 경상도 사투리를 아주 매끄럽게 구사하는 것이었다. 한국말을 전혀 못하던 그는 철들어 한국말을 배우면서 어머니가 하시던 말의 어조와 느낌을 되살려 신기하게도 한국말을 쉬 익힐 수 있었다는데 요컨대 '어머니 말'이 '모국어'였던 것이다. 이상섭 또한 어머니의 센 입말에서 그의 구수하고 질펀한 모국어를 체득한 것 같다.

이상섭은 딸이 넷인 집의 외아들인데 어머니와 누이들의 여성적 어투에 휩싸여 컸던 것 같다. 나는 그의 작품뿐 아니라 말 속에 자잘하고 섬세한 여성성이 깃들어 있을 거라고 짐작한다. 더불어 리듬도 있다. 경상도 말에는 독특하고 부드러운 리듬이 있는데 그 리듬을 말로 구사하는 이는 흔치 않다. 이상섭은 그 흔치 않은 예의 한 사람이다. 그의 소설 구절을 빌려와 나도 대사 하나를 친다(?). '실비로 밀어줄 텡께 우짜든둥 단디 해봐라.'(「수평선, 그 가깝고도 먼」)

2.

나는 처음에는 이상섭이 그렇게 능변인 줄 몰랐다. 그는 속이지 않았지만 나는 속았던 거다. 2001년 그의 첫 소설집 『슬픔의 두께』가 나왔을 때 나는 이상섭을 서정적인 「불눈」의 작가로만 새겼다. 단편 「불눈」은 색채가 선명하게 교차하는 아름다운 작품이다. 불(火)과 눈(雪), 모순어법의 불눈은 모든 걸 태우는 불과, 그 불을 온전히 뒤덮으며 내리는 눈을 말한다. 불은 아들의 죄를 뒤덮으려는 어미가 소신공양처럼 제 몸을 태우는 장엄한 불이다. 그날 폭설 중의 폭설, 불눈이 세상을 지우며 하얗게 내리는 것이다.

댐 공사로 마을 일부가 물에 잠기게 되자 보상 문제가 대두된다. 늦게 봐 애지중지하는 장뫼댁의 외아들 용수가 나서서 보상 문제를 관장하는데 여기서 시비가 일고, 용수는 급기야 철창신세까지 지게 된다. 동네 영감님에게 선처를 호소하던 장뫼댁은 아들을 면회하고 돌아온 뒤 목욕재개하고 부엌 아궁이에 엄청난 불을 때고서 방으로 들어와 편안히 눕는다. 불은 천장까지 쌓아 놓은 땔감으로 번져 집을 삼킬 것이다.

> 그려, 삶은 어차피 불바다여. 이 몸이 재가 되면 녀석은 이곳에 날아와 뿌리를 내릴 수 있을 것이여. 부모된 도리로 자식새끼 싹 틔울 자리 하나쯤은 되돌려 주어야 하는 법. 이제 이 밤 내내 허연 눈이 내리면 모든 게 지워질 거여. 오늘밤에 내리는 건 깡그리 태우고 지워 버리는 불눈인 게여. 그려, 내려라. 어서 내려라. 불눈아. 많이도 내려서 모든 거 죄다 다 덮어 뿌려라.

저 어미의 불은 무섭다. '사람이 왜 동물과 달러? 허물이고 잘못을 씻을 수 있는 몸을 지녔응께 다른 거지. 아무리 아들놈 죄가 크다 하더라도 다 씻을 수 있는 거여.' 정말 저 도저한 '새끼 사랑'은 동물의 그것과 다른 것일까. 시뻘건 불은 동물적인 것에 육박하는 어미의 맹목적인 자식 사랑이다. 그것은 동물적이라는 점에서 구구한 설명 너머에서 불타오르고 있다. 어미는 자신의 몸을 태우면 아들의 죄까지 깡그리 불태워 없앨 수 있다고 생각한다. 그것이 옳고

그른 것은 중요하지 않다. 맹목은 그런 것이다.

눈이 내린다. 눈은 처음에 불 속으로 녹아들면서 사라지지만, 불이 다 탄 이후에도 하염없이 쏟아진다. 마침내 어미의 잿더미 무덤과 아들의 죄도, 마을 전체도 하얗게 뒤덮어 버린다. 그것은 순백의 설국(雪國)이다. '마을 하나가 밤사이에 사라진 것 같기도 했고, 어찌 보면 새로운 마을 하나가 다시 들어선 것 같기도 했다.'

빨간 불과 흰 눈, 타고 남은 검은 재와 하얀 눈. 불눈에는 이렇게 색채가 묘하게 뒤섞여 있다. 나는 이 색채의 뒤섞임에 마음을 빼앗긴다. 아니 그 모든 색채를 집어삼키는 어미의 맹목에 사로잡혔다.

이상섭은 붉은 동백꽃의 섬 거제도가 고향이다. 동백꽃을 탐한 중편 「그 동백에 깃들다」에 이런 말이 나온다. "사람의 삶노 동백을 닮았나 봐. 붉은 피를 흘리면 화려한 삶은 끝나니까." 동백꽃은 불눈의 시뻘건 불과 겹친다. 그래, 단호하게 툭 하고 온몸을 통째로 내던지며 떨어지는 동백꽃은 아들을 위해 소신공양한 그 어미다.

3.

나는 이상섭의 가랑이가 찢어지는 것을 보았다(?). 그는 두 번 등단했다. 지역 신문 신춘문예로 먼저 등단한 그 4년 뒤 중앙 문예지를 통해 또 등단했다. 그의 재등단은 축하해 줄 만한 것이었으나 기쁜 것만은 아니었다. 그의 등단작 이름들을 빌려 말하면, 나는 지역 작가가 지닌 '슬픔의 두께'를 감지하면서 '바다는 상처를 오래 남기지 않는다'며 글의 바다를 항행하는 이상섭을 지켜볼 뿐이다.

이상섭은 이제껏 세 권의 소설집을 냈다. 그런데 세 번째 소설집 해설에서 두 번째 작품집 『그곳에는 눈물들이 모인다』(2006)를 첫 작품집이라 칭했다. 지역에서의 등단과 실제 첫 작품집을 쳐주지 않은 셈이다. 그것은 불편하다. 이런 일을 일러 나는 가랑이가 찢어졌다고 하는 것이다.

다른 의미로 이상섭은 스스로 가랑이를 찢어온(?) 작가다. 보폭 넓은 자기 갱신을 해왔다. 소설집 세 권의 문법이 저마다 사뭇 다르다. 그 세 권을 서정적인 낭만성, 질펀한 해학, 서사의 젊은 실험으로 대략 구별할 수 있다. 이상섭은 첫 권에서는 함초롬하고 그윽하게 앉아 있다가, 둘째 권에서는 갯냄새 나는 삶의 곰삭은 장광설을 쏟아낸 뒤 셋째 권에 와서는 완전히 실험적인 어법을 입에 붙였다고 말할 수도 있겠다.

나는 물었고, 그는 답했다.

"이렇게 거듭되는 변화를 모색하다가 가랑이가 찢어지는 것은 아닌가?"

"왜 이리 상상력이 부족한가라는 고민으로 가랑이가 찢어지는 게 아니라 죽고 싶은 심정이었다."

이상섭은 2010년 세 번째 소설집 『바닷가 그 집에서, 이틀』로 백신애문학상을 받았다. 이상섭은 이 상을 받으면서 지역에서도 열심히 쓰면 누군가 읽어주고 알아주는구나 싶어 큰 위로를 받았다고 한다.

나는 그의 말에서 내가 즐겨 인용하는 시시포스, 산꼭대기를 향해 바위를 밀어올리고 있는 시시포스의 고되고 외로운 등짝을 본다. 시시포스는 신들 중에서 가장 말을 잘한다고 했던가. 아, 이상섭 시시포스여, 지역 작가들이여! 시시포스가 하데스와의 약속을 어긴 것은 그가 지상에 잠시 다니러 왔을 때 햇빛과 물빛으로 찬란하게 빛나는 바닷가에 당도했기 때문이라고 카뮈가 말했다. 그는 그 황홀한 바다 빛에 홀려 '죽어도' 하계로 돌아가지 않겠다고 도망쳤다. 나는 시시포스를 꼼짝없이 사로잡은 그 빛나는 바다는 시시포스의 바다이자, 카뮈의 바다이며, 동시에 이상섭의 바다라는 생각이 든다. 이상섭도 바다에 사로잡혔다는 것이다. 그가 본 것은 무엇일까.

"파도는요, 절대 죽지 않아요. 또다시 일어서요."(「그 동백에 깃들다」)

그가 작품 세계의 끊임없는 변화를 모색하는 이유도 '절대 죽지 않고 또다시 일어서는' 파도, 바다와 연관이 있지 않을까 하는 것이다. 자신의 상상력이 어디에 이를 수 있는지에 대한 도전, 한국 문단의 소설적 경향을 놓치지 않으려는 성실함 따위를 들먹일 수는 있다. 하지만 왠지 이 바다를 뺄 수 없을 것 같다. 이상섭은 시시각각의 시간 속에서 쉼 없이 변하는 그 변화무쌍한 바다를 어릴 때부터 보고 자랐던 것이다. 아, 변해도 죽고, 변하지 않아도 죽는다. 그래, 파도처럼 쉼 없이 일어서는 것이다. 일어선다는 것은 뭔가. '깊어진다는 것, 그것이 진정한 바다의 가르침인 것을'(「그 동백에 깃들다」).

4.

이상섭에게는 상처를 수긍하는 상처의 미학이 있다. 나는 산다, 고로 아프다, 혹은 나는 아프다, 고로 산다, 그런 것이다. 정말 첫 소설집의 작품들은 상처투성인데 상처를 담담하게 수긍하는 이상섭식의 독특한 각도가 있다. 이 점이 문제적이다.

병든 아비에게서 겨우 태어난 출복이는 좀 모자라는 아이다. 어느 날 자신을 "이 웬수덩어리 같은 놈아!"라며 몰아세우는 어머니의 자살 소동 이후 출복이는 아주 높은 바위 위에서 몸을 던진다. 어버이날인 그날, 학교에서 부모님 말에 순종하는 것이 효도라는 말을 들었기 때문이다. 그 엄마는 '마, 어데 가서 뒈지던지 안 하고, 그기 에미 살리는 길이다'라는 말을 귀에 못이 박히도록 했던 터였다. 밑도 끝도 없는 단편 「출복기(出福記)」의 허무맹랑한 얘기 속에는 상처를 수긍하는 '이상섭식 상처의 미학'이 있다. 출복이가 몸을 던지는 순간은 상처가 알에서 깨어나 날개를 펴는 순간이라고 할까.

단편 「지붕 위에 걸려 있던 시간」에서 아버지는 바람을 피웠고 어머니는 홀로서기를 했다. 그 딸이 어머니와 같은 경우를 지금 당하고 있는데 딸은 사위를 용서하지 않으려 한다. 그것을 지켜보는 어머니는 아프다. 이전에 아버지는 집을 나간 뒤 배를 타다 실종돼 죽었다. 그 아버지의 영안실에 갔을 때 어머니는 영정을 안고 서럽게 흐느껴 우는 남편의 여자를 본다. 어머니는 "그 여자를 지금까지 한시도 잊은 적이 없어. 갈수록 그 여자 얼굴이 생생하기만 해. 내가 언제 다른 사람을 위해 그렇게 크게 울어 봤나 싶은 게"라며 말을 잇는다.

> 한 번 가족이 된 사람은 죽어서도 가족을 이루는 법이다. 너도 아무리 끝내고 싶지만 가족의 울타리 속에 들어온 이상 그 울타리 말뚝은 뽑아도 흔적은 남는 기제. (중략) 김서방이 잘못했다고 그렇게

용서를 빌고 있으이, 우찌 맘을 묵던 소훨 먼저 생각하고…….

바람피운 남자를 용서하라고? '그까짓 바람 한 번 피운 거 가슴 크게 하고 보면 먼 훗날엔 별것도 아닐 수 있는 기다'는 게 어머니의 말이다. 이게 얼토당토않다면 '나는 반대요'라며 지나친 화해를 부추긴다고 이상섭을 꼬집을 수 있다. 이런 화해 방식은 어머니 입김이 센 딸부잣집에서 외동으로 자란 이상섭의 남성성, 혹은 여성성이라 할 수 있을 것 같다. 어쨌든 상처를 수긍하는 이상섭의 방식 혹은 이야기가 허점이 많으면 많을수록 그것은 이상섭의 개인 체험과 연관돼 있을 공산이 크다. 체득한 것은 논리 이전의 문제이다. 그 개인 체험이 그의 것인지, 그의 아버지 것인지 알 수 없고 알 필요도 없다.

이상섭은 한때 "내 평생소원은 모텔 손님이 되어보는 거"라는 말을 하고 다녔다. '울타리 너머의 사랑은 불륜과 불법을 오가는, 아니 불륜과 불법으로 다스릴 수 없는 불치병'이라는 것이 그의 변명이다. "사실 젊은 사람이든 늙은 사람이든 모텔 손님이 되는 일이야말로 남자라면 누구나 꿈꾸는 인생의 로망이 아니던가." 로망? 소설! 멋진 소설을 써 볼 작정인가. 아니 소설을 빌미 삼아 멋진 사랑을 해 볼 참인가. 사랑도 상처를 남긴다는 것을 그는 모르는 모양이다. 아니 알고 있을 것이다.

5.

이상섭은 작품을 입말에 가깝게 쓰는 여러 실험을 했다. 그것은 유려한 '말빨'에 힘입은 것인데 그의 감각 속에서 글과 말을 나란히 끌고 가려 하는 것이다. 이것이 이상섭을 이상섭답게 하는 개성이다. 최인훈은 일찍이 소설적 서술을 완전히 덜어낸 대사만의 희곡을 썼다. 그는 소설에서 관념과 사변을 없애면서 침묵을 탐하는 시적인 글에 이르렀다. 이상섭은 무엇을 겨냥하는 것일까. 그는 '말빨'로 '글빨'에 이르는, 꿈틀거리는 말의 실험을 하고 있다. 그는 침묵보다는 외려 장광설에 기울고 있다. 그것은 때론 잘 건사해야 할 장광설이기는 하다.

그의 실험 중에서 내가 귀하게 꼽는 것은, 충청도 말을 구사한 이문구의 경우를 염두에 두면서 시도한 두 번째 소설집의 경상도 사투리 소설들이다. 그 소설집의 맨 앞에 실린 단편「자장가」를 대했을 때 놀랐다. '모리는 기 우예 그리 많고 궁금한 것도 쌔비렀는지' '때리치아뿔라캤심더'라는 경상도 말이 감치는데 경상도 말의 대가인 요산 김정한과는 또 다른 맛의 사투리가 흥건하게 구사되어 있다. 더욱이「자장가」에서는 세상의 더러운 꾐에 휘둘린 뒤 어머니 품으로 돌아온 아들이 소주를 까면서 뇌까리는 혼잣말이 소설의 전부다. 한 사람의 대사로 소설 하나를 쓴 것이다. 그 아들이 어머니와 함께 '약'을 먹는다는 설정의 마지막 대사는 찡하다. '그라이 걱정 마시고 퍼뜩 드이소. 쓴맛도 없십니더. 여기, 물 좀 드시고요. 고맙습니더, 아니, 미, 미안합니더.'

단편「수평선, 그 가깝고도 먼」에서는 경상도 말을 쓰는 어부의 혼잣말 부분을 소설 중간중간에 넣어 말 실험을 진척시키고 있다. '동포 겉은 소리 하고 자빠졌네. 구린내만 풍기는 '똥퍼'다.' '그러이 너무 별시런 생각 하지 마래이. 어허이, 벨기 아이라캐도 그래쌓네마.' 이상섭의 평소 말투가 그대로 느껴지는 대사들이다.

세 번째 소설집 『바닷가 그 집에서, 이틀』에 와서는 말 실험이 사투리 구사를 넘어서 상당히 진화하고 있다. 단편 8편 모두가 한결같이 인용 부호 없이 대사를 처리하고 있다. '미씨꼬리야가 아니라 밑도 안 꼴리요!' 혹은 귀뚜라미 울음소리에서 '귀뚫어 귀뚫어'(「불어라 바람」)를 길어내는 그의 말재간, 그의 '말 실험'이 따옴표를 아주 걷어내는 데까지 이른 것이다. 다음은 아버지와 아들이 대화를 주고받는 대목인데 잘 읽어야 한다.

> 설마 바람피운다고 생각하는 건 아니시겠죠? 어쩌면, 하고 아버지는 뒷말을 얼버무렸다. 그럼, 이번 기회에 아내를 바꿔보시죠. 그것도 생각해봤다. 하지만 셋이나 바꿨으면 그것도 적은 숫자는 아니잖냐. 그렇다고 그게 많은 숫자도 아니잖아요?(「엄마가 수상해」)

이상섭은 2010년 『굳세어라 국제시장』을 냈다. 최영철 시인이 주도하는 도요출판사의 기획으로 부산일보에 일부 연재를 했던 것인데 그 책은 현대사의 가파른 질곡을 살아온 국제시장 상인 1세대의 증언을 채록한 것이다. '내 고향은 원래 피양이디. 사변 나던 그해 12월에 피란 왔어, 고것도 혼자 왔디. 전선에 나간 친구들이 죄다 전사했다는 소식이 전해오는디 잡혀갔다 하면 죽은 목숨이야. 기러이 어무이가 무조건 나를 피란시킨 셈이지, 아새끼 살릴라구.' 이상섭은 처음부터 끝까지 그들 상인이 직접 말하는 방식으로 글을 썼다. '글'이 아니라 '말'을 쓴 것이다. 이건 이상섭이라서 할 수 있는 방식이다.

6.

이상섭은 손바닥 건선이 심하다. 술을 마시지 않아도 그의 손바닥에는 울긋불긋 꽃이 피어 있다. 그러니 술을 마시면 어떻게 되겠나. 아, 안타깝다. 술을 마음껏 마시지 못하는 이 불상사는 겁 없던 우리들에게 낯모르는 손님처럼 찾아들고 있다. 이상섭은 눈에도 병이 왔다. 눈 속의 핏줄이 터져 사물이 모자이크 처리되거나 휘어져 보이는데 책을 너무 많이 봐서 온 병이라나. '세상이 아프니까 나도 아프다'는 유마힐의 그 병일는가. 세 번째 소설집 『바닷가 그 집에서, 이틀』은 병든 세상, 균열된 세계 가족 인간을 다루고 있다.

그중 「천국의 기원」에서 전처는 '너와 내가 언제 가족이었던 적이 있었어?'라며 돈만 밝히다가 토막 살인을 당해 냉동 창고에 들어가 있다. 남편이 범인인데 그 남편은 돈 있는 놈의 별장을 드나들며 스와핑을 즐기는 현재의 아내도 냉동고에 집어넣으려 하고 있다. 「아직 아직은」은 도발적이고 충격적이다. 근친상간에 이르는 특이한 사정의 오누이가 나온다. 남동생은 전신불수 신세이고, 누나는 은행과 봉제공장을 다니다 지금은 봉제공장 사장의 노리갯감으로 이따금 용돈을 얻어 동생을 돌보고 있다. 동생은 몸이 굳어가면서 괴성을 지르며 죽어가고 있다. 누나는 자살을 방지하기 위해 동생 입에 마우스피스를 물려 놓았다. 이 세상에 단 둘이 남은 오누이, 누나가 동생을 위해 해 줄 수 있는 건 하나밖에 없다. 동생의 생일날, 누나는 동생의 팬티를 벗긴다.

나신이 된 그녀가 침대 위에 올라선다. 마야의 눈에 눈물이 그득하다. 울지 마. 어차피 죽을 거면 사랑은 한번 해보고 가야지. 그래야 덜 억울하잖아. 마야의 입에서 비명이 터진다. 제발 소리치지 말라고 그랬지? 이게 누나가 네게 줄 수 있는 마지막 선물이야.

누나는 마지막으로 남아 있는 동생 마야의 생명의 불꽃에 자신의 몸을 바치는 것이다. 현기증이 나는 이 장면에서 우리는 입을 다물 수밖에 없다. '이제 곧 마우스피스를 뽑아야 할 것이다.' 균열된 세계를 접합할 수 있는 마지막 카드가 오누이의 몸뚱어리밖에 없다는 점에서 그것은 극악하다.

단편 「엄마가 수상해」에서 엄마 4호가 나온다. 네 번째 엄마라는 뜻이다. 엄마에게 다 큰 딸이 있고, 아빠에게도 다 큰 아들이 있다. 그 딸(은지)과 아들의 대화는 그들이 가족인지, 아니 이게 뭔가 싶을 정도로 우리를 곤혹스럽게 한다. '은지 씨랑 만나서 할 얘기가 있어서. 니네 아버지 문제야? 아니 은지 씨의 어머니 문제야. 우리 엄마가 왜? 아무래도 문제가 발생한 것 같아서. 그래?'

아빠는 아들에게 엄마 4호가 바람이 난 것 같다며 알아보란다. 그런데 알고 보니 아빠가 바람을 피우고 있는 것이다. '아버지가 으음, 하고 낮은 신음을 토했다. 그럼, 어쩌면 좋겠냐? 상황으로 볼 때, 아무래도 엄마를 바꾸는 것보다는 아버지가 바뀌는 게 좋을 것 같아요. 그게 보고서의 결론이냐? 네.' 누가 바뀌어야 한다고? 바로 당신이 바뀌어야 한다는 말이다. 이상섭의 결론이 그렇다. 어떻게 바뀌어야 하는가. 이상섭이 쓰는 그 보고서의 결론은 뭘까.

살면서 알아야 할 것이 있고, 느껴야 할 것도 있다. 나는 이 둘 다를 깨닫게 해주는 것이 사랑이라고 생각한다. (중략) 진정한 사랑은 느낌만으로 이루어지는 것이 아니다. 상대방의 마음까지 아는 것, 그게 참된 사랑이다.(「생각하니 점점」)

사랑! 그것은 '오래된 미래'이다. 이 이상 좋은 길은 아직 발견되지 않았다. 그것은 찾는 자에게만 보이리라는 게 이상섭의 전언이다. 나는 이상섭의 구절을 곡진하게 흉내 내 본다. '깊어진다는 것, 그것이 진정한 바다의 가르침이다.' 진정 깊어져야 할 것은 사랑인 것이다. 다른 것도 있다. 변해도 죽고, 변하지 않아도 죽는다고 했다. 그러니까 변해도 살고, 변하지 않아도 사는 것이다. 중요한 것은 변하는 것이 아니다. '깊어진다는 것, 그것이 진정한 바다의 가르침이다.' 나는 이상섭에게 묻는다. 과연 우리는 얼마나 깊어져야 하고, 얼마나 깊어질 수 있는 것일까.

밤과 문학을
마저 살다 간
'밤의 노래'

-시인 정영태

1.

시인 정영태는 한 단계 넘어선 사람이었다. 그가 '눈을 쓸자'고 괜히 아우들을 부추길 때 알아봤다.

"선생님 시 한 편 보내주시죠?"

"뭐 할라꼬요? …… 아, 그래요. 언제까지요?"

2000년 1월 정영태 시인의 「대설(大雪)」이란 시가 청탁한 대로 메일로 왔다. 당시 부산일보 토요일 자 1면에는 '시가 있는 주말' 난이 있어 매주 신작 시 한 편을 실었다. 그의 시는 엉뚱하고 달랐다. 폼도 잡지 않은 채 편한 호흡으로 계속 '눈을 쓸자'라고 말하는 시였다. 그 시에서 그가 눈에 미끄러질까 봐 걱정하는 이들은 허구와 실제를 뒤섞어 셋이었다. 박기정 순정만화의 주인공 두통이, 괴정(그는 당시 괴정에 살았던가 보다) 정 시인의 착한 아내, 흥부네 아이들이었다. 나는 시를 읽고 정 시인이 그럴싸한 '뚱딴지'(?)를 하나

차고 있구나, 라고 생각했다.

얼씨구 좋구나 하는 시원한 재미가 있었다. 시에는 그의 아들 이름뿐 아니라 당시 부산 문단에서 '방귀 좀 뀐다'는, 아니 '앞으로 방귀를 뀔 것'이라는 젊은 문인 네 명이 호명되어 '눈을 쓸자'는 청을 듣고 있었다. 선배 시인의 정치적이고 문학적인 심심한 배려 속에서 그들은 '착한 아우'로 칭해졌다. 그들은 소설가 김곰치와 시인 김언, 이경히, 손택수였다. 이것이 그 구절이다.

> 눈을 쓸자 착한 아우 곰치야, 언아 경희야 택수야
> 괴정 정 시인의 착한 아내가
> 자갈치 새벽장 잘 다녀올 수 있도록
> 눈을 쓸어놓자 착한 아우들아

현재 손택수와 김언은 부산을 떠나 서울에서 열심히 시를 쓰고 있고, 김곰치는 부산에서 여전히 글쓰기의 열혈 투사로 살고 있으니 어쨌든 정영태의 안목대로 그들은 여전히 눈을 열심히 쓸고 있는 셈이다. 이경히(본명이 경희이고 필명은 경히다)는 본 지가 좀 됐다. 지나가는 길에 나는 슬쩍 물어본다. "경히 씨, 눈을 여전히 잘 쓸고 있지요?"

'정영태, 능구렁이처럼 재미있는 시인 같으니라구!' 시 한 편 써서 원고료도 챙기고 후배들 인심도 사고, 아들과 아내에게까지 잘 보였으니 그는 수가 아주 높았다. 독자들에게 괜히 미안하니까 두통이와 흥부 아이들도 같이 부른 것인데 그래 놓으니 더욱 시가 되는 것이다. 나는 이 수법을 배웠다. 지역의 문학기자는 '눈(雪)을 쓸

만한' 문인들의 이름을 자꾸 불러야 한다고 평소 생각하고 있던 터였다. 기회와 요령이 닿으면 정영태풍을 흉내 내 '곰치야 언아 택수야 눈을 쓸자'는 식으로 지역 문인들을 호명하는 기사를 썼고 신이 났다. 기사를 쓸 수 없으면 그들을 만나 규정, 형술, 길산, 선형, 종미, 익진을 무람없이 호명하면서 술을 마셨다.

2.

정영태 시인을 기억하면 두 마디가 떠오른다.

그를 처음 본 것은 1999년 늦가을쯤이었던 것 같다. 전날 과음한 몸으로 어둠이 내린 날의 오후 8시께 부산 사하구에 있는 그의 아파트를 찾아갔다. 김곰치, 김언, 그리고 정익진이 먼저 와 있었다. 그들은 정영태의 '착한 아우'들이었고 그날 내가 합류한 것은 김곰치가 '한번 와 봐라'고 넌지시 유혹을 했기 때문이다.

정 시인의 집에서 이런저런 얘기를 많이 했는데 그의 한마디가 꽂혔다. 그가 이전에 이형기 시인에게 막 출간한 시집을 보냈는데 답장이 왔더라는 것이다. 내가 기억하는 것은 단 하나의 문장이다. '비밀한 결사를 느낀다.' 전기(電氣)가 왔다. 두 사람만이 나누었던 '비밀한 결사'가 속살을 드러내며 처음 공개되는 순간이었고 '비밀한 결사', 그 말의 비밀스러움이 꽤 비상했다. 고졸한 표현을 쓸 줄 아는 고졸한 멋이 멋스러웠다. 그 말을 들은 이후로 나는 괜찮은 이를 만날 때마다 마음속에서 이 '비밀한 결사'의 그물을 꺼내 던져 보기도 했고, '비밀한 결사'를 찾기 위해 비밀스럽게 여전히 편력하고 있다.

또 달리 기억나는 한마디는 2002년 연말 부산의 시계간지 『시

와 사상』의 송년회를 겸해 열린 신인상 수상 자리에서 들은 것이었다. 부산 연산동의 한 뷔페에서 20여 명이 모인 가운데 마련된 조촐한 자리에는 허만하, 최휘웅 시인과 함께 정영태 시인도 나왔다. 그때 축사하는 자리에 정영태 시인이 나섰다. "시인은 절대 겸손해서는 안 된다. 자기가 세상에서 제일 글을 잘 쓴다고 박박 우겨야 한다." 뭔가 시원했고 그는 말을 다룰 줄 아는구나, 라는 생각이 들었다. 말의 빈틈과 생각의 허점에 꽂히는 그의 독설이 독했으나 우리는 유쾌하게 웃었고 웃는 가운데 이 말은 기억 속에서 오래가겠다 싶었다. 김종미 시인은 "'내가 제일 시를 잘 쓴다고 우겨야 한다'는 것은 정영태 선생이 늘 하던 말이었다. 그 말은 무서운 말이다. 확고한 자기 시론을 가지고 살아 남으라는 것이다"라고 했다.

정영태에게는 오래가는 독설의 레퍼토리가 있다.

"세상에는 시인이 많고 많지만 이형기 허만하 김성춘 정영태, 네 사람 빼고 나머지는 별로 중요하지 않으니 관심을 꺼도 돼."(천상천하 4인독존, 아 이 오만! 그러나 흥미롭고 애교 있는 방자함이다. 이런 오만하고 방자함을 요즘 문인들에게서는 아쉽게 별로 찾아볼 수 없다.) "시인은 언어를 아끼는 사람이 아냐. 언어를 낭비하는 사람이지. 시? 그거 아무것도 아냐. 똥 같은 거지. 그러니 쓰고 싶은 대로 써."(독설에는 반어의 역설이 있으나 쓰고 싶은 대로 쓴다는 그게 똥 싸는 일처럼 어디 쉬운 일인가. 그러나 그는 한 걸음도 나아가지 못하는 '갈팡질팡'을 떨치고 똥 싸는 것처럼 부담 없이 앞으로 나아가라고 부추기는 것이다.)

이 독설들은 새벽 4~5시까지 밤샘 술자리를 함께하다가 언어 걸리는 것이었는데 이제 그는 이 세상에 없고 그 말의 여운만 남아 있다. 시인 정익진이 말했다. "그의 독설은 달았다."

3.

정영태는 뜨거운 시인이었다. 부산 시단에서 그의 명성은 대단했다. 그는 좋은 시인을 발굴하는 역할도 했으며 좋은 시를 드러내는 비평도 쓰다가 결국은 1993년 부산 최초의 시 전문 계간지 『시와 사상』을 주도적으로 만들었다. 시에 미쳐 시 계간지 창간에 이른 사람이었다(『시와 사상』은 아직까지 그의 후배 문인들이 계속 발간하고 있다). 후배, 문우들과 어울려 밤들이 문학 음악 미술 따위를 종횡무진하는 설(舌, 說)과 술을 누리다가 다음날 바로 병원으로 출근하던 '의사' 시인이 아니라 의사 '시인'이었다.

그렇게 밤새껏 노닐었으니 그는 영락없는 '밤의 시인'이었다. 아직도 시인들 사이에서 부산에서 드문 공감의 평론집으로 회자되는 그의 비평집 이름은 『밤을 위한 시론』(1994)이다. 리비도, 타나토스, 유년으로의 퇴행, 존재의 고향, 암흑의 혼, 광기, 그로테스크, 섹스, 소멸 따위가 밤의 목록이다. '밤 속에는 태고적 카오스의 거대한 에너지가 들끓고 있다 (중략) 시인의 창조력의 비밀이 여기에 있다.'(13쪽) 그는 그 창조력의 비밀을 온전히 살기 위해 밤을 남김없이 살았다. 그에게 시는 밤이었고 밤은 시였다. 낮에는 의사였고 밤에는 시인이었으나 실상 진료를 하고 남는 낮 시간에도 시를 끄적거렸다. 밤의 시인은 대놓고 밤을 직설적으로 찬양한다. '전 인류를 배신하고/ 나 혼자만이 차지하는 밤/ 지구 최초의 밤./ 인간의 눈에 겁탈당해 보지 않은,/ 인간의 지혜를 다 합친 것보다 더 아름다운/ 백치미의 밤.'

나는 아쉽다. 그와 나눈 밤이 거의 없기 때문이다. 그는 1997년 뇌졸중으로 쓰러졌고 내가 봤을 때는 차츰 시력을 잃어가고 있었다. 문학 행사 때 "안녕하세요." 하고 인사를 하면 "아, 최 기자."라는 짧은 외마디, 그리고 쭈뼛쭈뼛, 나눈 말이 별로 없었다. 딴 데서 놀다 보면 그는 사라지고는 없었다. 그와 나는 시간표가 달랐던 것이다.

그에 대한 기억이 하나 더 있다. 내가 그를 처음 본 그 자리에서 그는 악성(樂聖) 베토벤을 헐뜯었다. "현대예술의 혼돈은 모두 베토벤에서 시작됐다. 주관적 감정이라는 것이 베토벤에게서 시작됐기 때문이다." 처음 듣는 소리였다. 그런데 정 시인은 베토벤을 모든 예술가 중 가장 좋아한다고 했다. 싫어하는데 좋아하는…… 그는 그런 식이었다. 그는 가고 없고 그를 잘 알지 못하는 나는 그를 기억한다. 그의 집에 찾아갔을 때 그는 나에게 그가 낸 책을 한 보따리 싸주었다. 그 이유를 알 것도 같으니 삶의 한 토막은 또한 이런 식이다.

4.

정영태는 눈(雪)의 시인이었다. 그는 밤의 시인인데 뜻밖에 눈에 관한 시를 많이 썼다. 겉보기에 밤과 눈은 흑과 백으로 엄연히 대조되지만 둘은 세상을 온통 하나로 뒤덮어 버린다는 점에서는 매한가지다. 그는 "군 복무할 때 부산에서는 볼 수 없는 폭설을 보고 충격을 받았다"고 생전에 얘기했다. 그는 1986부터 1997년까지 12년간 모두 7권의 시집을 냈는데 이 모든 시집을 넘기면 싸락눈에서 대설까지 여지없이 눈이 내리고 있다. 의미 없는 존재의 허무를 겹쳐 놓은 눈도 있고, '끝도 없는 고통의 세계에서 오'는 눈도 있고 '욕설처럼 펑펑 내리'는 눈도 있으니 별의별 눈이 다 있다. 욕설처럼 펑펑 내리는 눈은 매우 좋거나 너무 싫어 이 ×팔, × 같네, 같은 욕이 터져 나올 정도로 눈이 대책 없이 펑펑 내리는 것을 말하는 걸까.

나는 '그의 눈'을 정확하게는 모르겠다. 다만, 눈은 그에게 시가 되는 사건이었음이 분명하다. 눈은 낙하하는 비와 부는 바람과 다르게, 그 둘 사이에서 묘한 행간으로 이끄는 사건이었던 것이다. 눈은 비와 바람 사이에서 내린다. 그는 눈을 '우주인의 공격' 혹은 '지구인의 고독과 허무를 파먹고 사는/ 극히 은밀한 족속'이라고 썼는데 강원도 전방 부대, 그 앞으로 펼쳐진 텅 빈 적막의 공간에 날리는 눈을 바라보고 서 있는 한 병사의 모습이 떠오르는 듯하다.

눈을 그토록 다양하게, 많이 썼던 이 '눈의 시인'은 역시 운명적인 '눈의 시인'이었다. 그는 2005년 3월 6일 일요일 오전 8시 20분께 타계했는데 그 전날부터 이틀간 부산에는 101년 만의 폭설이 내렸다. 기상관측소가 생긴 이후 최고인 37.2㎝의 눈이 부산을 하얗게, 하얗게 뒤덮었다. 눈을 쓰다가 눈이 펑펑 내린 날에 이 세상을 떠난, 이 희한한 우연과 필연을 직조한 그는, 그러니까 영판 시인이었던 셈이다. 그래, 그는 시인이었다. 작고하던 날, 그는 새벽 2시까지 시를 썼다. 죽기 6시간 전까지 시를 쓰고 있었다.

웬일인지 그의 부음 소식을 누가 전해 주었는지 지금 기억이 나질 않는다. 나는 그의 빈소를 술에 취한 채 찾았는데 문상 온 많은 시인, 문우들의 시끌시끌한 말소리가 저 먼 곳에서 아직도 귀전을 울리는 듯하다. 거기서 검은 상복을 입고 있는 그의 아들 민교를 보았다. 길에는 아직 눈이 쌓여 있었다.

그런데 또 이상한 일이 있었다. 정영태 시인이 세상을 뜨기 한 달 앞(2월 2일)에 그에게 '비밀한 결사를 느낀다'는 문장을 타전했던 이형기 시인이 타계했던 것이다. 그 '비밀한 결사'는 생사를 가로지르고 있었던 것일까.

5.

시인에게 침묵은 뭘까. 직접 이러저러하다, 라고 적을 수 없고 말할 수 없으나 느낄 수 있는 것이 침묵이요, 말이 닿을 수 없는 말 너머로 뛰어넘는 것이 침묵이다. 그곳은 아직 쓰이지 않은 '존재의 모서리, 가장자리'로, 언어가 처음 태어나는 곳이다.

정영태는 '침묵'에 닿으려 했다. '커피가 식을 동안/ 쇼스타코비치의 침묵을 생각한다./ 악보 위에 그가 적어 놓을 수 없었던,/ 그래서 영원히 들을 수 있는 침묵을.'(「커피를 끓이며」) 예술가는 보여주는 자이지만 그 보여주는 것을 통해 보이지 않는 것까지 보게끔 하는 자이기도 하다. 그러니까 음악의 진수는 음이 그려내는 선율 그 자체라기보다는 그 선율이 가닿으려 계속 두드리는 문의 저쪽일 수 있다는 것이다. 그곳은 음이 울려 나오기보다는 음이 침묵하는 곳이다.

시의 경우도 마찬가지다. 모자라는 언어가 마침내 무릎을 꿇는 그 너머가 시의 진수는 아닐까. 그곳을 우리는 침묵이라고 표현한다. 그래서 정영태는 '소리가 되기 싫어 떠나는/ 침묵들'(「청음 2」 중에서)을 좇아간다. 그리고 성경도 희한하게 읽는다. '그러나 누가 엿들으면 침묵뿐인 이야기/ (중략)/ 성경에 들지 못한/ 세상에서 가장 아름다운 이야기를 생각한다'(「성경을 읽으며 20」 중에서). 참으로 아름다운 이야기는 성경에 쓰여 있는 것이 아니라 침묵에 가까운 기록되지 않은 이야기, 언어들의 행간에 깃들어 있는 이야기이다. 그것은 또한 성경의 마지막 장인 묵시록, 그 다음, 그 너머의 침묵에 들어 있는 이야기이기도 하다. '너를 기다리며/ 성경을 읽는다/ 묵시록 다음에는 침묵이다'(「성경을 읽으며 1」 중에서). 그 침묵은 쓰는 것이 아니라 살아가야 하는 것은 아닐까. 정영태 시인은 온몸으로 시를 살면서 그 시를 쓰려고 했던 것은 아닐까. 나는 그가 없는 침묵 속에서 그의 시 구절을 읽는다.

나의 발은
발가락이 여섯이라야 한다
쓸모도 없고
오히려 발을 아프게 하는,
내 발이라 할 수 없는
여섯 번째 발가락,
나를 배반하여, 나를 완성하는
유다의 얼굴

언제였을까,
여섯 번째 발가락이 돋던 날은,
시를 처음 쓰기 시작한 날은
-「여섯 번째 발가락」 중에서

사람의 발가락은 다섯 개다. 여섯 번째 발가락, 그것이 문제적인

데 그 발가락은 나를 배반하여 나를 완성하는 발가락이다. 이제껏 언어가 닿지 못한 그곳, 침묵의 영역을 내딛기 시작하는 발가락이다. 여섯 번째 발가락이 돋던 날은 시를 처음 쓰기 시작한 날이고, 그날은 내가 언어 너머의 침묵을 알아 버린 날이다. 지금 그는 많은 말 너머의 그 침묵에 이르러 있을 것이다.

금빛 미르나무의 황금가지를 보다

-시인 최원준

1.

그때 나는 카메라 셔터를 연신 누를 수밖에 없었다. 전남 보성군 조성면에 있는 우리들의 만형 같은 소설가 정형남의 집이었다. 그는 부산에서 살다가 몇 해 전 고향 완도 가는 길목의 이곳에 터를 잡았다. 남해 보성만 바다를 향해 널따란 창문이 트여 있는 그 집의 토방이었다. 최원준 형과 나는 부산에서 창원시 마산을 거쳐 전남 순천을 훑어가면서 곳곳의 막걸리 맛을 거의 빠짐없이 순례했고 그로 인한 취기에 몸을 편하게 실었다.

그것의 절정이었던가. 이슥한 밤까지 통음한 다음 날 아침 우리는 마침내 주선이 되어 있었다. 토방 한쪽에 놓여 있던 북에 원준 형의 눈길이 갔다. 아슴푸레한 기억으로는 한 쪽은 개가죽이고, 다른 쪽은 소가죽이어서 이를테면 개도 짖고 소도 음매 하고 우는 그런 북이었다. 원준 형이 그 북을 쳐대기 시작했는데 그의 어깨에서는 소나 개 대신에 희한한 광대가 일어서고 있었다. 북 소리는 느리고 빠르게 둥기덩 울리고, 그 장단을 따라 영판 고개를 조악거리고 흔들며 고소한 흥을 자아내는 원준 형의 모습이 그렇게 자연스러울 수가 없었다. 이미 그는 동정호에 몸을 던진 이백이었고, 무덤에 누운 황진이에게 잔을 권하는 임제였다. 나는 그때 원준 형이 그래, 리듬을 체득한 시인이구나 하는 평범한 사실을 숙취와 취기 속에서 득달같이 깨달았다

"이제 조금만 있으면 오십"이라는 말을 원준 형은 한때 정말 많이 하고 다녔다. 나는 그 말이 항상 듣기 좋은 것은 아니었지만 그가 어떤 결심을 하고 있구나, 도착선과 출발선을 함께 긋고 있구나 하는 것을 나름대로 느꼈다. 늙어간다는 것은 생에 드리우는 어떤 그림자를 감지하고 받아들이는 것일 터이다. 빛이 있으니 그림자가 있는 것은 당연하고, 이쪽과 저쪽, 그리고 그 사이의 복잡다단한 여러 점이지대를 받아들이면서 우리는 이른바 삶의 묘한 리듬을 체득해 가는 것이다. 그 리듬이 시의 리듬이 되고 글의 곡절이 되는 것일 터이다. 그날 나는 전남 보성의 한 토방에서 원준 형이 삶과 글의 요체인 고유한 어떤 리듬에 이르렀음을 새삼스럽게 느꼈다. 덩기덩 북소리와 덩실덩실 어깨춤이 지금도 귀와 눈에 선연하다.

그때인가 그 뒤인가. 우리는 방이 추워 그 집 토방의 아궁이에 불을 추가로 땐 적이 있다. 땔감이 없는 차에 책꽂이에 꽂힌 시집 몇 권이 눈에 들어오는 것이었다. 아뿔사, 그것은 분명하고 참혹한 분서였다. 나는 그날의 만행을 옮긴 시에서 원준 형이 연주하는 구수한 리듬의 '불빛소나타'에 홀려 버리고야 만다. 이 시에 시집을 태운 미안함과 그것을 말하는 주저함이 뒤섞여 있다는 것을 알겠다. 아

니, 그 주저함에서 시에 마음껏 내닫지 못하는 이즈음 원준 형의 서성거림도 읽는다.

서재를 휘휘 돌아보는데요, 옳다구나! 배고픈 아궁이가 좋아할 놈을 찾았는데요, 세상 잡것 모두 모다 놓고요, 온갖 요설 다 풀어 놓고요, 입 싸악 닦고 있는 시집인데요, 실실 훑어보다가요, 젤로 따신 시집 몇 권, 아궁이에게 권하는데요,

쩝쩝 입맛을 다시던 아궁이놈이요, 이 맛이로구나, 무릎 치며 펄펄 끓는데요, 활활 제 몸 태우기 시작하는데요, 세상사 삼라만상 다 읽어내고요, 산길물길 다 짚어 길을 내는데요, 붉은 혓바닥은 경구 읊듯 넘실거리고요, 뜨거운 불길은 서재의 모든 시집들 다 깨우는데요,

-「시집 아궁이」 중에서

2.

1999년 나는 모르는 사람을 처음 봤다. 그때는 내가 문학기자를 하던 초기였는데 생면부지인 한 사람이 두 번째 시집이라며 『금빛 미르나무 숲』을 들고서 신문사로 왔던 것이다. 최원준 형이었다. 내 동료들 몇과 꽤나 익숙한 인사를 나누고 그는 시집을 나에게 건넸다.

"미르나무 숲? 미루나무 숲 아니에요?"

"다들 그렇게 많이 물어요. 허허."

그뿐이었다. 그러고 보니 미루나무는 숲을 이루는 나무도 아니었다. '은하수'란 뜻의 '미리내'가 떠오르기도 하는 '미르나무'라는

애매모호한 이름과, 알 듯 모를 듯 허허 웃기만 하는 저 불친절한 시인이 나는 무척이나 낯설었다. 그리고 그는 가 버렸다. 그는 나처럼 최 씨였다. 내가 평소 생각하기에, 최 씨들은 대체로 융통성이 부족한 대신에 남들이 잘 모르는 산정(山頂)이나 독락당(獨樂堂)을 지니고 있다. 말하자면 그 산정과 독락당에서 흘러나오는 '허허'라는 뜻 모를 한 소리를 그때 나는 들었던 것이다.

'미르나무 숲'은 섬세했다. 속속들이 스며들어 시인이 아예 나무가 되어 있기도 했다. 그 나무는 빛살의 박수 소리를 들으며, 그것이 투명하게 제 몸을 뚫고 들어오는 것을 느끼고, 실뿌리 속으로 걸어 들어오는 강물의 발걸음 소리까지 듣는다. 거기가 아마도 산정이나 독락당일 것이다.

> 쏟아지는 빛살의 박수소리. 햇살은 내 투명한 몸을 뚫고 들어와 내 푸른 피를 덥히고 내 알몸에 금빛 옷을 입힌다.
>
> -「금빛 미르나무 숲 5」

> 나는 늘 간직하고 싶었네. 내 심장으로 걸어 들어오던, 금빛 미르나무 실뿌리, 속으로 흐르던 숲의 강물. 손가락가지끝 잎맥마다 푸르게 맺혀있던, 강물의 부드러운 발자욱조차.
>
> -「금빛 미르나무 숲 13」

삶은 모순의 조화율이다. 그것을 한 생이 품고 체화함으로써 한 인간의 고유하고 개성적인 리듬이 태어나는 것이다. 미르나무 숲은 숲뿐만 아니라 삶까지 말하고 있었다.

내 몸속에 거대한 옹이
금빛 미르나무 푸른 부전나방이 나를 향해 날아드는 곳
아무도 닿지 않는 붉은 강의 발원지 그곳이 혹여
태초일지라도, 햇빛으로 시간으로도 태생되지 못하는,
곳곳마다 나의 발목을 잡는 담쟁이 넝쿨이 뻗어 오르는,
그 옹이 속으로 들어가면
무너져 내려오는 눈사태
끝없이 타오르는 광활한 산불
끝 가는 길 하나씩 끊어 놓고 있는
자물쇠 채운 그 금빛 불타는 숲
내 안에서 폭죽처럼 터져올라
내가 갈 수 없는 그 푸르디 푸른 수심
거대한 옹이 속의 전생이
내 몸안에 펴져 자라는,
어두운 부위의 암
신의 거처
-「금빛 미르나무 숲 6」 전문

원준 형은 이 시에서 우리 삶 속에 있는 거대한 상처 같은 옹이를 말한다. 거기는 욕망 같은 붉은 강이 발원하고, 눈사태도 쏟아져 내리고 , 산불도 광활하게 타오르고 있는 곳이다. 그런데 아서라 너무 한쪽으로 달리지는 말자. 그 옹이는 '어두운 부위의 암'이면서 '내가 갈 수 없는 그 푸르디푸른 수심'이란다. 그러면서 원준 형은

그곳이 동시에 '신(神)의 거처'라고 말하고 있다. 얼마나 역설적인 구절인가, 라면서 나는 이 마지막 구절에서 무릎을 친다. 요컨대 모순의 조화율을 느끼면서 삶의 한 음악을 듣는 것이다. 내가 그 음악에 감탄할 때 이를테면 그는 '허허'라는 한마디 허튼 웃음소리를 남기고는 사라진다. 나는 어쩔 수 없다. 염화시중의 미소라도 지어야지……. 그의 시 「대둔산」에는 이런 구절이 있다. '어디로 가든 길은 있고/ 아무리 가도 길은 없다는 것'. 무슨 당연하고도 쓸데없는 소리(?). 아무리 가도 길은 없지만 어디로 가든 길은 있는 법이다. 그래, 입 씰룩, 눈 찔끔이다 .

3.

내가 아는 원준 형은 백과전서파다. 한 번은 땅거미가 깔리는 부산 기장 쪽의 31번 국도를 타고 내려오고 있을 때였다. 우리는 묘관음사(妙觀音寺)를 길옆에 두고 지나왔는데 묘하게도 대화 끝에 남미 아마존강의 식인 물고기가 떠오르는 것이었다. 그 무시무시한 놈의 이름이 생각나지 않아 말을 더듬고 있는데 원준 형이 '피라냐' 라고 분명하게 얘기하면서 설(舌, 說)을 푸는 것이었다. 나는 속으로 도대체 이 사람이 모르는 것이 무엇이란 말인가, 라고 뇌까리며 이마를 차창에 찧었다. 그러면서 말은 파도처럼 밀려왔다가 밀려가는 것, 철썩철썩, 그 소리에 묘하게 귀 기울이는 곳이 묘관음사, 묘관음사……, 그런 속말도 뇌까렸지 싶다 .

원준 형이 박람강기하고 박식할 수밖에 없는 이유는 분명 있다. 그때는 울산의 정족산을 좌측에 끼고서 자동차를 달릴 때였다. 이렇고 저렇고 하다가 온천 개발 이야기가 나왔다. 온천 개발 허가를

시 인
최원준

내기 위한 지하수 온도를 그는 기억하고 있었던 모양이다. 우리가 보기에 사소한 그 수온이 그는 잘 상기되지 않는 것이었다. 그때는 요즘처럼 스마트폰이라는 것도 그렇게 많지 않았고 우리 중에 그 대단한 것을 가지고 있는 사람도 없었다. 그는 대뜸 그의 지인 둘에게 전화를 걸었다. 인터넷에 들어가서 그걸 좀 찾아달라고 말이다. 그런데 전화를 받은 지인 둘이 인터넷을 찾을 수 없는 형편이어서 그날 우리는 차 안에서 온천 개발을 위한 지하수 수온을 알 수 없었다. 나는 참 다행이라고 생각했다. 그가 그것마저 알았다면 얼마나 설을 더 풀었을까 말이다.

그러면서도 나는 박람강기를 위한 원준 형의 배전의 노력이 이런 것이구나라는 것을 실감했다. 커피 원두를 볶는 것을 또한 배전이라고 하는데 약(弱) 배전을 하면 신맛이 나고, 강(强) 배전을 하면 쓴맛이 난다고 한다. 이 말도 어느 커피 전문점에서 원준 형하고 같이 들었던 말이다. 그렇다면 도대체 콩과 말을 어느 정도 어떻게 볶아야 되오, 원준 형? 어찌해야 말과 글의 쓰고 신맛을 절묘하게 배합할 수 있단 말이오? 원준 형은 그걸 알고 있소.

원준 형은 둥글다. 얼굴은 시원하게 둥글고, 말은 호활하게 둥글다. '동방신기'식의 사자성어 별명으로 그는 '원만원준'이라고 불린다. 얼마나 원만한지 그는 거부할 줄을 모른다. 잘 아는 지인이 멀리서건 가까이서건 갑자기 와달라고 부탁할라치면 형편이 허락하는 한 그는 거의 무조건 달려간다. 길을 지나다가도 난데없이 시작되는, 모르는 노인의 역정 섞인 말을 중간에 끊을 줄을 모르고 이말 저 말 거들면서 주워섬기는데 그게 10분도 좋고 20분도 좋으니 노인들이 보기에 그는 요즘 참 보기 드문 예의 바른 젊은이다. 그런데 둥글다는 것은 자칫 잘못 건사하면 속기로 떨어질 우려가 없지 않다. 그것은 잘 가지고 놀아야 할, 잘 섬겨야 할 위험한 물건이다. 나는 원준 형이 이걸 능히 감당하리라 여긴다. 원준 형이 둥글다는 것은 비단 사람을 사귀는 데 그치는 게 아니다. 말하자면 그가 앎의 백과전서파가 될 수밖에 없는 것은 둥글기 때문이다. 많은 것에 열려 있고 또한 스며들려고 하기 때문이다. 그리하여 둥글어지는 것이다. 다음 시는 모든 것이 둥글게 부풀어 올라 더는 참을 수 없는 지경에 이른 시다. 인간의 분별심이 닿기 전의 원만구족한 바다, 그 바다를 보는 듯하다. 덥석 품어 합이 풍성한 저 질펵한 바다를 어이 할 것인가.

오비도 앞바다 속조류는요, 물살이 세기로 유명한데요, 가랑이 속곳 힘이 얼마나 좋은지요, 헤집고 다니는 물고기 머리가요, 죄다 맨들맨들~ 한데요, 물미역 넘실대다 한번 감기면요, 한바탕 뒤엉켜 난리가 나는데요, 시부저기 뭍 사내 바다서 나올 때도요, 사타구니 탱탱하니 터질듯 한데요, 바다는 만월로 차오르고요, 오비도 아낙들 몸살 앓는데요, 밤새 교성 창창 질러대는데요, 그 통에 달뜬 볼락 떼는요, 연신 새끼들 내지르고요, 찰박찰박 달빛에 풍어가 드는데요, 온 바다가 금빛 물결로 빛나는데요, 오비도 사람들 몸 환히 열리고요, 그 큰 바다를 덥석 품는데요, 그런 날은요, 부부금슬도 좋아지고요, 합도 풍성하게 잘 맞고요, 그런다는데요,

–「용왕 먹인 날」 전문

4.

우리는 수많은 고기떼가 돌로 변했다는 밀양 만어사의 뜰에 서서 발아래 아득하게 펼쳐진 푸른 풍경을 마치 바닷속을 들여다보듯 눈을 깔고 굽어 내려다보고 있었다. 바람이 불었다. 원준 형은 "내가 참 하고 싶은 것이 너무 많아"라며 운을 뗐다. 차도 볶고 술도 담그고 이제는 천연염색까지 하고 싶다는 것이었다. 아 욕심 많은 백과전서파여! 그러나 새벽에 이슬이 내리는 흔적을 그대로 담거나, 바람이 풀잎을 살랑살랑 간질이면서 부는 그 흔적을 담는, 그러니까 '자연이 그 흔적을 천에 물들이는' 천연염색 얘기를 듣고는 동했다고 했을 때 그만 나도 동하고 말았다. 아 시인이여, 라고 나는 그의 이름을 고쳐서 다시 불렀다 .

이슬이 남기는 흔적과 바람이 가는 길처럼 예술가의 최고 단계는 자연스러운 자연에 이르는 것이다. 하지 않고서 하는 단계, 무위의 경계. 실상 그런 것은 인간이 하기에는 참 어려운 짓거리이다. 어떻게 하지 않고 이를 수 있단 말인가. 그러나 우리는 그것을 하고 있고 그것에 이르려 하고 있다. 삶으로써 우리는 그 침묵을 감지하고 있다. 글은 삶의 한갓된 부분일 따름이다 .

하지만 나는 원준 형에게 다음을 권하면서 내 속의 한마디를 슬쩍 꺼내 본다. 우리는 예술가의 최고 단계 어쩌고저쩌고하는 그것을 속속들이 알고 있으니까 삶으로는 도달하지 말고, 거꾸로 글로써 이르러 보자고 말이다. 그리하면 한갓된 글이 우리의 삶이 될 것이다. 삶이 한갓되다고 우리는 생각지 말자. 우리가 사라지고 글도 언젠가는 사라질 것이지만 우리가 할 수 있는 것은 쓰는 것이다. 그것이 이 세상을 건너는 가소로운 길 중의 하나다. 한 손으로도 거머

쥘 수 있는 한 푼어치의 우리 인생이 할 수 있는 것은 참으로 아무 것도 없다. 나는 건방지게도 부산 문학의 한계, 비전 이런 것을 원준 형의 어깨에 올리려 하는 것은 아니다. 나와 그가 나누는 우리 삶의 속내가 들어 있을 법한 그 문학의 보따리를 올려 보고 싶은 것이다.

한 번은 그가 선집을 내겠다고 보내준 그의 시들을 읽으면서 높고 낮은 시의 산들을 보았다. 내가 어느 정도 이르렀구나, 마 됐다 아이가, 라는 생각이 가장 위험하다는 것은 구태의연한 상투어다. 그것을 반복하는 것이 또한 구태의연한 우리 삶이다. 나는 구태의연함 속에서 논다. 그러나 원준 형이 이 구태의연함을 넘어서는 본보기를 보여줄 것이라고 믿는다. 가장 정치하여 시 한 줄에 읽는 이의 눈이 타 버리는 그런 시를 쓸 것이라 생각하면서 나는 망부석의 심정으로 그것을 애타게 기다린다. 나는 그의 시가 부르는 소리를 듣고 고개를 돌리는 순간에 얼어붙어 버리는 하나의 영원한 소금기둥이 되고 싶다.

그는 오십이 되기 전에 입버릇처럼 "이제 조금만 있으면 오십"이라고 노래를 하고 다녔다고 했다. 나는 원준 형과 막걸리를 마시러 다녔던 그 멀고 먼, 그 숱한 길의 여정과 기억을 하나하나 더듬으면서 그의 말을 빌려 되물어본다. "그래 원준 형, 오십이 넘으니 어떠한가요?"

원준 형의 금빛 미르나무 숲에는 '황금가지'가 있다. 이전의 황금가지가 '과학은 주술이 진화한 것'을 보여줬다면 나는 원준 형의 황금가지는 '시는 과학이 진화한 것'을 보여주어야 한다고 생각한다. "원준 형, 그래 황금가지를 들고 있소?" 우리 비밀한 저마다의 황금

가지를 손에 들고 우리가 고대하는 미래의 그대들에게 또 하나의 물음을 건네야 하지 않겠소. 다음과 같이 말이오.

"그대들이여, 황금가지를 손에 들고 있소?"

이복구/소설가

1946년 경북 영일 출생. 1972년 서울신문 신춘문예 등단. 소설집 『불구경』, 『맨밥』. 장편 「그들의 에덴」 부산매일신문 연재. 부산소설가협회장 역임.

김언희/시인

1953년 경남 진주 출생. 1989년 『현대시학』 등단. 시집 『트렁크』, 『말라죽은 앵두나무 아래 잠자는 저 여자』, 『뜻밖의 대답』, 『요즘 우울하십니까?』. 박인환문학상 특별상, 경남문학상 수상.

최영철/시인

1956년 경남 창녕 출생. 1986년 한국일보 신춘문예 등단. 시집 『아직도 쭈그리고 앉은 사람이 있다』, 『가족 사진』, 『홀로 가는 맹인 악사』, 『야성은 빛나다』, 『일광욕하는 가구』, 『그림자 호수』, 『호루라기』, 『찔러본다』 등. 산문집 『우리 앞에 문이 있다』, 『나들이 부산』, 『동백꽃, 붉고 시린 눈물』. 어른 동화 『나비야 청산가자』. 백석문학상, 최계락문학상, 이형기문학상 수상.

유홍준/시인

1963년 경남 산청 출생. 1998년 『시와반시』 신인상 등단. 시집 『상가에 모인 구두들』, 『나는 웃는다』, 『저녁의 슬하』. 한국시인협회 제1회 젊은시인상, 제1회 시작문학상, 이형기문학상, 소월시문학상 수상. 이병주문학관 사무국장.

김곰치/소설가

1970년 경남 김해 출생. 1995년 부산일보 신춘문예 등단. 장편 『엄마와 함께 칼국수를』, 『빛』, 르포 산문집 『발바닥 내 발바닥』, 『지하철을 탄 개미』. 한겨레문학상 수상.

엄국현/시인

1952년 경남 밀양시 삼랑진 출생. 1977년 현대시학 추천 완료. 시집 『집』, 『그대 사는 마을까지』. 인제대 교수.

조갑상/소설가

1949년 경남 의령 출생. 1980년 동아일보 신춘문예 등단. 소설집 『다시 시작하는 끝』, 『길에서 형님을 잃다』, 『테하차피의 달』. 장편 『누구나 평행선 너머의 사랑을 꿈꾼다』, 『밤의 눈』. 저서 『소설로 읽는 부산』, 『한국소설에 나타난 부산의 의미』, 『이야기를 걷다』 등. 요산문학상, 부산시문화상, 이주홍문학상, 만해문학상 수상. 경성대 교수.

신진/시인

1949년 부산 출생. 1976년 시문학 추천 완료. 시집 『목적 있는 풍경』, 『장난감 마을의 연기』, 『멀리뛰기』, 『강』, 『녹색엽서』, 『귀가』, 시선집 『풍경에서 순간으로』. 논저 『우리시의 상징성 연구』, 『현대시의 위상』, 『문체와 문체연구』, 『한국시의 이론』 등. 시문학상, 봉생문화상, 부산시문화상 수상. 동아대 교수.

성선경/시인

1960년 경남 창녕 출생. 1988년 한국일보 신춘문예 등단. 시집 『널뛰는 직녀에게』, 『옛 사랑을 읽다』, 『서른 살의 박봉 씨』, 『몽유도원을 사다』, 『모란으로 가는 길』. 시작에세이 『뿔 달린 낙타를 타고』. 월하지역문학상, 경남문학상, 마산시문화상 수상. 마산 무학여고 교사.

정영선/소설가

1963년 경남 남해 출생. 1997년 문예중앙 등단. 소설집 『평행의 아름다움』. 장편 『실로 만든 달』, 『물의 시간』, 『부끄러움들』. 부산소설문학상, 부산작가상 수상. '하나원' 파견 교사.

박태일/시인

1954년 경남 합천 출생. 1980년 중앙일보 신춘문예 등단. 시집 『그리운 주막』, 『가을 악견산』, 『약쑥 개쑥』, 『풀나라』. 연구서 『한국 근대시의 공간과 장소』, 『한국 근대문학의 실증과 방법』, 『한국 지역문학의 논리』, 『부산 경남 지역문학 연구 Ⅰ』 등. 『정진업 전집(1) 시』, 『허민 전집』 등 엮음. 산문집 『몽골에서 보낸 네 철』 등. 김달진문학상, 부산시인협회상, 이주홍문학상 수상. 경남대 교수.

강동수/소설가

1961년 경남 마산 출생. 1994년 세계일보 신춘문예 등단. 소설집 『몽유 시인을 위한 변명』, 『금발의 제니』. 장편 『제국익문사』. 시사산문집 『가납사니의 따따부따』. 봉생문화상, 교산허균문학상, 오영수문학상, 요산문학상. 국제신문 수석논설위원.

정태규/소설가

1958년 경남 합천 출생. 1990년 부산일보 신춘문예 등단. 소설집 『집이 있는 풍경』, 『길 위에서』. 콩트집 『물로 칼베기』. 산문집 『꿈을 굽다』. 제1회 부산소설문학상, 이주홍문학상 수상. 부산작가회의 및 부산소설가협회 회장 역임.

조말선/시인

1965년 경남 김해 출생. 1998년 부산일보 신춘문예 및 현대시학 등단. 시집 『매우 가벼운 담론』, 『둥근 발작』 『재스민 향기는 어두운 두 개의 콧구멍을 지나서 탄생했다』. 현대시동인상, 현대시학작품상 수상.

박권숙/시인

1962년 경남 양산 출생. 1991년 중앙일보 중앙시조 지상백일장 연말 장원. 시집 『겨울 묵시록』, 『객토』, 『시간의 꽃』, 『홀씨들의 먼길』, 『그리운 간이역』, 5인 선집 『다섯 빛깔의 언어풍경』. 중앙시조대상 신인상, 한국시조작품상, 최계락문학상, 이영도시조문학상 수상.

이상섭/소설가

1961년 경남 거제 출생. 1998년 국제신문 신춘문예 등단, 2002년 창비신인소설상 수상. 소설집 『슬픔의 두께』, 『그곳에는 눈물들이 모인다』, 『바닷가 그 집에서, 이틀』. 르포집 『굳세어라 국제시장』. 부산소설문학상, 부산작가상, 백신애문학상 수상. 해운대관광고 교사.

추진배경 및 필요성

- 전기차 충전시설 설치사업을 추진하는 지자체는 시민 거주지 정보와 차량정보만 보유하고 있어 실질적으로 전기차 충전시설 설치가 필요한 최적의 입지를 분석하는 데 한계가 있음. 때문에 그간 거주자와 근무자가 많은 아파트, 관공서 중심의 충전소 설치가 불가피했음
- 친환경차를 보유한 주민의 차량정보와 차량의 이동정보를 결합하면 최적 충전 인프라 입지와 설치 우선순위 등 수요자 중심의 충전소 입지 선정이 가능해짐

결합데이터

데이터 보유기관	데이터 개요	레코드 수
경기도 성남시	성남시 주민정보 및 차량등록정보	약 12만 건
티맵 모빌리티	티맵 사용자의 차량 이동정보	약 1천9백만 건

* 결합기관 : SK(주) C&C

분석결과 및 향후계획

정영태/시인

1949년 부산 출생. 1985년 시문학 천료 등단. 시집 『결국 우리의 아픈 침묵 속에』, 『형틀 위의 잠』, 『꿈의 끝이 여기에 있다』, 『테크노피아의 폐허 위에』, 『어머니와 함께 블루스를』 『우주 관측』 등. 평론집 『밤을 위한 시론』. 시 전문 계간지 『시와 사상』 창간 및 초대 발행인. 내과 의사. 2005년 타계.

최원준/시인

1961년 부산 출생. 1987년 『지평』 등단, 1995년 『심상』 신인상 수상. 시집 『오늘도 헛도는 카세트테이프』, 『금빛 미르나무 숲』, 『북망』. 최계락문학재단 사무국장, 문화공간 수이재 대표.

문학을 탐하다

1판 1쇄 발행 2013년 8월 26일
1판 3쇄 발행 2014년 2월 20일
2판 1쇄 발행 2017년 4월 10일

지은이 최학림
펴낸이 강수걸
펴낸곳 산지니
등록 2005년 2월 7일 제333-3370000251002005000001호
주소 부산시 해운대구 수영강변대로 140 BCC 613호
전화 051-504-7070 | 팩스 051-507-7543
홈페이지 www.sanzinibook.com
전자우편 sanzini@sanzinibook.com
블로그 http://sanzinibook.tistory.com

ISBN 978-89-6545-410-6 03810

*책값은 뒤표지에 있습니다.
*이 도서의 국립중앙도서관 출판시도서목록(CIP)은 e-CIP 홈페이지
(http://www.nl.go.kr/ecip)에서 이용하실 수 있습니다.
(CIP 제어번호: CIP 2013014761)